女王陛下に婿入りしたカラ
JN230418

「よし、陛下に掛け合って全員解雇にしてあげよう！」
「何なりとお申し付けくださいませ」
ドリナ
オノグルでウィルの身の回りの世話を担当する侍女。
ウィル
芸術と学問の国エースターで家政学を専攻していた少年。

「女にここまで期待させておいて、知らん顔ですぅ？」
ローザ
自分を可愛く魅せることに余念がない侍女。
「君、私の婿になる気はないか？」
イロナ
略奪と戦争の国オノグルの女王。国を変えるべくウィルに求婚する。

指輪を嵌めた時、硬い指だな、と思った。

剣を握る者の手だ。

「陛下は軍服とドレス、どっちの方が好きなの？」

「ドレスの方が心許ないな。防御力が無いから」

「言い忘れてたけど、……そう言う格好も素敵だよ」

「そうか……。その、ありがとう」

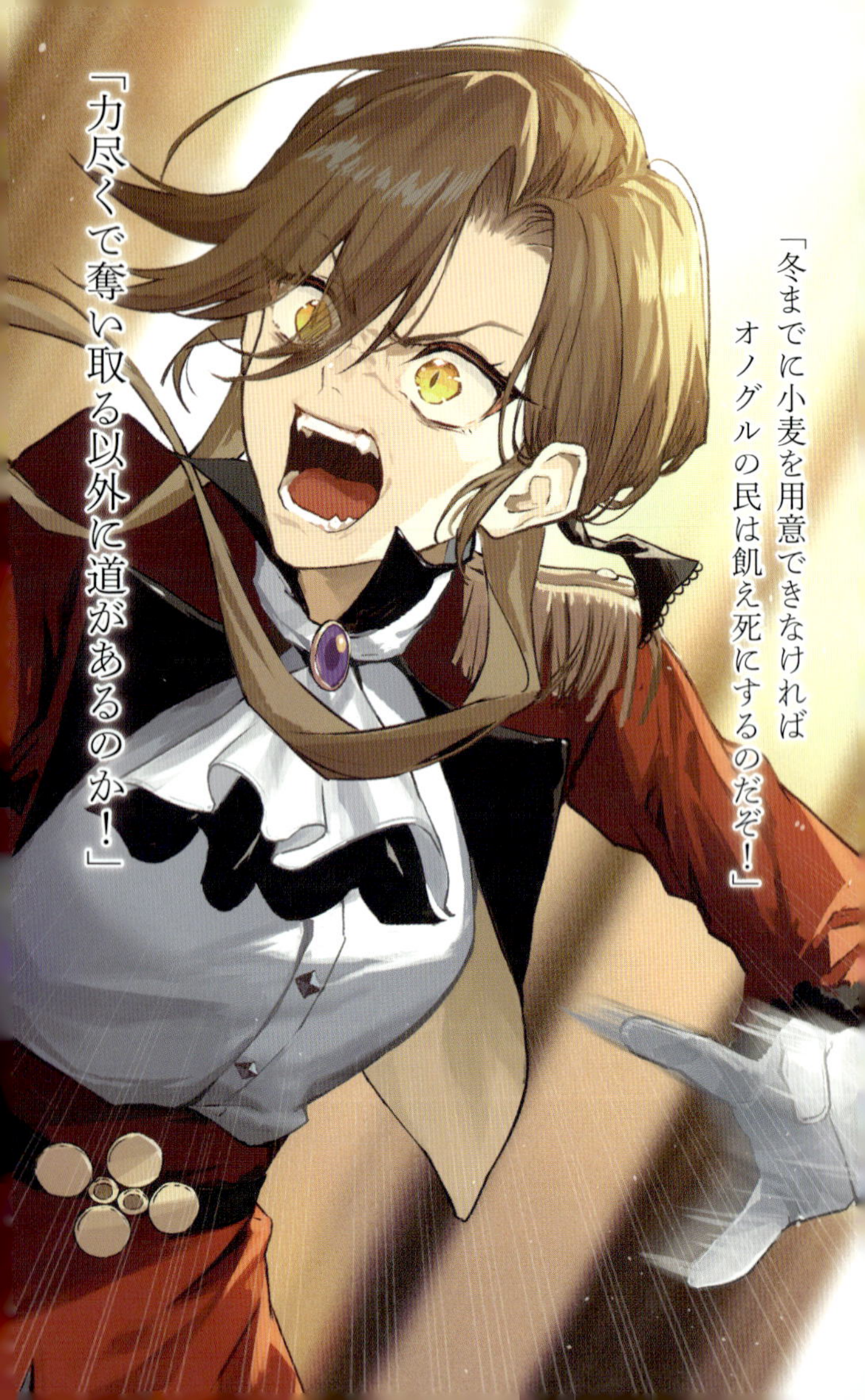
「冬までに小麦を用意できなければ
オノグルの民は飢え死にするのだぞ！」
「力尽くで奪い取る以外に道があるのか！」

「一緒にこの国から逃げましょう」

CONTENTS

Crow married into Her Majesty

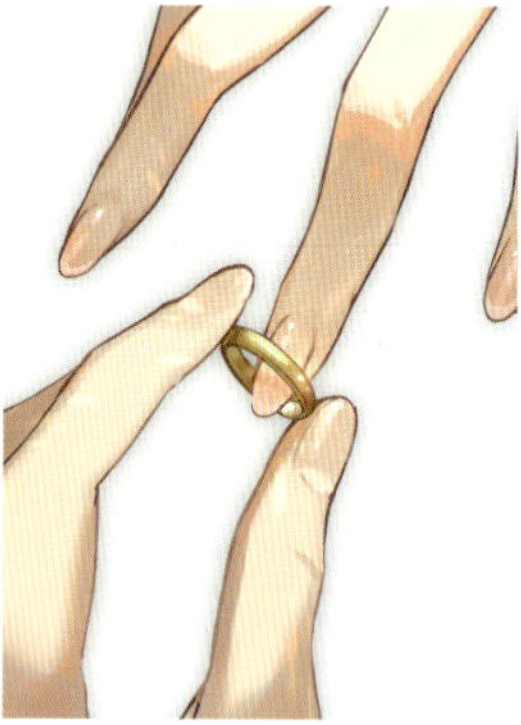

女王陛下に婿入りしたカラス

逆巻蝸牛

ファンタジア文庫

3386

口絵・本文イラスト　いちかわはる

女王陛下に婿入りしたカラス

Crow married
into Her Majesty

序章　山猫のような女

「卒業できないってどういうことですか！」

　豊かな湖と山々に恵まれ、芸術や学問が盛んな麗《うるわ》しき国、エースター。その高等教育を担《にな》う機関、由緒《ゆいしょ》ある大学の教授室で黒髪の青年が声を張り上げている。

　書物が堆《うずたか》く積まれた机越しに対面しているのは、教授と思《おぼ》しき白交じりの口ひげを蓄えた人物だ。激高する青年に「ウィル君」とあくまでも理性的に呼びかける。

「君、専攻は何だっけ」

「家政学です」

　家政とは、どうやって家を切り盛りするか、という学問である。一般の家庭では家事労働等を行い、家族の衣食住を満たすために家計を管理する。しかし、一口に家と言っても色々ある。明日食うものにも困る貧しい家もあれば、使用人を雇うほど裕福な家もある。家族だって、独居世帯もあれば血族すべてを勘定に入れる世帯もある。国王の宮廷、これも家庭と見なすことができる。王妃や王子は家族、宮中で働く大臣から掃除婦までは収入を貰《もら》って働く家族以外の使用人。国家は世襲財産、税収は収入、戦争ですら王個人の喧嘩《けんか》。

この学び舎《まなや》で扱う家政はそうした大物、特に領主の財産の管理業務について扱っている。分野は、収入源である鉱業、農業、林業、水産業、商業の専門技術、租税の源である国民生活に関わる経済学的知識、国を繁栄させるための政策論など多岐にわたる。

「なら、わかるよね。経営は収入と支出のバランス。学校も同様、お金で成り立ってるの。わしの給料、雨漏りの修理代。みんなお金がかかるの。それらの費用は主に君らの授業料や有力者の寄付で成り立ってるの」

ここも、他の高等教育機関と同じように元は聖職者の育成から始まったが、家政学科設立以来、官僚育成組織として名を馳《は》せている。学んだ者は即戦力として主に領主の下で活躍し、優秀な者は身分の如何《いかん》に拘《かかわ》らず国家官僚への道も開ける。

……卒業の証明である学位を得さえすれば。

「だからって、学位取得に卒業金が要るなんて聞いたことないですよ！」

「うん、そうだね。今年から始まった制度だからね」

教授は悪びれず頷《うなず》く。実際、大した問題ではないのだ。学生というのは一種の不労階級。学生は学問を修めるとの名目の元、労働からは解放され、多少羽目を外す者もいるだろう。彼らの殆《ほとん》どは、それが許されるだけの裕福な経済基盤を持ち、実家からの仕送りという名の不労所得を得ている。学費が多少増えたところで、文句は言われるだろうがそこまで問題にはならないのだ。通常は。

しかしウィルは違った。子爵の甥《おい》という貴族の末端ではあるが、一家の大黒柱で文官であった父を数年前に亡《な》くし、多少あった財産は病弱な母、三人の弟と一人の妹の生活費に消えつつある。長男として、本来なら労働に従事しなければならず、とても学生をしていられる身分ではない。しかし彼は苦心しながら学費を工面してきた。勉学の合間には食堂を手伝い、教授の雑用を進んで引き受け、レポートの代筆、後輩たちの試験対策、街に出て商売をしたことや、賭け事で寮生から金を巻き上げたこともあった。それもこれも学位を得て高給取りになるため。

だというのに卒業まであと一歩のところで、このような大きな壁が立ちはだかろうとは。どれほど努力しようと、期限までにまとまった金は用意できない。度々援助してくれる親戚にこれ以上の借財は望めない。赤の他人が貸してくれるわけないし、そんな稀《まれ》な人がいたとしてどれほどの高利息になるだろうか。明るい未来のため、何としても卒業金とやらを撤回してもらうか、免除してもらわねばならない。

「俺のような天才を失うなんてこの国の損失ですよ！」

唾を飛ばしながら訴えるウィル。ハンカチで頬を拭う教授は呆《あき》れ顔だ。

「自分で自分のこと天才とか言う？」

「誰も言ってくれないから自分で言うしかないじゃないですか！」

実際に金策に走りながらも首席をキープできるくらい優秀なのだが、自惚《うぬぼ》れが強いのが玉に瑕《きず》である。

「はッ！　まさか教授、俺の才能に嫉妬して世に出ないうちに摘んでしまうつもりですか？　最低！　学生を教え導く立場にありながら、あなたは最低の人間です！」

「とんでもない言いがかりは止めてくれるかい？　君の才能は災厄を呼び寄せる。頼まれたって要らないね」

どういうことだ、と思考を巡らせる。含みがあるのはわかるが、意味はわからなかった。

「じゃ、これから来客があるので失礼するよ」

黙り込んだ青年を前に、教授は話は終わったとばかりに席を立つ。

「待ってください！」

ウィルは退出しようとする教授の腰に縋《すが》りつく。

「ええい、放せ」

どれほど邪険にされても、進もうと足掻《あが》く教授にしがみつき、罪人を拘束する鉄球のように引きずられながらも断じて放さない。

「学位をください、卒業させてくださいよ～！」

「ははは。面白い男だな」

軽快だがよく響く声がした。教授室の入り口にいつの間にやら女性が立っている。

目にして真っ先に、山猫のようだと思った。

ぱっちりとした、ちょっと吊《つ》りがちな眼《め》は、シトリンのように透き通っていて、キャラメル色の髪は黒絹のリボンで編み込まれ、項《うなじ》のラインが顕わになってる。糊《のり》の利《き》いたブラウス、首元の白テンの襟巻から、それなりの身分であることは窺《うかが》える。年頃の女性にしては珍しく、ドレスでもスカートでもなく、乗馬用のズボンと黒革のブーツを履いている。均整の取れた身体《からだ》はしなやかで、身のこなしに無駄がない。腰に提げた剣も相まって武人独特の威圧感があった。

一見した人は、可憐《かれん》な風貌を妖精に喩《たと》えるかもしれない。どことなく野性味をかぎ取った人は豹《ひょう》に喩えるかもしれない。

でもウィルは猫だと思った。あの優雅なようでいて、獲物を狩る時は実に獰猛《どうもう》な小さな狩人《かりゅうど》に。人に飼われても犬のように馴《な》らされるのを良しとしない孤高の獣に。

「その卒業金とやら、払ってやっても良いぞ」

「……え」

あれほど望んでいた出資の申し出だというのに、彼女の不思議な魅力に囚《とら》われていて反応が遅れた。

「卒業金とやらがあれば卒業できる、そういう話だったな。金が無いから学位が得られず、才を発揮できる機会を失うなど気の毒ではないか。天才を自称するからにはさぞかし優秀なのだろう？」

「ええ。それはもう」

年頃の令嬢に煽《おだ》てられ、ウィルの声が上ずる。男社会の大学で、マドンナは掃除婦のハンナさん（四十代、子持ち）という学生生活を送ってきた彼には余計に刺激的だった。

「もしや君、名をシュルツ，ウィルフリートと言うのではないか？」

息を呑《の》む。彼のフルネームは正しくウィルフリート＝シュルツ。シュルツ子爵家との繋《つな》がりを示したい時は間にフォンを入れて名乗ることもある。継ぐべき爵位も領地もないので正式な名ではないが。

「なんで知ってんの？　もしかして俺のファンか何か？」

すぐ調子に乗る彼は、傍《かたわ》らの教授がみるみる青ざめていくのに気付かなかった。

「論文を読んだ。タイトルは確か『経済による戦争』だったか」

「え？　君みたいな可愛《かわい》い娘《こ》が俺の論文を？　……それは光栄だな」

数か月前に執筆した彼の力作は学術雑誌にも掲載された。教授や学生といった何人かの目に触れたとは思うが、勿論《もちろん》、うら若い乙女が好んで読むような読み物ではない。

エースターは、騎馬民族国家のオノグルと隣接している。この国、やたら強い。数年前に両国は戦争になったが、母国《エースター》は国内に攻め込まれ首都を包囲された。何しろ相手は子どもから老人まで馬に乗ることができる国だ。貴族くらいしか馬に乗れない国では、殊に機動性で太刀打ちできない。そんな騎馬民族もさすがに堅牢《けんろう》な城壁で守られた首都は攻めあぐねたらしく、数か月の包囲の後、多額の賠償金を得て国に引き返した。

「あの国の騎馬戦術は確かに脅威だ。でも所詮は後進国、経済面は惰弱だからね。食料自給率も低く、対外的な国内総生産も低い。そこを突けば……」

「ウィルフリート、黙れ！」

どんなに失礼な発言をしても、呆れたように窘《たしな》めるだけだった老成な教授が鋭い声を上げる。話を遮られ不満気な教え子の前に、庇《かば》うように立ちふさがる。

「あの論文を真に受けないでください。学生が悪ふざけしただけです。若人《わこうど》は過《あやま》ちをするもの。彼は学位を得られなくなり、その罪は贖《あがな》われました。彼は未来ある優秀な若者です。これ以上の罰はどうかご寛恕《かんじょ》を」

ウィルに目もくれず、可憐に見える女性に平伏《へいふく》せんばかりだ。

「優秀さと軽率さは両立し得るのかな？　些《いささ》か危険な取り合わせにも思えるが？」

「誓って貴国に害を為《な》す意図はありません。どうかお許しください、陛下！」

陛下と呼ばれるのは一国の主である。エースターの騎士王、北のポーラ王国の許諾王、西の大国ランクの太陽王、東の果てにはヴァラヒア公国の悪魔公、そして南には帝国の異教の皇帝。イオドゥールの教皇領を治める教皇も広義の意味では一国の主だろう。

そうした周辺国の王の名を一つ一つ思い浮かべるまでもない。女の王はとても珍しい。

ようやく、ウィルは女性の正体を悟った。

彼女がフルネームを呼んだ際、姓，名の順で呼んだ。そもそも乗馬用のブーツを履いている時点でおかしい。この国の女性は馬には乗らず馬車に乗る。高位貴族ならば尚更《なおさら》だ。

名乗りの習慣も違う東方にルーツのある国。数百年前に馬で移住し、財を略奪し、今やエースターの二倍の国土を征服した大国。

堂々とした立ち振る舞い。シンプルな衣服では隠しきれない威厳。

その女は、王の娘に生まれながら自ら剣を振るい、戦闘の最前線に立った。父亡き後、腹違いの兄を殺し王座についた。

――オノグル女王、イロナ
「実に面白かったぞ、君の教え子の案は。一滴の血も流さず我が国を脅《おびや》かすとはな」

その時、彼は女の瞳が小鳥を狙う猫のように爛々《らんらん》と光を帯びているのに気づいた。

あの論文を読んだ女王はさぞ気分を害しただろう。なるほど、わざわざエースターの大学に外国の国主自らが処断しに来たわけだ。なんて暇人だ。

学院は隣国の侵略者が論文を目にしたと知り、不興を買う前にウィルを追放しようとした。退学という形ではなく、穏便に〝卒業金〟などという苦学生にとっての難題を突き付けた。栄えある学び舎が隣国の圧力に屈したという形をとりたくなかったのかもしれないし、ウィルの将来のことも考えてくれたのかもしれない。

しかしそれも無駄になった。教授は相手が君主とわかっていたから、ウィルを黙らせ命乞いをしたのだろう。今なら恩師と呼んでやらないこともない。

女は腰に、革の鞘《さや》に納められているものの、手入れの行き届いた剣を提げている。獲物と目された男は死を覚悟した。享年十八歳、思えば短い生涯だった。

「君」

「ベッド下のエロ本は家族に見せずに処分してください」

「天才を自称する割に隠し場所は凡庸だな。いえ、そうではなく」

一歩で剣の間合いに詰める。僅かに乾草の匂いがする。女王はぱっちりとした大きな瞳でじっと覗《のぞ》き込む。宝石のような眼に、ウィルはまともに物が考えられなくなった。

「君、私の婿になる気はないか?」

第一章　女王陛下の王配候補

「すげー、緑の海みたいだ」

気まずさから揺れる車窓を眺めていたウィルだったが、どこまでも続く無限の草原に思わず声を上げた。前方からふふっとそよ風のような笑い声が聞こえてきて、赤面した。

「我々には見慣れた景色だが、そう言ってもらえて嬉《うれ》しい」

笑うと、猫のようだと思った大きな吊り目が細まり、雰囲気が柔らかくなる。

あの度肝を抜くような提案《プロポーズ》から数日。なんの因果かウィルは女王陛下と共に異国《オーグル》へ向かう馬車の中にいる。

――こんな可愛い娘《こ》が俺をムコにって言ったのか？　ムコってあれだよな、つまり、結婚する系のムコだよな。この娘《こ》とあれこれする系のムコだよな。

蕾《つぼみ》のような可憐な口元から、尖《とが》った顎、白い喉元、組まれた腕の上に鎮座する胸……意外に大きい……まで視線が下がり、慌てて顔を引き上げた。

――こんな可愛い娘《こ》に一目惚《ひとめぼ》れされるほど、俺ってイケメンだったか？

頬のニキビを掻《か》きながら、物心ついた時から付き合いのある白分の顔を思い浮かべる。

特別整っているわけでもなければ醜いわけでもない。これといって特徴のない平均的なパーツと並びで成り立っていたはずだ。髪は煤《すす》を被《かぶ》ったように黒く、一見すると灰色だが青と言い張れば青にも見える瞳が特徴と言えば特徴だが、金髪碧眼《へきがん》の多い母国の貴族の中では霞《かす》んで見える。最近は寝不足の為《ため》かチャームポイントの眼の下にも隈《くま》ができている。

ウィルは自惚れ屋だが、客観的な判断ができないわけではない。専攻している学問は数字等を用いて冷静に自領の状況を分析することが求められる。経験からも結論は導ける。女の子に逆ナンされたこともないし、母や妹の身内のひいき目にも、利害関係のある学友のお世辞にも容姿に良い評価を受けたことがない。従って彼は美男子ではない。

——じゃ、内面の問題？　過去に悪漢から彼女を助けたとか？

栄養不足気味でひ弱なウィルは、喧嘩《けんか》になったら勝てた例《ためし》がなく、幼少時から揉《も》め事を避ける傾向にある。悪漢を発見しても無駄な正義感は発揮せず、自警団に駆けこむか、見て見ぬ振りで通り過ぎるだろう。一方の彼女は、女の身でありながら従軍経験もある。この距離ならウィルの拳が届く前に、彼女の剣で斬り殺されるだろう。

だいたい、こんな可愛い娘《こ》に会ったら絶対に覚えている。彼女とは間違いなく教授室が初対面だったはずだ。オノグルの王女として生まれた彼女と、生まれてこのかた国外へ出たことのない自分がどうやって出会うというのだ。

――なら、嗜好《しこう》がちょっと特殊とか？

可能性の薄い話だが、自分の容姿がマニアックな彼女の好みにピンポイントで突き刺さったのだろうか。

オッサンに縋《すが》りつき、駄々をこねていた自分を思い出す。

うん、黒歴史に指定されて然《しか》るべき初対面だ。反射的に馬車から飛び降りたくなった。

「どうした？　風にあたりたくなったのか？」

唐突に走る馬車の戸を開け身を乗り出したウィルに、女王は猫のような瞳をまん丸にしてゆるりと首を傾《かし》げている。

「……ナンデモゴザイマセン」

これ以上、どん底の好感度のさらに底を突き抜けても良いことはないと判断し、ウィルはそっと戸を閉め椅子に座り直した。

「女王陛下におかれましては恐悦至極に存じ奉《たてまつ》り……」

「そんな他人行儀な口調はよしてくれ。君は妻になる女にそんな口を利くのか？」

妻、という言葉《ワード》に若干照れながら、「では、お言葉に甘えて」と切り出す。

「俺が身に余るプロポーズをされた理由ってぶっちゃけ、あの論文だよね」

相対的に見て、相手の方が圧倒的に魅力的、しかも国という財産も背負っているので、市場価値、資産価値は計り知れない。それなのに夫婦関係を申し込んで来る理由が、悲しいかな平凡な青年にはそれしか思い浮かばない。

「でもその理由が一番納得できない。あの論文は君の国を貶《おとし》めるものだったはずだ」

熱狂的な愛国者でなくても、自分の国が批判されて良い気分になる人はいないだろう。何しろ故郷、生まれ育ち、自分を形作ったものの一部だ。その国の運営側に立っているなら、その者の行いをも貶めることになる。言うまでもなく、自分を否定してくる相手と友好的になりたい者は稀《まれ》で、結婚相手にしたいと思う者は皆無に等しい。

「君、我が国をどう思う?」

女王はこちらの問いには答えず静かに問い返す。途端にウィルは返答を濁した。

「あ〜、俺はエースターで生まれ育ったから、実際にこの国を見たのも足を踏み入れたのも生まれて始めてなわけで。外国からでは情報も断片的なもので」

眼前の美女の気分を害す答えを告げる馬鹿がどこにいる。しかし、女王に「構わん」と許可を出されてしまう。

ウィルは腹を括《くく》った。どうせ私見の塊を記した論文は既に読まれているのだ。

「なら言わせてもらうけど、お宅は強国の顔をしているが、その実態は主要な穀物の生産量も少なく、自力で財産を生み出すことのできない貧しい国だ。食料自給率は低いくせに、外貨の獲得手段はない。足りない財とパンをどうしているかと言えば、戦争という形で他国から奪っている。その在り方は、近隣の村に富を略奪に行った先祖の遊牧民のまま時を止めている」

殆《ほとん》ど喧嘩腰《けんかごし》だ。論文にはもっと過激なことを書いた。彼女の母国を野蛮な〝略奪国家〟とさえ評し、その脆弱《ぜいじゃく》な経済基盤を徹底的に暴き出した。

多少敗戦した国の人間としての悪意は込められているものの、彼からすれば真っ当な指摘に、図星を差されたはずのオノグル国王は怒るわけでもなく、「そうだな」と頷《うなず》いた。

その時、馬車の速度が緩まった。

「水場を見つけたので暫《しばら》く休憩します」

前方から御者が声をかける。

馬は便利な道具のようだが、不便な生き物だ。維持には大量の飼い葉や水を必要とする。ある程度の餌や水は運ぶこともできるだろうが、長距離を移動するには街道沿いの宿屋なり自然の草原や水場が必要で、移動ルートも限られる。勿論、多くの荷物を運べるという利点はあるものの、一日に進む距離の平均は徒歩と大して変わらない。

ちょっと降りようか、と女王が声をかけた。

馬車の外にも、車窓から見た景色が広がっていた。どこまでも続く空と草原。馬たちが泥を含んだ水たまりに顔を寄せ合う。その傍《かたわ》らでオノグルの女王は伸びをする。

「皮肉ではなく本当に疑問なんだけど、なんで問題点がわかってるのに、この広い国土に小麦を植えようとしないの？」

女は膝を折り、白い手でまばらに草の生える土を摑《つか》んだ。

「見てくれ」

手からぱらぱらと零《こぼ》れ落ちる赤茶けた土は、乾いているのか吹く風に容易《たやす》く飛んでいく。

「貴国の肥沃な土とは比べ物にならないだろう」

地質学にも通じているウィルは、自身でも触って確かめる。黒く湿った母国の土とはまるで違い、水分量は少なく、養分も少ない。これでは主要な穀物は育たない。

彼は改めて景色を見回した。無為な雑草が生い茂り、どこまでも草原が広がる。オノグルの国土の大半はそうなのだ。

「我らの祖は東から来た遊牧民。野山を駆け、家畜を追い、自分の家族だけを養っていた頃ならそれでも良かった」

女王の目もまた、国を見渡すように遠くを見ている。牧畜が盛んだが農作物の採れない、不毛の地。

「数百年前、各々《おのおの》の族長ではなく王を立て、国としての体面を整え都市を作った。近年、水路の整備、学問と医術の向上で出生率は上がり、人口は飛躍的に増加し、都市部へ流入した。この国の食料生産量ではとても賄いきれない。他国から輸入しようにも主な産業のない我が国は、外貨を獲得できない。

私はな、この国の在り方にずっと疑問を抱いていた。確かにこの国は戦争には強い。私は将として勝つために労は惜しまず最大限の努力をし、その結果幾つも戦果を上げ、今日まで生き残っている。しかし、いつまで勝てる？　近年、鉄砲が生み出され、戦いの形は急速に変わりつつある。そもそも勝負は時の運だ。たまたま雨が降ったとか、見張り番が欠伸《あくび》をしたとか、指揮官が石に躓《つまず》いたとか、そんな些細《ささい》なことで勝敗はひっくり返る。今までは運が良かった。だが、そんなものに永久に縋っていられるだろうか？」

その時の女王は以前見た時と違った。なんと言うか、頼りなげに見えた。

司令官として戦地に立つ時は自信満々に作戦を述べただろう。国王として議場に立つ時は多少強引にでも国策を進めただろう。それはそうだ。自信の無い指導者について行きたい人間が、命を預けたい人間がいるだろうか？

けれど、間違いのない人なんていない。未来の見える人なんていない。これで正しいか、未来をよりよい方向に導けるのか。自分の選択に不安な時もある。それを周囲に悟らせるわけにもいかず、いつも肩肘を張って国という大きな船の舵取《かじと》りを担《にな》っているのだろう。

でも今、目の前にいるのはむき出しの彼女自身のようだった。

「戦いに勝利する度に、戦の女神だの何だのと持て囃《はや》される度に、私は漠然と危機感を抱いていた。しかしそれが何なのか明確に言葉にできなかった。

君の論文を読んだ後ならわかる。富を奪うということは、他者が存在しなければ不可能だ。それは他者に依存しているのと何が違う？　この国が抱える根本的な課題を何も解決できず、目を逸《そ》らしているだけ。この国が自らの足で立つことにはならない」

女王は振り返り、ウィルをぴたりと見据えた。

「最も城の防衛に向く者は、その城の攻め方を熟知している者だ。君は我が国を経済的に殴る策を提案した。ならば、その対抗策も考案できるはずだ」

ウィルが学術誌に掲載した論文は、要約すると手段を用いオノグルへの輸入を停止するという策だ。オノグルは自国の生産では足りない食糧を他国から賄っている。しかも内陸の国だから船で遠方から輸入することはできない。隣接する国々で協定でも結び輸入を停止すれば、この国は破滅する。

「そんな期待してもらっても、やれるかどうかわからないよ？」

冗談めかして言ったが、偽らざる本音だ。もしこれが母国の官僚になれというならば、前のめりで自身を売り込む。自分にそれに足る能力があるとわかっているからだ。

オノグルが経済的に自立するために一体幾ら必要か。オノグルの人口は約四〇〇万人。一年に必要な小麦の量は単純計算で約二〇〇億オンス（約五六万トン）。侵略した土地の中には耕作に向いている地もあり、食料自給率は約六割。ウィルの馴染《なじ》みのあるエースター の通貨、ゲルト銀貨で一六〇〇万枚、イオドゥールで発行している金貨で一〇〇万枚以上。それらをこの不毛の地で稼がなければならない。はっきり言って無謀としか言えない額だ。

自分は、この申し出を受けるべきか？　報酬は魅力的だ。卒業金を支払える。それだけではない。どんなに官僚として出世したとしても権限に天井がある。王配という立場でこの侵略国《オノグル》を好きにできるなら。こんなチャンスは二度とない。

しかし、そもそも自分にそんなことができるだろうか。幾ら自称〝天才〟でも躊躇《ためら》ってしまう。

「どんな材料があるかわからぬのに防壁を築けとは言わぬ。可能かどうかの判断は我が国を見てからでいい。その間、君は私の婚約者として滞在してもらう。一学生よりは格段に権限を持ち、できることも多いはずだ。私たちも同様に君を見極めさせてもらう」

「なるほど、お試し期間ってわけだ」

雇用契約で言う所の試用期間だな、とウィルはどこか安堵《あんど》し、どこかがっかりした。

「何も為《な》したことのない者には誰もついていかない。君が功績を上げねば、王の配偶者として民も納得せぬであろう。私の婚姻はこちらとしても最大の切り札である」

国という持参金を持つ彼女は、恐らく周辺諸国で最も裕福な女性の一人だ。自他国の王家や高位貴族は勿論《もちろん》、敵対国である帝国の皇帝からも縁談が来ているはずだ。しかも宗教上の理由で彼女に離婚という選択肢はなく、一度しか切れないカードだ。

「期間は……そうだな、婚約公示期間として半年にしよう。君が無事我が国を救うことができれば、我が国の半分を統《す》べる地位と権利を保障しよう。先に支払った卒業金は前金とってもらって構わない」

「因《ちな》みに、もし、期待に応えられなかったら？」

上手《うま》い話には裏がある。リターンだけでなくリスクも天秤《てんびん》にかけるのが良い経営者だ。断じて怖気《おじけ》づいたわけではない。

「うむ。まず前金である卒業金は返してもらわねばならん」

ウィルの脳裏に子爵の伯父に泣きつく自身の姿が思い浮かんだ。

「体面上、慰謝料というか違約金も無しというわけにはいかぬだろう」

金額が多額過ぎて想像上のウィルは伯父に蹴り飛ばされた。

「君も王配より借金奴隷という立場になれば、もっとやる気になるかもしれんな」

自分だけでなく弟や妹までもが荷馬車に詰められ値札をつけられる光景が浮かぶ。

「まあ、血の気の多い臣下たちから報復されるのが先かもしれんが」

妄想の中の自身は、馬に乗った兵たちに八つ裂きにされてしまった。

「待って。俺、脅されてる？」

同じ女にプロポーズされたような気がしたが気のせいだっただろうか。兎《と》に角《かく》、王配の立場はハイリターンだがそれに見合う超絶ハイリスク。それはよくわかった。しかも当の結婚相手はにこにこ笑いながら求婚と恐喝のセット売りを敢行する、悪徳商人も裸足《はだし》で逃げ出す斬新なセンスの持ち主だ。ますます二の足を踏んでしまう。

ちらりと草原に視線をやる。先ほどは中断したが、今すぐここで馬車から逃げるべきか？　騎馬民族相手に？

「この草原には死体が転がっている」

どきりとした。思考を読まれ、逃げたら殺す的な脅しをかけられたのではないかと思ったからだ。しかし彼女は遥《はる》かに続く草原を眺めている。

「生まれたばかりの赤子の呼気を塞ぎ、年老いた父母を草原に捨て、育てた子を人買いに売り、食い扶持《ぶち》を減らす。そんなこと、この国では日常茶飯事だ」

「その解決策を俺が見つけられるって？」

女王はこちらを振り向いた。命綱とも呼べる視線の先、瞳の中にはなんと頼りない男が映っているのだろう。とんでもない買いかぶりだ。この男は異国の学生に過ぎない。たまらず俯《うつむ》き、自分の手を見る。指は長いが右はペンだこのせいで歪《いびつ》、それが男にしては細い手首に繋《つな》がっている。この手で何を為せると言うのだろう。

「あなたは、なんで俺ができるって思うわけ？」

繰り返すようだが、ウィルは自惚れ屋《ナルシスト》だが現実主義者《リアリスト》でもある。自分に他国を救うような力量があるとはどうしても思えない。

「だって君は、我が国の侵略《やりかた》を許さないだろう？」

息が止まった。

これからはお前が家長だ。そう言って背を押した分厚い手。誰のものともわからぬ土を盛っただけの墓。すすり泣く女や子どもの声。

誰にも言わず、ずっと秘めてきた思い。シトリンの眼《め》は、その胸の内すら見透かすように澄んでいる。

ウィルは半年とは言わず、今すぐ逃げ出したくなった。その手を女の手が摑む。

「私は、この国の新しい在り方を求めている。そしてこの国を、戦争以外の方法で飢餓から救いたいのだ」

握る手は固く、振りほどけない。家族以外の女性に手を握られたのは久しぶり、というか初めてではないだろうか。

「頼む」

懇願の吐息を漏らし、瞳を伏せる。修道女が祈るように背は僅かに丸まっている。その背に国の命運と、国民の命を背負っている。一人で背負うにはその難題は重すぎる。

この国を変えたいと目の前の女が言う。

それは、ウィルが当初思い描いたオノグルを破滅させるやり方ではなく、オノグルを自立させる方法だが、戦争をしないで済む国に変えるという意味では望ましい方向のはずだ。だったら同士だ。自分が逃げたら、この問題を彼女一人に背負わせることになる。

「わかった。やれることを精いっぱいやってみるよ」

遂《つい》に白旗を掲げる。この願いを突っぱねることがどうしてもできなかった。

正直、自信は全然ない。でもこんな美女に期待され、懇願され、求婚までされた。彼女が自分の力を信じてくれるなら、ちょっとくらい頑張ろうと思えた。

それに、自分一人の手に余っても、二人なら、どうにか摑めるのではないだろうか。

「本当か！　ありがとう」

ぱっと光が灯《とも》るように、女王は破顔した。彼女の提案を受けるのは自身の暗い野望のためでもある。自分を信頼し感謝する、輝かんばかりの笑顔を見ていたら、今更のように後ろめたさがふつふつ湧いてきた。

「……それで、陛下は、それでいいの？」

普通の家庭で育ったウィルは違和感を覚えていた。

「勿論、国の益になるなら」

「えっと、そういうことじゃなくてさ」

自分の結婚すらも商談の条件のように語る。だが、彼女と同じようなうら若い女性なら、結婚に、新郎に、もっと夢と希望を持っているはずだ。彼女は自分のことを、例えば異性としてどう思っているのか。

「君の方はどうなんだ？」

女王は子猫のように上目遣いで青年を窺《うかが》う。

「え？　俺？」

「初対面で私のことを〝可愛《かわい》い〟と評し、容姿を好意的に受け止めているようだ」

「それは、まあ」

彼女の容姿はとても評価している。王配になったら夫婦生活を送るのだ。女王が美人でなかったら、この話を受けたかどうかわからない。

「君のエロ本……官能小説を拝見したが性的嗜好《しこう》は年上ものが多いくらいで健全な方に分類される。兄弟が多いことから、生殖能力も問題なさそうだ。結婚するからには世継ぎを期待される。夫婦生活に不満はないと判断させてもらっていいだろうか？」

「ちょ、え、何言っちゃってんの⁉」

滔々《とうとう》と述べられているので聞き逃しそうになったが、秘すべきプライベートを暴き立てられ、とんでもないことを口にされている。

「例えば、君がさっきからチラチラ視線をやっているこの胸」

気づいていたか、とウィルは恥じ入り目をぎゅっと瞑《つぶ》った。

「好きにしていいぞ」

「はへ？」

「触ってみるか？」

お年頃の青年は無意識に手を伸ばしかけ……後ろで組み、叫んだ。

「嫁入り前の女の子がそんなこと言うんじゃありません！」

女王はたまらず吹き出した。

‡　‡　‡

目が覚めたら、視界を見慣れぬ天井が覆っていて飛び起きた。

いや、これは天井というのか？　曇りのない白いレース、色とりどりの糸で縁取られ、垂れ下がるタッセルの結び目まで美しい。改めて天井に垂れ下がった布を見直し、もしかしてこれが天蓋というやつか、と見物してしまった。大学の寮の、硬く少しばかり黴臭《かびくさ》いベッドで寝ていた貧乏学生には縁遠い寝床だ。寝具はふかふかだし、手触りはこれ、シルクじゃなかろうか。何故《なぜ》自分はこんなところにいるのだ、と呆然自失《ぼうぜんじしつ》である。

これは夢の続きだろうか？　と辺りを窺う。壁紙はパステルカラー、カーテンは花柄、調度品の脚は華奢《きゃしゃ》で、どちらかと言えば女性向けだが居心地のよい部屋だ。

隣国の女王から求婚された夢を見た気がするのだが。暫《しば》し考え込み、だんだん状況を飲み込み始める。ここは王の配偶者の部屋。王の部屋は今代は女性が使っているため男のウィルに宛がわれたわけだが、通常ならば王妃の部屋だ。だから女物なんだーと些《いささ》か現実逃避する彼の耳に、控えめなノックの音がした。

「失礼いたします、お目覚めでしょうか」

「は、はい、お目覚めです。どうぞ」

礼とともに入室してきたのは、給仕《きゅうじ》服を着た二人の侍女だ。一人はこの国では有り触れた黒髪を一筋まできっちり結い上げた、侍女と言うより家庭教師のような印象を受ける。

化粧気はなく、その整った顔立ちと若さを活《い》かしきれていない。ただ背筋がぴんと伸び、お辞儀したりカートを押したり、垣間見《かいまみ》える所作は美しい。

その陰から滑るように入って来たもう一人の侍女は、全く対極の印象を受ける。明るいふわふわした茶髪に、可愛《かわい》らしい顔立ち。恐らく件《くだん》の侍女より年下だろう。彼女を真似《まね》て頭を下げたり一歩進んだりしているようで、動きもたどたどしい。ただ、元の素材が悪いわけではないが、それ以上に髪型で、化粧で、服装で、自分を魅力的に見せる術《すべ》を知っている感じだ。侍女のうち前者の、たぶん先輩の方がウィルに向き直る。

「はじめまして、ドリナと申します。旦那様の身の回りのお世話をさせていただきます。何なりとお申し付けくださいませ。こちらは主に衣装係のローザ」

だんなさまはまだ早い、と照れてしまい「はあ」と冴《さ》えない返事しかできない。

侍女は運んできたカートを前に置いた。大きな金属製の盥《たらい》だ。溜めてあるのは無色透明な液体、恐らくお湯が湯気を立てている。何だろうと眺めているると、何もしないウィルに焦《じ》れたのか、「よろしければ、こちらでお顔をお清めください」と説明が入った。

「ああ、ありがとう」

わざわざ持ってきてくれたのか、とウィルはベッドの上でパシャパシャ顔を洗った。

「失礼いたします」

顔を上げると空かさずドリナと名乗った侍女がウィルの顔を拭い、手を拭いた。流れるような一連の作業だ。

「失礼するですぅ」

「きゃ、何すんの⁉」

続いてローザと呼ばれた侍女が寝巻に手をかけ脱がそうとしたので、ウィルは生娘《きむすめ》のように悲鳴を上げ寝巻を押さえてベッドの上でのけ反った。

対して若い侍女はきょとんとしている。なんで拒否されたのかわからない、といった態度なので、オノグルには異性の衣服を剝ぎ取る習慣があるのか？　と混乱する。

「あの、お着替えを……」

ドリナも同様、シャツを持ったまま戸惑っている。そう言えば、同級生には伯爵の息子もおり、下着すら自分で着たことがないとか吐《ぬ》かしていた。つまり彼女たちは痴女ではなく、使用人としての職務を全うしようとしたのだろう。だが、ウィルの家は使用人を雇う余裕も無く、弟妹《きょうだい》もいたため母に着せてもらったのはだいぶ昔のことだ。異性に着替えを手伝ってもらうなど、年頃のウィルには気恥ずかし過ぎる。

「お嬢さん方、悪いけど一人にしてくれる？　自分で着替えられるんで」

「かしこまりました」

侍女たちが一礼して退出し、部屋に一人残されたウィルはひとりごちた。

「俺、こんなんでやっていけるの？」


速攻で服を着替え部屋を出ると、侍女二人が所在なさげにしていた。

「ごめんね。淑女の手を煩わせなくても俺、基本的に自分のことは自分でできるから」

だいたい世話係って同性がやるものではないか。ウィルは使用人にも、オノグルの慣習にも不慣れなので知らないが。

「ただ、食事はどうしたらいいか教えてくれる？」

「お食事でしたら食堂でご用意できます」

「食堂ってどこ？」

一瞬、沈黙が通り過ぎた。

「差し出がましいかと存じますが、本日は宮殿内をご案内させていただいても？」

「うん。そうしてもらえると有難《ありがた》い」

女王からは特に予定は聞いてない。と、いうことは本日の予定は無しで大丈夫だろう。

そうだ、女王と至急連絡をとらねば。ウィルが何を望まれているか、というのはわかった。

だがそのためにどうアプローチするのか、何をどこまでできるのか、許されるのか、確認をしたい。期間の半年は長いようで短い。明日からの予定を埋めなくてはならない。

「因《ちな》みに女王陛下は朝食はもう食べた？」

「既に食事を済ませ、執務にあたっています」

窓から差す日の光はまだ低く長い。長旅の疲れと気疲れからかウィルは寝過ごしたとは思うが、既に支度を済ませ仕事しているなんて驚嘆すべき働き者である。

「わかった、明日はもう少し早く起きることにする。ところで、お忙しい女王陛下と少し話をしたいんだけど、お茶の時間とかとれそう？」

「いえ。いつも執務の合間にとりますので」

「じゃ、ディナーは？」

「一度確認させていただきます」

「無理そうなら食事に託《かこつ》けなくても手が空いたらで良い。時間は合わせるって伝えて」

「かしこまりました」

ドリナが視線だけで合図すると、ローザがカートを押し単独で移動を始めた。恐らく女王へ約束を取りつけに行ってくれたのだろう。

「では、食堂にご案内いたします」

ドリナが向き直り、「こちらへ」と行く先を示した。

現在地は北にある、五十年ほど前に建てられた宮殿だ。同時代の大聖堂等《など》の建築にあるように、壁から緩やかな曲線を描いた半月型の天井、柱の数は少なく、窓は大きく取られている。

食堂も同じ建物内にあった。石造りの壁には紋章をあしらったタペストリーが飾られ、細長いテーブルには白布がかけられていた。隅の方に座ろうとすると、中央のやたら豪勢な二組の椅子の内の一つを勧められ仰天した。続いて肉と野菜から滲《にじ》んだ出汁《だし》がなんとも食欲をそそるスープに、仄《ほの》かに甘味のあるパン、チーズに新鮮な果物が運ばれ、ぴかぴかに磨かれた銀食器が添えられている。今まで食べたことのないような豪勢な朝食だった。

存分に腹を満たした後、周辺の探索を続けた。ウィルが入城したのは昨日のことだ。東側に大河が流れ、夕日に染まる細長い城壁、その上に白っぽい壁と赤い屋根が幾つも突き出ていた。この王宮は約二百年前、異民族の侵入を機に平地から川岸の丘の上に移設された。西側には二重の城壁、南側に円形の城壁、東には馬上槍試合《トーナメント》を行うことができる広い前庭と観覧席があり、背の高い物見用の塔、城門と一体化した楼閣などもそこかしこにあり、専門家でないウィルでも守りが堅そうだなとわかる。

東側にある建物は作りかけの部分もある真新しい宮殿で、正面《ファサード》には印象的な赤大理石の階段。最新の様式、古代帝国様式を復興させた大理石の円柱やアーチ、絵画や彫刻で飾った壁。青銅の門は神話の英雄の功績を描いたパネルで飾られている。

「うわあああ！　なんだこれ、なんだこれ！」

上の階にはブロンズの彫像、紋章のレリーフが目立つ華麗な部屋があった。中央にはタイル張りの暖炉があり、芸術的な彫刻の棚、快適な椅子、テーブル、毛布が置かれている。何の為《ため》にあるのか。本を読むためだ。

壁の棚には貴重な書物が並んでいる。あまりの多さに手放しで狂喜した。

「これらは前陛下が各国から集めた書物です」

テンションの高さに侍女は若干引いているが、ウィルは革表紙を眺めるのに夢中で気づかない。書は英雄譚《たん》が多いが、東方の見聞録に帝国の会計法、古代帝国の書物まである。

「そう言えば先代は人道主義者で通称正義王か。当時一、二を争う書物の収集家だっけ」

「左様でございます。本がお好きなのですか？」

「うん！」

少年のように素直に頷《うなず》くので、侍女は微笑《ほほえ》まし気に唇を綻ばせる。

「本は一人の人間と会うのと同じくらい、時にはそれ以上の情報が詰まってる。でも、一生かかってもこんなたくさんの人たちと知り合いになれるかな？」

ひょっとして大学以上の量じゃないだろうか、とウィルはきょろきょろ見回す。

「俺、これ読んでも良いの？」

「はい」

――夢みたいだ。ありがとう、未来のお義父《とう》様。生きていたら話が合ったろうに、残念だ。

本棚の上に肖像画があったので、ウィルは投げキスを送っておいた。

さて。宮殿内を回っていたら空はすっかり茜色《あかねいろ》になっていた。歩き疲れて足は棒のようになっている。

ウィルは女王の手が空くのを待つため少し早めに食堂に待機していた。しかしいつ来るかわからなかったので、手持ち無沙汰に書庫で借りた本を読んでいた。手始めに選んだのは、オノグルの地理や特産物について。

――やっぱ気候は冷涼で雨量も少ない。穀物を育てるには不利な条件だな。

あまりに夢中になり、空腹も忘れていると、突如目で追っていた文字たちが手元から消えた。抗議しようと視線を上げると、隣に座る猫のような瞳と目が合った。

「私を待っていてくれたのではなかったか？　それにしては無機物に夢中で妬《や》けるな」

「ごめん、集中してたみたいだ」

いつの間にか食事が並べられている。

その日のメインは羊の肉だった。ニンニクとジンジャー、赤玉ねぎ、サフラン等が使われたソースがかけられている。付け合わせはガルシュカと呼ばれる小麦粉をこねて茹《ゆ》でたもので、見た目は白い芋虫のようだ。これを炒《いた》めたベーコンやサワークリームをからめて食べるらしい。元が遊牧民だけあって、料理も独特だ。しかし味は悪くなかった。後で料理長に挨拶に行ってみようと思い立つ。

「で、私に何の用だ？」

黙って舌鼓《したつづみ》を打つウィルに焦れたのか、女王が肉を切りながら問う。

「幾つかあるけど、取り敢《あ》えず俺の家族に仕送りしてくれたんだってね。ありがとう」

「報酬だと思ってくれ。結果がどうなるにせよ、ただ働きをさせるわけにはいかない。あとは、口止め料だ」

国家元首の傍《そば》にいれば公にできないことも知ってしまう。そうした情報を母国《エースター》に報告されては不利益になることもあるだろう。

「わかった。でも一言お礼を言っておきたかったんだ」

「君は律義《りちぎ》だな」

ふわりと目を細めた女王に、ウィルの心臓が湧き立つ。

「それと一応、情報交換の機会が要るかと思って」

ウィルが何をするか知らせておき、事前に許可を得たい。報《ほう》・連《れん》・相《そう》というやつだ。勝手にやったことが女王の不都合になったらお互い困ってしまう。

「できれば、毎日こうやって顔を合わせたい。そっちの方が忙しいだろうから時間は合わせる。用事がある時は事前に連絡するようにする。まずはこうやってお互いに過ごす時間が必要かなって。ふ、ふう、ふ、ふうふうーになるわけだし」

「大丈夫か？　無理してないか？」

照れが限界に達し自分でも何を言っているかわからない。女王にも心配されてしまった。

深呼吸を繰り返して己を取り直す。

「うん、余裕余裕。取り敢えず、この国の収入と支出を把握するところからだ。明日、会計資料を用意して欲しい。機密文書もあるだろうから見せられる範囲で構わない」

女王は「用意させよう」と頷き。

「ところで、私からも一つ連絡させてもらって良いか？」

「うん、何？」

「近々、私たちの婚約式を開こうと思っている」

「コンニャクスキ」

盛大に聞き間違えた。一種の現実逃避である。

「君にはそれを取り仕切ってもらいたい。予算も無いから慣例通りで構わないが、晩餐会《ばんさん》をやって招待客も呼ぶ予定だ。これは国内外に君をお披露目する機会でもある」

「え？　急に？」

戸惑ったが、順調にいけば半年後、ウィルはこの国の王配になるのだ。この程度のこと乗り越えられなくて国の中心に立てるはずがない。

「よく考えれば、領主たちと知り合いになる機会を作ってもらえるなんて願ったり叶《かな》ったりだ」

突然前向きになった青年に女王は訝《いぶか》し気だったが、ハッと目を見開く。

「何か思いついたのか？」

「まだなんとも言えないけど、一先《ひとま》ず外貨を得る手段がないと話にならない。領主なら地元の特産品とか知ってるかな～と思って」

「外貨、か」

難問にぶちあたったように白い眉間に皺《しわ》が寄る。国民を食わせるために小麦を輸入するには金貨にして百万枚必要だ。女王も自覚しているように、輸入ばかりしていては富は外へ出ていき、国は益々《ますます》貧しくなる。収入を獲得する手段が必要なのだ。

「でもさ、売るものが全くなければとっくに破綻してるはずだよね？」

輸出品がまるでない零《ゼロ》からの出発なら、金を錬成でもしない限り打つ手がない。

「輸出の大半は家畜、牝牛《めうし》に羊、後は馬だな。目に見える額は大きいが、生きたまま出荷するのでその分、輸送コストがかかる」

コストがかかると言うなら解体《ばら》して売る手もあるが、内陸は運送に時間がかかる。肉はその間に腐ってしまうだろうし、誤魔化すための香辛料も港がなければ手に入り難《にく》い。

既に産業として成り立っている分野を成長させれば、と考えたのだが甘くはなさそうだ。

「毛皮とかは？」

「悪くはない。ただ、加工技術が無く、毛皮や羊毛を輸出して毛織物《けおりもの》を輸入している」

「それ、意味ないやつじゃん」

原材料を売って加工品を輸入したのでは、結果的に高くつく。

「この国で毛織物を作れない？」

「技術はそれだけで金になる。どの国も流出には敏感だ」

そうだよな、と肩を落とす。エースターにもツンフト《ギルド》があり、製品の品質、規格等が統制されて品質が保証される代わりに、好き勝手に価格や販売先、営業等を変えることはできない。しかも、肉屋、布屋、紡績といった各ツンフトの親方が雇用（と言うか奴隷に）

している徒弟のみにやり方、作り方を教えるため、新規業者が参入することはほぼ無い。

それに、毛織物では西の島国、ササナが有名だ。自国で生産・加工する仕組みができている。おまけに船で大量に、どこへでも輸送できる。この分野にオノグルが後から進出したところで太刀打ちできない。外貨を得るためには、外洋に出る港が無いというのがどうしてもネックになる。

「他の産業と言えば、今年は白ワインが良い金になった」

火山でできた土は穀物が育たないかわり、果実には良い。ワインなら樽《たる》につめれば保存も利《き》き、長旅にも耐えられる。因《ちな》みに白ワインなのは、気候が寒くて赤はできないからだ。

「ワインだけじゃ心許《こころもと》ないな」

「他は、鉱物。特に銅だ」

「銅かぁ～」

地味だ。せめて、金や銀が採れれば言うことないのだが。

ウィルには鉱山経営の知識もある。銅なら一定の需要があるが、掘り過ぎて大量に市場に出回ったら、苦労して掘り出したのに価値が下がってしまう。掘り過ぎれば地盤も不安定になり、災害を誘発する。それに、地下に眠る鉱物もいずれ尽きるものだ。それを頼みにするのは良くない。

「そういえば、この本に書いてあるけど〝森の向こうの地〟って名前の地域で、昔、金が採れたんだよね？　お百姓さんが土を耕してて金の仮面を見つけたって記述があるけど」

「昔の話だ。金はとうに採り尽くしてるらしい」

その答えは半ば予想していた。今はオノグルどころかこの大陸で金は採れない。

「その他、僅かに鉄や鉛は採れるが、輸出には制限をかけている」

「なんで？」

「銃の原材料だからだ。輸出した鉱物でできた武器で自国が攻撃されるのは面白くない」

なるほど、戦術家らしい意見である。

話を聞いている内にデザートの焼き菓子を食べ終えてしまった。女王は食器を下げさせ、給仕《きゅうじ》に白紙の地図を持ってこさせた。

「この辺は川魚がとれる」

「この山林は蜂蜜、蜜蝋《みつろう》がとれる」

とか言いながら、次々に書き込んでいく。彼女がペンを置く頃になると、銀燭台《しょくだい》の蝋《ろう》燭《そく》がすっかり短くなっていた。

「すごい。幾ら自分の国でもここまで知ってるなんて」

ウィルは借りて来た地理の本と見比べる。川の位置まで正確に書かれていた。この国のことは全部頭に入っているというのだろうか。

「私も我が国の民を徒《いたずら》に死なせたいわけではない。別の方法があるならそれに縋《すが》る」

それは彼女の心から出た言葉だったのかもしれない。

この国は貧しい国だ。穀物を買う金が要るのに、売るものが無い。彼女は不毛なこの地で、飢える人を、家族を間引く人を見ている。夢を見る余裕すらない悲しい現実の中で、戦争の賠償金という究極の手段しか外貨を得る方法が無い。その手段は両国民の血の犠牲の上に成り立っている。

でもそのことを、彼女はずっと心苦しいと思っていたんじゃないか？　本当は戦争などしたくないのかもしれない。誰一人死なせたくないのかもしれない。彼女は自国の特産品を隈《くま》なく調べ、この状況をなんとかしようと足掻《あが》いていたんじゃないか？

恐らく彼女が把握しているこれらの特産品は、商品開発が既に済んでいるかできなかったのだろう。ウィルは正確に描かれた地図を眺めながら、そこに込められた彼女の思いを無駄にしたくないと思った。

‡　‡　‡

翌日もウィルは一人で朝食をとった。昨日より少し早めに起きたつもりだったが、既に女王は執務にあたっているようだ。

「失礼致しますぅ」

ウィルの席へとティーポットの乗ったカートを押しながら侍女がやって来る。昨日案内してくれた隙のない侍女ではなく、衣装係と紹介された未熟な方だ。

「えっと、湯をカップに注いで、ポットにも注いで、あれぇ？　先にお茶っ葉をいれるんだっけ。ま、いいですぅ。それから砂時計返して」

食後にお茶を出してくれるつもりらしいが、手順をそらんじながら酷《ひど》く危なっかしい手つきで、お湯を零《こぼ》しそうになったり、茶器を落としそうになったり、遂《つい》にはカップを温め空気に触れた湯をティーポットに戻そうとした。

「貸してくれる？」

見かねて茶器を奪った。この国に来るまで教授たちの雑用係をやっていたので慣れている。角度を意識してカップに注げば、色も良く香りが広がる。我ながら上出来である。

「わぁー、凄《すご》い凄い！　プロの使用人みたい。びっくりですぅ」

上に立つ者が使用人として評価を受けるのはどうか、と思いつつ女の子に褒められて悪い気はしない。

「君、衣装係だったね。この仕事《お茶出し》慣れてないだろ。昨日淹《い》れてくれた子はどうしたの？」

「ドリナは別の仕事で大忙しですぅ」

度胸が据わってるのか馬鹿なのか、侍女はちゃっかり椅子に掛けウィルと一服している。

「そう言えば、ここに来てから君たち二人しか見ないな。他に俺付きの侍従は？」

せめて同性がいれば着替えが恥ずかしくないのに、との考えからの発言だったが。

「ストライキしてますぅ」

「へえ、ストライキ……ストライキィ⁉」

やけに数が少ないと思ってはいたが、とんでもない答えが返ってきた。

「気づいてませんでした？　あなたが入国してからずぅーっとですよ。一旗揚げたい下級貴族は軍に入ることが多いんですぅ。だから、ここで働いている子たちは家族や縁者をエースターに殺された者ばかりです。歓迎されるとでも思ってたんですかぁ？」

人は、未知のものに恐怖を覚えると言う。ローザの笑顔を目にした時、ウィルを襲ったのはまさにそれだった。

愚かだから失言しているのだと思った。訪れる結果を予見できないから無鉄砲なのだと思った。でも、そうじゃない。奈落の底をのぞき込むよう。この女、得体が知れない。

「随分な言いようだね」

怯《ひる》んでしまった自分を誤魔化すため、わざと尊大な態度をとる。

「ごめんなさぁい、正直者なんでぇ」

全く悪びれずケラケラ笑うので、恐れより腹が立ってきた。でも待てよ、と思い直す。

「ローザって言ったっけ？　君って親切だね。ストライキ組に回ることもできたのに、俺にお茶を淹れようとしてくれるなんて」

「ローザは別に親切じゃないですよ。ローザは自分が一番可愛《かわい》いんですぅ。だから、ローザ以外の人間が困っててもなんとも思いません」

ずいぶん明け透けだが、見るからにそういうタイプである。

「でもぉ、ドリナ一人だけにやらせるわけにはいかないんでぇ」

「ドリナさんのこと、大事に思っているんだ」

意外だった。ウィルが見る限り二人は水と油、性質が違い過ぎる。

「ドリナは割と好きです。あたしぃ、何故《なぜ》か同性に好かれないんですよね。この前も同僚に桶《おけ》の水ぶっかけられました。その子の恋人と二人で食事に行ったくらいで、色目使ったとか言いがかりつけられて、意味不明。だいたい、ちょっとコナかけただけで揺らぐような男女仲じゃ、長続きしないと思いません？　寧《むし》ろ早めにわかったんだから、あたしに感謝しても良いぐらいですよね」

何故この侍女が同性に好かれないか、よくわかった。母国でも仕事をしに来ているのか男漁《あさ》りに来ているのかわからない女の話を聞くが、ここまで突き抜けているのも珍しい。

「そしたらドリナ、タオルを被《かぶ》せて頭を拭いてくれたんです。『あなたの行いは褒められたことじゃないし、庇《かば》うつもりもない。そんな風に自分で自分を貶《おとし》めるのは感心しない。私はあなたみたいに髪を結うことはできない。他の子は男好きとか言うけど、身なりや化粧を研究して、自分を可愛く魅せることを誰より努力しているのは知っている。私はあなたの腕前を尊敬する。あなたは男にちやほやされなくたって十分魅力的な女性だわ。だから、もっと自分を大切にしなさい』そんな風に言ってくれた人、はじめてだったから」

言葉を切ると、彼女は媚《こ》びを売るような語尾を止め、静かに呟《つぶや》いた。

「ドリナね、あなたに期待してるんです。ドリナの父は、この国で英雄と称《たた》えられるような有名な軍人でした。あちこちの戦争でひっぱりだこで、家には殆《ほとん》どいなくて、無理がたたって戦いの最中に急死しました。以来、家は没落真っ逆さま。住み慣れた屋敷《やしき》を追われ、婚約は解消され、母親も亡《な》くなりました。そんな中、雇ってくれた女王に尽くし、化粧をすればちょっとは見られる顔なのに、いつも自分のことは後回し、すっかり嫁ぎ遅れ。

戦争が無ければ彼女は今も家族と一緒に過ごしていたかもしれません。なのにあなたが来てから、あなたがこの国で少しでも過ごしやすくなるように心を配って、同僚が放棄した仕事を全部一人で引き受けて城中を駆け回っています」

「なんでそんな……」

「争いの中心にいた女王陛下がエースターの人間を結婚相手として連れて来たんです。長年の敵国と和解したら、争いがなくなるかもしれない。そんな風に期待してもおかしくないでしょ?」

「そんなこと言われても俺、まだ何もしてないし」

何も為したことのない者には誰もついていかない、と女王は言った。この国で実績もない自分には、どうにかする力はない。生意気な口の侍女を罰することも、真面目に職務をしているらしい侍女を取り立てることも、さぼっている使用人たちを罷免することも。女王に見いだされただけで、特に何も為していない自分には。

彼には女王の後ろ盾しかない。女王に泣きつけば問題を解決できるかもしれないが、それは彼女の威を借りているだけ。

「ですよねぇ。期待し過ぎですよねぇ」

ローザは笑顔を向けたが、目は笑っていない。

「で、どうするんですぅ? 女にここまで期待させておいて、知らん顔ですぅ?」

期待というのは重いものだ。自分に任せてくれた女王、自分を信じてくれた侍女。正直、自分にはそんな力があるとは思えない。だからと言って投げ出して、言い訳ばかりしているのか。出された難題。その解はまだ見えない。

だが、諦めるわけにはいかない。自分は期待されているのだから。

「ローザさん。君、友達思いなんだね」

職務放棄している使用人たちのせいでドリナは過度の労働をしている。思い返せば、顔も青白くやつれていた。ところが新しい〝旦那様〟はそれに気づきもしない。だから彼女は不興を買う覚悟で発破をかけたのだ。

「買いかぶりですぅ。ローザは自分のことが一番可愛いんで」

にこりと笑う若い侍女に、ウィルはせいぜい不敵（に見えるよう）に笑みを返した。

「いいだろう。期待に応えてみせるよ」

‡　‡　‡

「そなたら、仕事を放棄していると聞いた。一体どうしたと言うのだ？」

女王は謁見の間に使用人たちを集めていた。多忙だが時間を割く他ない。彼女は雇い主だ。数日間の使用人たちの職務怠慢はさすがに彼女の耳に入った。ストライキに参加した使用人たちは十数人。男もいれば女もいる、年若い者が多いが年長の者もいる。皆、ある男の補佐をするように申し伝えた者たちばかりだ。

「我々はただ、陛下に目を覚ましていただこうと考えたまでです」

一番年長の、五十代のリーダーと思《おぼ》しき白髪交じりの使用人が口を開く。

「私が目を覚ますだと？」

声には怒りより戸惑いが滲《にじ》む。並ぶ面々は、真面目に職務に励んでいた者ばかりだ。

「女王陛下！」

音を立て、木彫のドアが開いた。磨きあげられた靴を踏み鳴らしやって来たのは、一週間ほど前に決まった婚約者。当世風の衣裳《いしょう》を身に纏《まと》った彼は、彼女の足元に跪《ひざまず》いた。

「この件は私めにお任せいただいてよろしいですか？」

「なんだと？」

「一先《ひとま》ず、あの男に任せてみるですぅ。お忙しい陛下の御手は煩わせませんからぁ」

図々《ずうずう》しいのか命知らずなのか、ローザと呼ばれる一介の侍女が女王の背を押し退出させる。後ろ髪引かれる思いで振り返るも、彼女が決めた王配候補にウィンクで送り出された。

「さて」と、ウィルは立ちあがり、居並ぶ使用人たちを真顔で睥睨《へいげい》する。

「君たち仕事さぼっているんだって？　あんな素敵な女性を困らせたら駄目じゃないか」

「誰のせいだと思ってる！」

一人が口火を切ったのを機に閉ざされていた唇が次々と開く。

「エースター軍に年の離れた兄は殺されたわ」

「俺の子は骨になって帰って来た」

「領内の村は焼かれた。優しい人たちばかりだったのに」

「絶対に許さない」

「こんな結婚、祝福されるわけない」

「この国にあなたの居場所なんかないわ！」

「そうだ、この国から出ていけ！」

出ていけ、出ていけと罵詈雑言《ばりぞうごん》が飛び交う中、冷静に分析する。つまり彼らはエースターという国に個人的な恨みを抱いている。で、目の前をうろつく手近な外国人に不満をぶつけた。彼の下で従順に働く気にもなれなかったが、危害を加える度胸もなかったのだ。

「なるほど、全くもってその通りだ！」

ウィルは大声で肯定した。責めていた相手に認められ、攻勢が弛《ゆる》む。犯罪者ですら自分は悪いことはしていないと正当化するものだ。真っ向から反論したって何の得にもならない。

「君らが言うのも尤《もっと》もだ。俺だって君らの立場なら同じように考えるだろう。敬愛する女王陛下の婚約者として、素性の知れぬ《すせいのしれぬ》魚でも肉でもない男が現れたら気が気でない。おまけにその男ときたら、ジャガイモのような顔にもやしのような手足が生えている」

「いや、そこまでは……」

　あまりに自分を卑下するので罪悪感を刺激されたのか、フォローに回る人間までいた。

「だが君ら、まさかあの偉大なる女王陛下が恋に盲目になって魅力皆無の異性に求婚したなんて考えてないだろう？　女王陛下に仕え、彼女のことを誰より理解している君らのことだ。彼女に別の思惑があってのことだとわかっているはずだ」

　使用人たちは黙った。知らないのにわかってるはずだなんて言われたら黙るしかない。

「彼女はこの国を誰よりも憂いている。彼女はこの国のために、自分の個人的な感情は差し置き、かつての敵国の人間だろうと遠慮なく使うことができる器の大きな人だ。俺は美男でもこの国の人間でもないが、この国を救う策を持っている。実は俺はエースターでも有名な学《まな》び舎《や》の学生でね。俺が書いた論文を読んだ陛下がスカウトしてくださったんだ」

「では、何故官僚ではなく王配に？」

「幾ら偉い学者顔負けの知識を持っているからって、海千山千の政治家たちがポッと出の若造の政策に賛成してくれると思う？　王配候補、という箔《はく》が付けば、少なくとも耳は傾けてもらえるだろ？　陛下とは丁度年も近いしね」

「なら、陛下とは結婚しない……？」

　使用人たちが顔を見合わせている。

「そうだよ。俺は雇われているのと同じだ。期間内に成果が得られなければお払い箱だ」

逆に成果が得られれば結婚の選択肢も現実的になるのだが、そこは敢《あ》えて言わない。恐らく彼らは、元敵国の人間が国の中枢に入り込んで滅茶苦茶《めちゃくちゃ》になってしまう自国を憂いて、こんな大胆な行動に出た。受難に立ち向かう聖職者のように、絶対服従の女王陛下に対して口答えをしたわけだ。

その、国を守るという大義名分をまずはぶち壊さなければいけない。でも相手に真っ向から〝それは間違いですよ〟と指摘しても受け入れられるはずがない。相手にもプライドがある。だから〝そんなことわかってますよね〟という体《てい》で進めていく。

「ああでも、ここだけの話にしておいてくれる？　諸外国からプロポーズされ、陛下は煩わしく思っておいでだろう。もしかしたら男除けの意味もあるのかもしれないね」

別に知られたところで不利益はないが、形だけでも一応口止めしておく。

「君らは敵国の人間の下で働くのは苦痛だったんだね。わかるよ。家族や近しい人が殺されているんだ。とてもそんな気持ちになれないよね。よし、陛下に掛け合って全員解雇にしてあげよう！」

「え」

途端に、真っ青な顔が並んだ。

　その程度の覚悟もせずにストライキしたのか、と鼻白む。雇用関係は、雇い主の方が圧倒的に立場が強い。労働者だったウィルは身に染《し》みてよく知っている。突然辞めさせられても泣き寝入りするしかないのだ。

「でも私たちがいないと仕事が……」

「元の職場のことを心配してくれるのかい？　大丈夫、何とかするよ。俺は自分のことは自分でやれる。それに、君らがいない数日間、王宮はちゃんと回っていただろう？」

　一人ならばその使用人は首になる可能性が高いが、集団ならば辞めさせられることはないと彼らは考えていたのだろう。甘すぎる。お前らなんか必要ない、と言外に告げる。

「あの、紹介状は」

　紹介状とは〝この人はこんな人間である〟という証明書のようなもので、良い紹介状を持っていると次の職場で有利に働くが、悪い紹介状なら粗悪な職場や低い地位での採用、不採用になることもある。

「え？　でも俺、君らが働いてるの見たことないし」

　他の使用人や女王に聞けば真面目に仕事をしていた様子を知ることができるのかもしれない。が、そんなつもりは毛頭ない。

　ことの重大性をようやく飲み込み、皆、血の気の引いた顔をしている。

「旦那様！　お許しください、みんな魔がさしたのです、出来心だったのです！　これからは心を入れ替えてお仕えします、だからどうか」

凍り付く使用人たちの中から進み出て深く頭を下げる者がいる。一人だけ真面目に職務に励んでいた侍女、ドリナだ。本当に出来た人間だ。彼女には是非とも残ってもらいたい。

「でもドリナさん、彼らは、詳しい事情はわからなかったにせよ、女王陛下に何か思惑があるとわかっていたはずだ」

彼らは使用人としては最も重要な、雇い主の意に反している。

「俺は父親が早くに亡《な》くなり、病の母と小さな弟と妹を養わなければならなかった。学業の傍《かたわ》ら、できることは何でもやった。厩《うまや》の掃除はキツかったし、いけ好かない教授の雑用もあったけど、喜んで引き受けた。報酬を貰《もら》うには、嫌なことも多少我慢しなくちゃいけない。そんなこと、碌《ろく》に社会に出たこともない学生が知ってるんだから、王宮の使用人として高い給金を貰っていた彼らも当然知ってるはずだ。

それ以上に俺の下で働くのが嫌だったんだ。彼らの意志を尊重するしかないだろ？」

あくまで彼らの意志を尊重し彼らを解雇するのだ、という流れに持っていく。元々、使用人の何人かを解雇する気でいた。人件費というのは何よりも高い。赤字の経営を再建するには収入を増やすか支出を減らすかしかない。相手側の瑕疵《かし》でコストカットの免罪符を得たのだ。ウィルはまだこの国で弱い立場の人間だ。悪者になるわけにはいかない。

「では、配置換えなどはどうでしょうか。他の職場になれば彼らもきっと真面目に……」

「王宮に勤める立場上、様々な国の客を接待しなければならないんだよ。王宮はこの国の顔なんだ。どんな相手にも愛想《あいそ》よくしなければならない。敵国の人間にもだ。そんな大変な仕事、彼らには辛《つら》いんじゃないかな？」

個人の好き嫌いで、各国の大使や高官に無礼を働くかもしれない使用人を誰が雇うと言うのだ。そんな使用人を雇うくらいなら新しく雇って教育し直した方がマシだ。

「旦那様……」

ドリナが悲痛な面持ちをしているが、こればかりは譲れない。だいたいウィルにはこの国に味方が少ない。どころか、恨む人間までいる始末。せめて身の回りにいる人間くらいは信頼できる者に任せたい。さもなくば足を掬《すく》われる。

「わかった。ドリナさんがそこまで言うなら、みんなにチャンスをあげよう」

ドリナに配慮した形で、というのがミソだ。ドリナもローザもストライキには加わらなかった。仲間内での立場は微妙なものになる。彼女の口利《くちき》きで仕事に残れたというなら、他の使用人たちに感謝されることはあっても、恨まれることはないだろう。

「俺もこの国に来たばかりで事を荒立てたくない。俺のやりたいことを手伝ってくれるのなら、君たちに他の貴族と知り合う機会をあげよう。その期間、職務に専念すれば紹介状を書いてあげても良いし、次の仕事が決まるまで残っても良い」

俺に仕えるのは嫌だろ？　と嫌味の一つでも言ってやりたいが、実際に引き継ぎもないまま大量に辞められるのは困る。それを相手方に恩を売る形で残留させることができる。

「何をなさるおつもりですか？」

恐々と聞く使用人たちに、にっこり笑いかける。

「婚約式を開く」

‡　‡　‡

どうせ、婚約式は開かなければならなかった。

「侯爵夫人より出席の知らせが来ました！」

最年少の侍女が駆けながら持ってきた封筒をペーパーナイフで素早く開けながら、協力的な使用人の姿勢に内心安堵《あんど》する。自分が評価される場と位置づければ、彼らのモチベーションも上がるに決まっている。

「出席一名追加、現時点の出席者の数は?!」

「総勢百四十二名、まだ返事がない招待客は約半分です」

ドリナが石板に文字を刻みながら答える。晩餐《ばんさん》会の席数は決まっている。招待客の選定はこの国の貴族関係に詳しい彼女と、古参の使用人たちに任せてある。

「正直、全員欠席を覚悟していた。そう考えると多い方だね」

客たちが招待を断り、婚約反対の意志を示すことも考えられた。ここにいる使用人たちがそうであるように。だが、今のところ半数は様子見をしているようだ。

恐らく既に使用人たちにも探りを入れて来たことだろう。人の口に戸は立てられない。〝王配になるかもしれない、女王が突然連れて来た元敵国の冴《さ》えない青年〟より〝王配にならないかもしれない、国策を提案し得る高学歴の青年〟の方が初対面の印象は良いはず。

「料理長よりデザートの試作品が届きましたぁ」

カートを押しながらローザがやって来た。彼女には外部との渉外を担《にな》ってもらっている。ウィルの命だと渋る男共が、ローザが頼むと融通を利《き》かせてくれるからだ。例えば料理長は片目に眼帯をつけた海賊を思わせるいかつい男だが、ローザ相手だと猫撫《ねこな》で声だ。将来の王の配偶者という社会的地位より女子力が勝るというのか。なんだか釈然としない。

「ちょうどいいや、休憩にしよう」

使用人たちの顔が綻ぶ。朝食などの際は、婚約式の晩餐会に出す料理への意見や感想を求めたくて同席してもらっている。回数を重ねるごとに空気も和やかになった気がする。

初《しょ》っ端《ぱな》に脅迫したのが響いて警戒して距離を取られたが、婚約式という一つの目標に向かって話し合い、取り組んでいる内に段々と打ち解けてきたような気がする。

「本番に出す茶葉の候補の一つです」

「いつもありがとう。ドリナさんが淹《い》れる紅茶は美味《おい》しいね」

「褒め過ぎです」

彼女ははにかんだが、決して過剰な言葉ではない。様々な雑用を引き受けていたウィルは知っている。淹れ方ひとつで味は変わるのだ。ドリナは抜群に上手《うま》く、仕草に品もある。式までまだ日もあるし、他の侍女への指導をお願いした方が良いかもしれない。

皿に盛られたのは団子みたいな料理だ。油で揚げた衣はキャラメルの香りがする。半分に切ると中にはプラムが入っていた。

「シルバーシュゴンボーツです」

「なんて?」

必殺技みたいな名前だ。覚えられる気がしない。ひとまず口に含んでみた。プラムは甘《あま》酸《ず》っぱくバターの香りがする。舌触りも良く、旨《うま》い。しかしウィルはうーんと首を捻《ひね》る。

「パッと見、地味なんだよなぁ」

「他のデザートにします？　グンデル・パラチンタとかマーコシユ・グバとか……」

「ごめん、どんなものか想像つかない」

「スープはどうでしょう。季節の果物をラム酒やキャラメルで煮て、最後に生クリームをのせるんです」

「スープに果物使うの?!」

それはジュースとどう違うのか。外国人の自分には甘いスープがイマイチ想像できない。

「酸味があって美味しいですよ。でも、デザートって言うより前菜ですけど」

「その感覚がよくわからない」

改めて今皿に盛られているデザートを眺めた。これで良いとは思うが、目を楽しませるようもっと色や形を工夫しなければならない。

「やっぱこういうのは女の子に意見をもらおうかな。パンニさん、どう思う？」

「え？　私ですか？」

いつも黙っていることが多い、大人しい侍女が蚊の鳴くような声を発する。

「料理にも花やミントを飾ってはどうでしょう」

侍女は自信なさげに目を伏せる。

「なるほど！　それなら調理の手間も増えない。名案だ」

人前で褒められ、パンニは面映ゆそうだ。それを見ていた他の使用人たちも負けじと意見を出し合う。

「ブドウとかオレンジとか別の果物を揚げてみては？」

「そう言えば他の料理でソースを三日月形にしているのを見たことがあります。だからこのデザートもこうやってジャムを並べて……」

「君らすごくないか！　ちょっと待て、書き留めるから」

晩餐会のコース料理がどんどん形になっていく。手放しで褒めると何人かが満足そうに頬を緩めた。こちらまで微笑《ほほえ》ましい。誰だって叱られるよりは褒められたいものだ。

「後は当日の備品だが。ナーンドルさん、晩餐会の招待客分の机や椅子、銀食器の数の確認、清掃をお願いしたい。人員は二、三人ほどで良い？」

ウィルは年老いた使用人の一人に声をかける。

「かしこまりました。では、ベンツェとチャバをお借りします」

「了解。あ、そうだ、席順も考えないといけないな」

使用人の一人がうっかり「うわっ」と漏らしたが、席順というのは存外厄介なのだ。官職や爵位といった序列や、某侯爵夫人は某女伯爵と仲が悪いとか、人間関係を考慮しなければならない。だというのにウィルはこの国の貴族関係に疎《うと》い。

「まずは単純に身分順で並べてみて、まずいところがあるならチェンジしよう。後で案を作ってみるからドリナさん、力貸してくれる？」

「かしこまりました」

他力本願だが、彼女が一番頼りになる気がする。ストライキに不参加だったことからも信頼できるし、質問すれば建設的な意見が返ってくる。

「ところでドリナさん、もしかして良いとこのお嬢さんだったりする？」

貴族たちの事情に明るいな、と思っての発言だったが、使用人たちは一斉に沈黙した。

「イロナとは乳兄弟、姉妹？　です」

「イロナってどのイロナ？」

イロナはこの国で割とよくある名前だ。王女が生まれた当時は、あやかろうと同じ名前にした人が多かったらしい。そこまで考え、待てよ、と思考が停止する。

「この国で国家元首をやっている……」

ウィルは咽《む》せた。

「ドリナの父親はパール将軍です」

「パール将軍ってあの生涯無敗の?!」

その名は隣国まで届く程の伝説的な英雄。どんな素晴らしい軍人や王でさえ、戦いで敗北し捕虜にされたことも、命からがら逃げ帰ったこともある。そもそも戦いに出ること自体が少なければ無敗でいることも可能かもしれないが、何度も戦えば失敗、つまり負けることもある。有史以来、生涯無敗でいることのできた指揮官はかなり稀有《けう》だ。

件《くだん》の彼は強敵帝国軍との度重なる戦線に立ち、二振りの大剣を自由自在に扱う豪傑である。水車小屋の息子が将軍まで上り詰めたとか、どんな大軍も恐れない彼が唯一奥さんだけ恐れたとか、異教徒の帝国軍の死体を咥《くわ》えながら踊る宴会芸を持っているとか、とにかく逸話の多い人物である。

「英雄の娘がなんで侍女やってんの⁈　俺でよければ君ん家《ち》の家政なんとかするよ」

「父は新興貴族ですし、女の私は継ぐことのできる財産は殆《ほとん》どありません。それに、乳《ち》姉妹《きょうだい》であるイロナを少しでも傍《そば》で支えたかったので」

改めて凄《すご》い人だ、と脱帽した。他人のために生きるなんて、なかなかできることではない。どこまで人間ができているのだろう。こんな女性にご助力いただき、大変心強い。

さて、席の話は長くなりそうなので後回しにすることになった。

「後は晩餐会後の会場か。初日に案内してもらった時、立派なホールがあったな。あそこを使おう」

「飾りはどうしましょう？」

「今までの祝賀などの会で使われている広間でもあります。招待されているお客様も多いですし、失礼ですが半端《はんぱ》な装飾ならどうしても見劣りします」

「そっか……」

残念ながら、ウィルに自由に動かせるお金は少ない。給金を前借りする算段をつけなくてはいけないかもしれない。

「庭園に咲いた花を飾るのはどうかしら？」

「良い考えだ、レカさん、早速、許可をもらって来てくれる？」

「はい！」

レカと呼ばれた侍女は立ち上がり、駆け出そうとしてふと動きを止めた。

「そう言えばみんなの名前、覚えているんですか？」

「一緒に仕事するんだからそれくらい当然だろ？」

涼しい顔で答えたが、覚えるのに大変な苦労をした。オノグルの発音は周辺諸国と違いすぎる。でもウィルは覚えなければならなかった。紹介状を書かなくてはならない、それもある。それ以上に誰が味方か敵か、害を為《な》すのか早急に見分けなければならなかった。

そんなこととはつゆ知らず、使用人たちは感激している。ありがたい誤解だ。

その後も話し合いは続き、ティーカップは空になってしまった。

「では、私は早速掃除道具の準備をします」

「僕は前回の式の備品の使用記録を確認します」

「俺も手伝うよ。雑巾はどこにある？」

使用人たちのやる気に釣られて発言したところ、悲鳴が上がった。

「旦那様は大人しくしていてください！」

「王族に連なる方に雑巾がけなんかさせられません！」

「ここに招待客のリストがありますから、暗記でもしておいてください！」

使用人たちは一致団結してウィルに大人しくしているように促すと、ぱたぱたと部屋を出て行った。肩を竦《すく》める。最初に脅し過ぎたか。それ以前にウィルは上司をやっている立場だ。学生時代と同じように下働きに加わるのは外聞がよろしくない。

「って、君は行かないの？」

部屋にはローザが一人居座り、残りの菓子を貪っている。先ほども話し合いに一切参加しなかった。幾らストライキに参加せず残留が決まっているとは言え、やる気のない女だ。

「あたしは、料理長が腕を振るってくれたシルバーシュゴンボーツを消費する係ですぅ」

「羨ましい係だ」

嫌味を言ったのに動じず、じっとこちらを観察している。

「何かな？」

「良かったですねぇ。使用人たちを無事に手懐《てなず》けることができたみたいで」

「ま、期限付きだけどね」

「それもカセイガクとやらの知識ですか？」

「いや、これは俺の人生経験」

言い方に悪意を感じたがウィルは気づかなかった振りをした。

あの後、女王陛下にも「どんな魔法を使ったんだ？」と言われた。必死だっただけだ。最初に悪い印象を与えてしまったので、労働者だった自分がされて嬉《うれ》しかったことを全部することにした。名を呼ばれ、褒められ、認められる。言葉にすれば単純なことだ。

「高給取りの使用人たちがサボっててさぞかし気に入らなかったでしょうねぇ。旦那様はご家族を養わなければならなくて、ご苦労されたんですもんねぇ。報酬を貰《もら》うには、嫌なことも多少我慢しなくちゃいけないって仰《おっしゃ》ってましたし」

「確かに言ったけど。怒ってる風に見えた？」

お道化《どけ》て見せたが、主であるはずの男を探る瞳は相変わらず薄気味悪く落ち着かない。

「父親を殺した国の主に仕えるのは、多少の〝嫌なこと〟ですかぁ？」

ウィルは表情を消した。心を無遠慮に覗《のぞ》き込まれ、反射的に隠そうとした。それでも、発した声は険を帯びる。

「知ってたんだ」

ウィルの父親は子爵家の三男で、家を継げないので職を持たなければならなかった。国境と王都の間にある交易都市で領主に召し抱えられ文官として働いていた。家族と城壁内に住んでいたが、オノグル軍が迫り、父親に逃げるように促され、親戚を頼って王都に疎開した。それが父との最後になった。

進軍したオノグル軍は街を蹂躙《じゅうりん》し、多くの者が殺された。兵は勿論《もちろん》、民間人も。文官として城内に残った父親も。遺体は見ていない。形見になるものなど何もなかった。遺体は他にもたくさんあった。伝染病が起こる前に共同の墓地に埋葬されたという。武器を持たぬ父が殺されたと人伝《ひとづて》に聞いただけだ。

「それ、女王陛下は？」

「あんな論文書くんだから当然だろうな、って仰ってましたぁ」

そうだろうな、と頭のどこかで納得する。国家元首の伴侶を選ぶのだ。背後関係、血縁関係など当然調べるだろう。そもそもオノグルに対して良い感情を持っているなら、その国を経済的に追い詰める方法なんて考えない。

「でも、それならなんで俺なんかを」

「陛下って自罰的なところがありますからねぇ」

やれやれと、やんちゃな子ども相手のように首を振る。ローザのそんな仕草に、それ以上に女王に違和感を持った。殺される覚悟をしてウィルを傍に置いたのだろうか。それすら仕方ないと、自分の罪を受け入れているのだろうか。

でも、とローザは剣呑《けんのん》な視線で射抜く。

「あなたが我が君を害すつもりなら、殺します」

「物騒だな、ローザさん。そんな細腕で何をするって？」

ウィルは冗談を聞いたように笑みを作る。ローザも笑った。無邪気な笑みだった。

「人を殺す方法って、いーっぱいあるんですよ？」

笑みが引きつる。何故《なぜ》かわからないが、直感で本気だと思った。

ウィルは何とか言い逃れをしようと頭を捻《ひね》る。でも上手《うま》い言い訳は見つからない。

「わかんないよ、正直。気持ちの整理もつかない内にこの国に連れて来られて、心はぐちゃぐちゃだ」

恨む気持ちが無いと言えば嘘《うそ》になる。家族にはまだ父親が必要だった。母は父の訃報を受け、体調を崩すほど悲しんだ。妹は父の大きな手を恋しがった。一番小さな弟は父の顔を覚えておらず、それがどれだけ哀れなことか。父亡《な》き後自分たちがどれだけ苦労したか。

「俺、女王陛下のこと血も涙も無い人間だと思っていた」

女だとも、人だとも思ってなかった。他人の国まで出かけて行って、人を殺す虐殺者。悪魔だと思った。

「そうだったら良かったのに」

自分のことばかり考えてる人間なら良かった。人を殺すことに愉《たの》しみを感じる異常な人間なら良かった。地位や名誉ばかり気にしている俗物的な人間なら良かった。そうすれば心置きなく後ろから刺せただろう。

——この国を、戦争以外の方法で飢餓から救いたいのだ
実際に会った女王は想像と違った。この国を守るために彼女は仕方なく剣を取った。もがき、苦しみ、迷いながらも他の道を探していた。

「陛下が創る新しい国を手伝ってやりたいと思ってる。そしてこの国を、人を殺さなくて済む国に変える」

言葉に出して、形にして始めて自分の気持ちを知った。存外おかしかった。自分は随分お人好《ひとよ》しだな、と。

「それが俺なりの復讐《ふくしゅう》なんじゃないかな」

ローザは見極めるように見つめている。じーっと、長いこと。

「何かついてる?」

間が持たなくなり、我慢できず問う。

「ニキビがついてますぅ」

「ああ、うん、ニキビね」

拍子抜けした。ニキビとは思春期からの長い付き合いだ。しかしローザは憎々しげにウィルの頬を睨《にら》んでいる。

「わかってるならなんで対処しないんですぅ？　無精は嫌われます。外見は多少の努力で変えられるんですよぅ」

「そんなこと言われてもどうしたら」

「食事に油ものは控えて、睡眠は八時間は確保するですぅ。顔を洗う時、ごしごししちゃダメですよ。石鹸《せっけん》を泡立てて優しく洗うですぅ」

「待って待って、急に何？」

矢継ぎ早に肌の手入れの仕方を言われ、ウィルは目を白黒させた。

「あとこれ」

ローザは懐《ふところ》から瓶を取り出し押し付けた。中には透明な酒らしき液体とローズマリー、その他薬草が入っている。

「ローザのとっておきをあげますから、顔を洗った後につけてくださぁーい」

渡すだけ渡すと、ローザは食べ終えた皿を片付け始めた。

「えっと？」

戸惑うウィルに、くるりと振り返る。

「そんなみっともない顔で我が君の隣に立つつもりですぅ？」

‡　‡　‡

指輪を嵌《は》めた時、硬い指だな、と思った。掌《てのひら》が、特に指の付け根が厚い、剣を握る者の手だ。次に女王がウィルの指に指輪を通し、互いに婚約指輪の交換が終わる。

これは互いの所有物を譲渡することで締結する、一種の契約だ。しかしウィルの方の指輪は残念ながらオノグルの宝物庫産である。先祖伝来の指輪でもあれば良かったのだが、シュルツ家には財産と呼ぶべきものが無いので仕方ない。それでも自分が選んだ金の指輪が女王の、女にはやや無骨な指に嵌《はま》っているのを見ると、不思議な感慨があった。

白いリネンのサープリスと絹糸で刺繍《ししゅう》されたストラを首にかけた主任司祭が有難《ありがた》いお話をし、パンと葡萄酒《ぶどうしゅ》を神に供える。二人は婚約証明書に署名し、祈り、招待客の前で誓う。途中聖歌が奏《かな》でられ、神聖だが長く退屈な式がようやく終わった。

オルガンの演奏の中、二人は手をとりあって招待客の中を進む。敷かれていた絨毯《じゅうたん》が途切れ、教会の扉を出ると詰めかけた観衆たちがわっと歓声を上げた。以前の敵国、エースターの青年を迎えることに賛否はあるが、少なくとも表面上はそんな様子は見当たらない。周囲をそれとなく警戒しつつ、笑顔のまま女王と共に黒塗りの馬車に乗り込む。

扉が閉じた瞬間、長く息を吐き長椅子に背を預ける。黒塗りの馬車は防犯上の理由で中が見えないようになっている。衆目のない宮殿までの道のり、つかの間の休憩だ。

「疲れたか？」

正面には女王が少し笑みを堪《こら》えながら座している。執務中は真紅の軍服姿だが、今はドレス姿だ。この国の国旗にもある鮮やかな赤のベルベット、金糸で柘榴《ざくろ》をモチーフにした刺繍がされている。シンプルなようだが気品に溢《あふ》れ、普段詰襟で隠されていた意外にも細い首のライン、ルビーの首飾りをした女らしいデコルテをウィルは直視できない。しかもきっちり結い上げていた髪を緩いシニヨンにし、花をさしている。猫のような瞳は相変わらずなのに、髪型と服装でここまで違うのかと、彼女の魅力を再発見した気がした。

「いや、全然。陛下は大丈夫？」

男は見栄《みえ》を張る生き物である。特に美女の前では。

「私は戦勝パレードで慣れている。強がらなくてもいい」

「俺は大丈夫だけど頬の筋肉はそうでもないみたい」

ちらりと懐中時計に目をやる。スケジュールよりやや遅れているが誤差の範囲だ。まだ序盤だが先が思いやられる。この後、家臣や外国大使たちと立食パーティー、晩餐《ばんさん》会、舞踏会……予定が目白押しだ。

「私も大丈夫だが、足が変な感じだ」

「どうした？　靴が合わないとか？」

「そうではなく、落ち着かなくてな」

女王はドレスの裾を摘み、ひらひらさせる。宝石で飾られた靴を履いた踝《くるぶし》や足の甲がチラチラする。そう言えば彼女はズボン姿が多い。ドレス姿を見るのは久しぶり、というより初めてだ。

「陛下は軍服とドレス、どっちの方が好きなの？」

「ドレスの方が心許《こころもと》ないな。防御力が無いから」

「ぼうぎょりょく」

「あと、馬にも乗りにくい」

「馬に乗る必要があるのは、女王だから？」

もしかして、彼女は兄王より自分が王に相応《ふさわ》しいと示さなければならなかったのではないか。戦争するしかないこの国で重臣や国民が求めていたのは、強い王、戦える王、勝て

る王だ。だから本来は着飾ることに興味津々《きょうみしんしん》であるはずのうら若い娘は、男がしている
ような格好をするしかなかったのではないか。

「馬に乗るのが好きだからだ」

けろりと答えた彼女に、そういうことじゃない、と呆《あき》れてしまう。

「まあ、好きで着てるならいいけどさ」

自分の独りよがりな同情なんかお呼びでないだろう。けれど、ドレス姿が似合っている
と、夫になるかもしれない身でそれだけは伝えておこうと、重い口を開く。

「言い忘れてたけど、……そういう格好も素敵だよ」

「ぷふっ」

女王はくしゃみし損ねたように笑いを堪えている。

「なんで笑うの？」

せっかくなけなしの勇気を振り絞ったのに、と憤慨が漏れてしまう。

「いや、悪い。そんなの言われたことがなくて。エースターの貴族はみんなそうなのか？

オノグルの男はみんな口下手で、へつらったりおべっかを言ったりしないものだから」

「あのさ。他の貴族は知らないけど、俺、家族以外の女性と接する機会が無くって。口説
き文句なんか使ったことない。つまり、俺がかなり頑張って、あなたに好意を伝えている

と理解して欲しいのだけれど」

「え」

女王の頬がさっと朱に染まり、シトリンの瞳を伏せる。

「そうか……。その、ありがとう」

「あ、うん」

珍しく女王が照れたので、こっちまで照れてしまった。気まずい沈黙が場を支配する。

「では私からも言わせてもらおう。なかなか似合っているぞ」

ウィルは黒い綿詰上着《プールポワン》と柘榴色のマントを羽織っている。衣装係のローザが「ひ弱ですぅ」と言いながら詰め物をして胸板や肩回りを拵《こしら》えた。貧乏性のウィルはあまり装飾が好きでないのと、今日の主役が女王陛下であるということもあって、金で縁を刺繍してある以外は全体的に地味で、首元も細い立て襟、袖は紅のカフスをするに留《とど》めている。靴は遺憾ながらシークレットブーツだ。女王はやや長身で男のウィルと同じくらいの身長なので、女王がヒールを履けばウィルも同じだけ高くならなければならない。

「それから肌の色つやも綺麗《きれい》だな。もしかして化粧をしているか？」

「ローザが白粉《おしろい》をはたいてくれて」

彼女に口酸《す》っぱく注意され、あのよくわからないローズマリー入りの液体を毎日塗り込

んだところ、不思議なことに腫れがひいた。今も赤みは残っているが、凹凸は無く、白粉で誤魔化せるくらいになってる。さらに眉を整え、アイラインで切れ長な瞳を演出し、当ウィル比五割増しくらいにイケメンになっている。美容や化粧の効果は偉大だ、女が躍起になるのがわかる。

そんな話をすると、女王が「命の水だな」と呟《つぶや》いた。

「何その大層な名前」

「二百年ほど前に、オノグルの王妃が痛風に悩まされていた。そんな彼女の元に教皇のお膝元であるイオドゥールの修道院からこの水が献上された。その水を使ったところ、彼女は若々しさと美しさを取り戻していった。後にこの王妃は七十二歳の時、二十歳の隣国の王子にプロポーズされたそうだ。だから我々はこの魔法の如《ごと》き水を命の水と呼んでいる」

「凄い話だな」

そして凄い効能だ。眉唾物の胡散臭《うさんくさ》い液体であるが、ニキビも改善したし、諸外国への輸出品になるのでは？　しかし液体は腐る。取り扱い、移動方法、器はどうすれば……。

「ローザに気に入られたようだな」

考え込んでいたウィルは目の前に女王がいたことを思い出し、思考を中断する。

「気に入られたって言うのかな、あれ」

他の男には、非力で可愛《かわい》らしく、わざとらしいほど女らしさのアピールをしている彼女だが、自分にだけは素を見せてくるというか妙に攻撃的だ。心が痛いので止《や》めて欲しい。

「それにしても、目の前に妻になる女がいるのに他の女のことか？」

「理不尽」

ロ一ザのことを話題に出したのそっちでは？　と天を仰ぐも、女王の機嫌は直らない。

「たまには私のことも構ってくれないか？」

「陛下は忙しいし時間がとれないんじゃ……」

途端に恨みがましく「ウィル」とねめつける。

「いつまでそう呼ぶつもりだ？」

「はい？」

「世の夫は、妻を役職名で呼ぶのか？　他人行儀過ぎやしないか？　ダーリン、とか愛《いと》しい人、可愛い君とか呼ぶのではないか？」

「ハードルが高すぎる！」

例がハイレベルな上に偏っている。

「だって……名を呼んでくれないじゃないか」

キャラメル色の睫毛《まつげ》が頬に影を作る。ウィルは早々に降参した。

「機嫌直してよ、イロナ……さん」

「……まあ、及第点としておいてやろう」

馬車の揺れが止まる。御者席から遠慮がちに「到着しました」と声がかかる。

ウィルが先に降りて手を貸そうとすると、女王は不思議そうな顔をして、それから気を取り直したように笑って手をとった。

「何か変だった？」

「いや。私が慣れていないだけだ」

今日ばかりは城門も開け放たれ、招待客たちがひっきりなしに入城する。高らかな金管楽器の演奏に出迎えられ、二人も城へ、その奥の一階の謁見の間へと移動した。ウィルは女王の傍《そば》に立ち、招待客を出迎え、彼らから祝福の挨拶を受けた。今回は結婚式の前段階、どちらかと言うとウィルの紹介の意味合いが強い。何しろ今まで男の影が無かった女王にいきなり外国人の婚約者が現れたのだ。多くの国民はさぞかし驚愕《きょうがく》しただろう。

殆《ほとん》どの招待客が男の顔をしげしげと眺め、女王が惚《ほ》れるほどの美男子ではないと判断する。さらには家柄を聞き、王族に連なる者でも、度を超えた金持ちでもないと結論付ける。最終的には、そんな相手と何故《なぜ》結婚しようとしているのだ？　と明らかに困惑していた。

「おめでとうございます、女王陛下。しかしそんなに急いでお決めにならなくても良かったのではないですか？」

それとなく苦言を呈したのはとある地方長官だ。

「そなたは普段から早く結婚しろとせっつくではないか。こうして相手を決めたのに何が不満なのだ？」

「まあまあ、イロナさん。俺は長官の気持ちもわかるな。俺だって、なんでここにいるのかわかってないし」

苛立《いらだ》つ女王を宥《なだ》める形をとりながら、殆ど彼の本音だ。

「ですがマチョー長官、まだ結婚まで日時もあることですし、俺があなたの陛下の配偶者に足る人間か、長い目で見ていただけませんか？」

時間も限られているので、一言二言交わすとすぐ次の相手になる。名前を覚えるのも一苦労である。とある領主はウィルのなよなよした身体《からだ》を不躾《ぶしつけ》に眺めた。

「シュルツさん、あんた、戦に出たことは？　剣を握るようには見えないが」

この手の質問には閉口する。しかし、オノグルは三代前に正当な血筋の王子がいたにも拘《かかわ》らず『幼くて戦えない』という理由から他国の王を玉座に据えたこともある。戦争で国家を保っている武の国にとって、避けては通れない質問なのだ。

「ミクローシュさん、あなた、家で料理はされますか？　客の切り盛りは？」

「そんなことは女房《にょうぼう》がやっている。俺は料理などできん」

「そうですね。それと同じことです。確かに俺は武には明るくありませんが、こちらには戦の女神がいます」

ウィルは傍《かたわ》らの女王に微笑《ほほえ》みかける。

「俺は文官としての教育を受け、ありがたいことにエースターの大学では首席でした。二人揃《そろ》えば文武両道、できないことを互いに補い合うことこそ、夫婦として正しい形ではありませんか？」

「女に戦わせておいて男がその陰にいるって、ちょっと情けなくないか？」

「役割分担ですよ。得意なことは得意な人がやった方が良い。だからこそ、この国は彼女を王にされたのでしょう？」

女を王にする国の奴《やつ》らに情けないとか言われたくない、と言外に返すと、無骨な長官は何も言えなくなった。次の客、若い近衛兵《このえへい》はもっと反感をあらわにした。

「仮想敵国の男を国政の中心に置くなんて正気じゃありません。オノグルが乗っ取られたらどうするんです！」

「君の懸念《けねん》は尤《もっと》もだ。きっと誰も言わないだけでそう思ってるんじゃないかな」

それを口にするのは軽率だとは思いつつ、国を思う彼の気持ちはわかる。

「心配しなくても大丈夫。俺はこの国に何の影響も及ぼすことができない無力な存在だ」

臣下たちから侮《あなど》られるのも問題だが、一番避けたいのは敵視されることだ。外国人が国を滅茶苦茶《めちゃくちゃ》にしようとしていると思われて臣下たちの協力を得られなくなれば、女王陛下の治世を揺るがすことになる。有害な人間に思われるくらいならばと、ウィルは積極的に無害な人間であるとアピールする。

何故ウィルのような平凡な男が選ばれたのか。その理由の一つは恐らく無害なことだ。彼女は戦争に強い王だが女である。男の方が王に相応しいと思う人間は少なからずいる。下手な男を連れてきては、例えば他国の王族や自国の重役では国が乗っ取られる可能性が高い。だからオノグルに縁戚もなく、他の影響力もないウィルを選んだのだ。

そういう冷徹な計算は、あまりいい気はしないが国のトップとして必要な判断である。

「それに君は女王陛下がそう簡単に外国人の言いなりになると思ってるのかい？　彼女はずっとこの国のトップだった。その手腕は臣下の君たちが一番知っているはずだろう？　一方の俺は文官としての教育、つまり領主や国王の下で働く教育を受けてきた。人の上に立ってきた女王と下で支えることを学んできた俺。良いコンビだとは思わないか？」

こうして、口八丁で招待客たちの懸念や悪意を躱《かわ》していたウィルだったが。

「あんた馬には乗りなさるのか」

とある老臣の質問に思考が停止した。

「いや、馬車で移動していたからな。ちょいと疑問に思っただけじゃ」

ウィルは答えに窮した。エースターだって貴族ならば馬に乗る。貴族の多くは騎士として戦場に行かなければならず、教養として訓練するのだ。ウィルの家にだって幼いころ馬がいたが、速度は人間並み、毎日の世話をしなければならない。利点は重い荷物を運ぶことができること、移動の際に足が疲れないことだが、それ程活用する機会もない。だからそんな不経済な生き物は余分な家財とともに早々に売っぱらった。そういうわけでウィルは馬に乗れず、その訓練も受けていない。

「まさか、男のくせに馬に乗れんのか？」

だがここは、年端《としは》もいかない子どもでも馬に乗る騎馬民族国家だ。幾ら侮られる方がマシと言ったたって限度がある。

「ゲルゲイ、実はな、私が馬車に乗りたかったのだ」

助け舟を出したのは女王だった。

「私は王になるため、なってからも侮られてはならぬ、誰かに頼ってはならぬと男のような格好をして、自分も男と同じことができると証せねばならなかった。だから公の場でも一人で立った」

女王は、この国で唯一の施政者。エスコートを必要としない唯一の女性でもある。

「だが、私もエスコートされてみたかったのだ」

そんなわけないのに、悪戯《いたずら》っぽく笑う女王には説得力がある。

「実際にやってみて、まるで姫になったような気分だった。移動のたびに手を貸され、大切にされて、大層気分が良かったぞ」

「なるほど。陛下も女性と言うわけじゃな」

老臣は呵々《かか》と笑う。自分の我《わ》が儘《まま》という形でウィルの名誉を守ってくれた。無言で女王の手を握り、無言で感謝を伝える。この女性と婚約できて良かったと改めて思った。


窓から西日が差す頃に晩餐《ばんさん》会がはじまった。長机には幾つも椅子が並べられ、銀食器は輝かんばかりに入念に磨かれ、繋《つな》ぎ目のない白いテーブルクロスに紋章入りのテーブルランナーがかけられている。もちろん、床にも埃《ほこり》一つ落ちていない。花瓶には見栄《みば》えは良いが香りは食事の邪魔にならないくらい控えめな、ダリアやガーベラなど晩夏の花が活《い》けられている。主菜はエースターで流行《はや》りの仔牛のカツレツ。味見は前日までに済ませてある。薄く切った肉を、これでもかと叩《たた》いて薄くし、小麦粉と貴重な溶き卵をたっぷりつけ、挽《ひ》き立ての香辛料を混ぜたパン粉をまぶして揚げた一品だ。

衣食住を満たすことは、家政学の基本理念。よく家事と混同されるが、ウィルが学んだのは主にそれに伴う金の流れである。酒宴は費用がかかるものの、家臣団を結束させるのに重要なイベントだ。料理長が腕を振るってくれたおかげで、試作の時より美味《おい》しく感じる。腹を満たされ、機嫌のよい招待客たちの口も滑らかになる。席順を熟考したお陰か、目立ったトラブルもないようだ。パートナーとばかり会話することはマナー違反なので、ウィルも近くの席の高官の夫人たちと交流を深める。主な話題はエースターの最先端のファッションについてだ。幾つになっても女性は流行に敏感だな、とこっそりと思った。

デザートに、シルバーシュゴンボーツが運ばれてきた。使用人たちと額を突き合わせて相談しただけあって見栄えも味も悪くない。

「まあ、可愛らしいわ」

「面白い趣向ね」

高評価にウィルは内心ガッツポーズをした。

休憩を兼ねたお色直しの後に酒宴の時間となった。侍従たちが左右に扉を開くと光が溢《あふ》れた。吹き抜けのホールは揺らめく灯《あか》りに照らし出され、翻《ひるがえ》る衣服が見るも鮮やかだ。天井には王家や臣下の騎士のものと思《おぼ》しき旗がかかっている。中には、何故か不吉の象徴であるはずの黒い鳥《カラス》の紋章まである。

全体的にエースターの舞踏会を知るウィルの目にはややくすんで映るが、古代帝国式の柱、軽食が盛られたテーブルは花々で彩《いろど》られている。その様子はさながら神話に出てくる神殿のようだ。溢れんばかりの、女王の舞踏会に招待された名誉な人々の視線が一斉にウィルたちにくぎ付けになる。場を満たしていた管弦楽の音色が盛り上がり、クライマックスの重厚な和音で締めくくる。

「皆の者、ようこそ。私の婚約祝いに駆けつけてくれたことに感謝する」

よく響く声の女王の新たな装《よそお》いは雪のように白いが、襟や裾には色刺繍、そして胸元を飾る大きなリボンがアクセントとなっている。王冠も宝石の類も一切身につけていないのに、ホール中の光を浴びているかのように煌《きら》びやかだ。

「今宵《こよい》は楽しんでくれ」

招待客に愛想《あいそ》を振りまきながら絨毯《じゅうたん》を踏み、中央に並べられた二つの席へ辿《たど》り着いた。

「どこへ行くんだ？」

女王を先に座らせると、踵《きびす》を返して招待客の間に割って入る。そして、演奏を終えて一息ついた楽団から楽器を借り受ける。

ウィルは馬には乗れないが、大学で専門の家政学の他に一般教養《リベラルアーツ》である文法、修辞学、弁証法、算術、幾何学《きかがく》、天文学、音楽の自由七科を学んでいる。家政学と違い、音楽の分野では人の心を動かす演奏ができるような天才ではない。それでも譜面通りに弾くくらいはできる。

手にした楽器は三弦《ブラーチエ》ヴィオラだ。形はヴァイオリンに似ているが平たく、音を奏《かな》でるのに弓を使うものの三本の弦をいつも同時に鳴らし、指使いはリュートやギターに近い。主にジプシーが使う、オノグルとその周辺国でしか使われない楽器だ。エースター人のウィルがこの楽器を演奏する。それがこの国を、文化を、女王を尊重するという意思表明になると考え選んだ楽器だが、今まで弾いたことなどなく、ここ最近はほぼ毎日猛練習した。演奏する曲は今オノグルで流行っている舞踏曲、楽団とも打ち合せ済みだ。そんな素振りを見せず、涼しい顔で弓を操る。

締めくくりの和音にビブラートをかけ、弓を上げた。わっと歓声が上がる中を、今度は道化師のように大袈裟《おおげさ》に礼をした。気障《きざ》な動作に反感を覚える人もいるだろうが、今日はお披露目の場。悪目立ちをした方が、記憶に残らないよりはずっと良い。

顔を上げると「楽器を弾けたのか」と女王すら目を丸くしていた。サプライズの甲斐《かい》があったと言うものだ。

「オノグルの紳士淑女の皆様、本日はお越しくださりありがとうございます。皆様にお会いできて、嬉《うれ》しく思います」

ウィルは声を張り上げる。

「皆様心中さぞかし穏やかではないでしょう。敬愛する女王陛下の配偶者がどこのイモとも知れぬ、しかもエースターの若造、と。

あなた方がエースターを敵視しているのは何故《なぜ》か。数年前まで戦争をしていたからです。傷つけ、傷つけられたからです。しかし今、互いに敵対しているわけにはいきません。二人が争えば三人目が喜ぶ。三人目が誰のことを差しているか、おわかりですよね？」

言葉を切った一呼吸の間に、彼らの念頭に北上しつつある帝国が思い浮かんだだろう。

「我々は互いに手を取り合うべきです。そのために、この国は自ら富まなければならない。俺は戦争以外の方法でこの国を飢餓から救ってみせます」

できるのか？　疑問の声がぱらぱらと上がる。

「できます」

力強く言い切り、「それには」と続けざま、深く頭を下げる。

「あなた方の協力が必要です。どうかお力をお貸しください」

一仕事終えたウィルは女王の元へと戻った。

「驚いたな。皆の前であんなことを宣言するなんて」

招待客たちを笑顔で睥睨《へいげい》しながら耳を寄せ、女王が囁《ささや》く。その吐息に耳が震えそうだ。

「イロナさん、俺は流されるままここに来たけど。ここには俺の意志で立っている。何としてもオノグルとエースターとの戦争を回避してみせる」

間近に魅力的な女性がいてドキドキするが、真剣な話なので腹に力を入れて向き直る。

「戦争はこの国を富ませて来た。でも俺は、戦争は仕方なかった、あの死は必要だったとはどうしても思えないんだ」

ストライキした使用人たちを思った。死んだ父を思った。家族の死は必要な犠牲だった。そう言い聞かせて涙を堪《こら》えるのはある種高潔ですらある。でも子どもだったウィルは泣きわめいた。こんなのは間違いだと拒絶した。肉親の死を納得できるはずがない。

「彼らだって本当は家族を失うなんてことしたくなかったはずだ」

そこにあるのは、二度と自分のような思いをさせたくないという暗い決意だ。

一生で食べる小麦の量。一生に稼ぐ収入の額。そうやって人間のある一面を切り取って数値化することはできる。しかし誰が、家族の価値を金で換算することができるだろうか。

命は掛け替えのないものだ。掛け替えのないものには値札がつけられない。人一人失うのは多大な損害。有能な経営者なら、損失は避けるべきだ。

「君の言う通り、犠牲を払わずに済めばどれほど良かっただろう。だが君は、この国の飢える人々を救う手立てを持っているのか？」

「エースターを含めた、周辺国との貿易だ」

貿易は、戦時では成り立たない。貿易で賠償金以上の利益を生み出すことができれば、戦争を起こすことを躊躇《ためら》うはず。

「貿易というのは輸出と輸入で成り立つ。私は輸入に耐え得る商品を見つけられなかった。歴史ある大国出身の君が見て、この国に富を生み出すものはあるのか？」

「わからない。だけど俺は全てを見たわけではない。価値のあるものを、国の草の根かき分けてでも探し出す。そしてそれは、この国で生まれた君たちの助けを借りれば、より早く見つかるだろう」

「存外正直者だ。具体的な方策はノープランということだな」

棘《とげ》のある言葉が返って、失敗したかと自嘲する。

それでも、真っすぐウィルの真意を問うてきた彼女に、嘘《うそ》や誤魔化しの上で関係を築きたくなかった。商売は信頼が大切だ。偽りの上の商売は長続きしない。

「確かに今のところ俺の計画は夢物語だが」

虚勢でも笑顔で、ウィルはウィンクをしてみせる。

「やってやるさ。なんたって、俺は女王陛下……イロナさんに見込まれた男だからね」

第二章　家族の食卓

窓を開けると、早朝の少し肌寒い澄んだ空気が流れ込む。不思議と晴れやかな気分だ。無事に一大イベントを終えたのが大きいだろう。

「失礼します、だ……」

起こしにやって来たドリナは、既に身支度を整えているウィルに目を丸くした。

「今日から使用人は二人だけだし、自分でできることは自分でしようと思って」

「有難《ありがた》い申し出ですが、王族に連なる方にご不便をおかけするわけには……」

「不便だなんて思わないよ」

下着まで着せてもらう貴族の箱入りの子息ならいざ知らず、ウィルは貧乏学生だ。

「窓拭きでもモップ掛けでもなんでもやるよ」

「やらなくて結構です！」

温厚な彼女が珍しく金切声《かなきりごえ》を上げた。

くれぐれも何もなさらないでください、とできた侍女に念押しされ、ウィルは朝食のために食堂へ向かった。昨夜の収支報告書を見ながら、欠伸《あくび》交じりのローザが給仕《きゅうじ》したパンとスープをつつく。そこへ、元使用人たちがぞろぞろ現れた。全員集合というわけではなく、数は元の三分の二くらいか。

「昨日はありがとう」

まだ城に残っていたのか、と呆《あき》れながらも笑顔でねぎらう。

「皆、素晴らしい働きだったよ。何人かに褒めてもらったんだ。これなら君たちの就職先もすぐ決まるだろう」

使用人たちは黙っている。スープが冷めてしまう、と思いながら言葉を待っていると。

「私たちをあなたの元でもう一度、働かせていただけませんか？」

あなたは主じゃない、と非難した気の強そうな侍女、レカの発言に、少なからず驚く。

「旦那様のこと、誤解していました。敵国の出身だからとあなたを見る目が曇っていました。あなたがどんな思いでこの国に来たのか、知らなかったし知ろうともしなかった」

使用人たちは深々と頭を下げる。

「厚かましいお願いだってわかっています。下働きでも何でもやります。私たちをお傍《そば》に置いてくださいませんか」

「随分移り気だな」

彼女たちの言葉を嬉しいと思う反面、素直に受け入れられない気持ちが口をつく。

「不信感を持たれるのは当然です。風見鶏《かざみどり》のような変節ぶりに呆れていらっしゃるでしょう。でも」

先頭に立つ侍女の瞳は揺るぎない。

「私には年の離れた兄がいました。優しい兄でした。厳しい父母の目を盗んでお菓子やリボンをくれたり、人形遊びに付き合ってくれたり、少しかさついた大きな手で私の頭をなでてくれました。

私は戦争の時、子どもでした。何の力もないただの子どもでした。年の離れた兄が死地へ行くのを引き止めることも、兄の葬儀をあげることも、まして戦争を止めることなんかできなかった。

私には弟もいます。二度と家族を失いたくないし、同じ思いを他の人にしてほしくない。成人した今だって、自分に力があるとは思えません。敵国に一人来たあなたと比べ、私の覚悟なんて薄っぺらなものでしょう。でも、私だって何かしたい。何か、できるなら」

「ありがとう」

固く結んだ、彼女の拳に触れる。

「一先《ひとま》ず君たちを半年間、期限付きで雇用する。給与は五パーセントカット」

彼女らの唇は無念そうな一本線になったが、やむを得ない。

「当たり前だけど、職務放棄をした人間を同じように雇用し続けることはできない。そうじゃないと真面目にやっていた他の人たちに示しがつかない。後のことは君たちの働きぶりを見て決める。それで良ければ」

殊にサービス業の内訳で、最も大きいコストは人件費だ。相手が納得する形で賃金のカットに同意してくれるなら、これ以上のことはない。

「絶対、認めさせてみせます」

闘志に煌《きらめ》く瞳に苦笑いを返す。彼女たちには悪いが、努力は関係ない。

「じゃ早速、一人で掃除してるドリナさんを手伝ってあげてよ。啖呵《たんか》きったのはいいけど、正直人手が足りなくて困ってたんだ。きっとこれから、ますます足りなくなるはずだ」

使用人は現状二名、内一名は不真面目だ。身の回りのことができるウィルだけなら問題ないが、客を招く場合もある。人の手は幾らあっても困ることはないだろう。

「はいッ！」

気持ちの良い返事をして、残留を決めた使用人たちは部屋を出ていく。

「旦那様はお人好《ひとよ》しですね。もう一度チャンスをあげるなんて」

控えていたローザがぼそりと呟《つぶや》く。確かにあれだけ堂々とストライキした人間を再び雇用するなんて考えられない。と言うか、こんな無礼な口を叩《たた》く侍女を首にしない自分の気の長さに眩暈《めまい》がしそうだ。しかし。

「そうでもないよ。ベンツェ君、残ってくれる？」

黒髪の、年若い侍従が振り返り足を止める。

「悪いが君には辞めてもらう」

ウィルの胃は重かった。他人に解雇を告げる仕事ほど嫌なことはない。勿論《もちろん》、解雇を告げられるのはそれ以上に嫌だが。

「ぼくは真面目にやって来たつもりです！」

「君は人望も厚く、遅刻や欠勤も少なく、勤務態度も真面目で、万事そつがない、ということは他の人から聞いている。そんな君ならどこに行っても問題ないと思ってね。今回のことお咎《とが》めなしとはいかない。誰かが責任を取らなくてはいけないんだ」

「責任を取ると言うなら年上で侍従長だったナーンドルさんの方が適任のはずです」

「君の言うことは尤《もっと》もだが、彼には兵士として死んだ息子の他にも養うべき家族がいる。君は天涯孤独なんだろう？」

「そうですが。何故《なぜ》ぼくなんですか？　ぼくのような立場の者は他にもいるはずです」

「本当にわからない？」

ウィルは困惑して眉根を寄せる。多少打ち解けた使用人たちに、「しかし、ストライキなんて凄《すご》いことを思いついたな」「このメンバーでやろうって決意したのはなんで？」と尋ねた。そこで複数の人間から彼の名前が出てきた。

年若い侍女たちに「エースターの人間が王配だなんて」と煽《あお》り、侍従仲間に「複数で動けば辞めさせられることはない」と唆《そそのか》し、ドリナに「他の人もやっているのに」と脅し、年長の侍従長に「リーダーはあなたしかいない」と説き伏せた。

「君だって、そこまで拒絶するような男の元で働くのは嫌だろう」

陰で暗躍していたのは彼だ。だと言うのに、他の使用人たちがウィルを非難していた際には余計なことを言わず、リーダーにもならず、ひたすら目立たないようにしていた。

そぞろに不気味なものを感じる。

「それについては申し訳ありませんでした。先ほどの彼女たちのように悔いて態度を改めます。ですから」

王宮で働けないのは困ります、と小さな声で呟く。零《こぼ》れ落ちた末尾は本音に聞こえた。

「俺の何が気に入らなかったんだ？」

他の使用人たちのように家族を戦争で殺されているというのなら、エースター人の排斥に熱心になるのはわかる。けれど、身の上書には両親病死と書かれている。では、ウィル個人への怨恨《えんこん》だろうか、と改めて彼の顔を観察したが、全く見覚えのない顔だ。ならば、他の使用人たちのようにウィル個人への、或《あ》いはエースターという国への個人的な憎悪《ぞうお》の可能性は薄い。考えても全くわからないので、試しに疑問をぶつけてみる。

「エースターの人間を国の中枢に迎えては、この国が乱れると思ったからです」

答えは平坦《へいたん》で揺らぎがない。嘘だと直感した。感情で動く人間ではない。もっと計算高い人物だ。

あなたは自分が思っている人とは全然違った、これからもあなたの元で働きたい等と耳障《ざわ》りの良い言葉を並べ弁解している若い使用人に、不思議な印象を受ける。憎悪や愛国心といった情熱に突き動かされていると言うよりは、自分の筋書きが上手く行かず焦る劇作家のようだな、と。

「君の懸念《けねん》は尤もだ。そうならないように、これから自分の行いで示していくよ」

スプーンを手に取り、中断されていた朝食を再開する。

「君が王宮に固執するのはわかる。確かに魅力的な職場だ。給金も高く、礼儀作法も身につけられる。王宮で働いているだけで自慢の種になる。君が築いてきた人間関係もあるだろう。もしかしたら素敵な結婚相手や外国大使の目に留まるかもしれない。でも君は、自らの行いでその職場を放棄したんだ」

下がるように手で促し、すっかり冷めたスープを口に含む。

「紹介状を書くよ」

一瞬、こげ茶色の瞳が鋭い殺意でウィルを射抜いた。それは彼が初めて見せた、彼本来の強い感情だった。しかしそれらを黒の前髪で覆い隠して一礼し、若い使用人は退出した。

その日の午後、ウィルは彼の紹介状を記した。

『真面目で働き者、人間関係も申し分なし。但し、腹に一物あり』

こんな紹介状ではまともな職場は雇わないだろうが、彼を瑕疵《かし》のない使用人として紹介しては、ウィルの、ひいては王宮の信用に関わる。十分な退職金を払い、他の使用人たちに事情を説明し、荷物をまとめさせ、その日付で彼を解雇した。

‡　‡　‡

数日後、ウィルの元にたくさんの荷物が届いた。先日の婚約式の際に地元の特産物を紹介して欲しいと招待客たちに依頼したが、早速何人かが贈ってくれたのだ。その内の一つを紐解《ひもと》くと自領の特産品の反物《たんもの》がでてきた。残念ながら材質も肌触りも悪く、目も粗い。

「旦那様、お顔が」

知らず苦虫を噛《か》み潰した顔になっていたらしい。

「ありがたいけどこの品質じゃ輸出できない。外貨は得られないな」

材料も技術も母国に遠く及ばない。ウィルは溜息《ためいき》を堪《こら》えられない。

「ガイカガイカってそればっかりですぅ。一体なんのことです？」

ローザが苦言を呈した。

「外貨ってのは外国のお金のことだよ」

「それがなんで要るんですぅ？」

私も質問してよろしいですか？　とドリナが遠慮がちに手を挙げる。

「我が国は自国の通貨もあるし、今までそれで成り立ってました。幾らお金がないからといって何故外貨が必要なんですか？」

周囲を見回すと、贈り物を運び入れたり整理したりしている他の使用人たちも興味《きょうみ》津々《しんしん》でこちらを窺《うかが》っている。目的がわかっている方が仕事の能率も良い。これから職務に協力してもらうためにも教えておいた方が良いだろう。

「例えば、オノグルで買い物をする時は、主にオノグルの通貨、ピンズを使うよね？」

大学の講義を再現するようにポケットから銀貨を取り出す。銀貨の表はこの国では特別な意味を持つ聖なる王冠、裏側は先王、女王の父親のものだ。

「エースターで買い物する時は同じようにゲルトを使ってるんだ。ここで問題です。エースターのお百姓さんたちから小麦を買う時、どっちのお金で支払えば良い？」

「ゲルトですか？」

「正解。エースターのものを買うときはゲルトが必要なんだ」

ウィルには見慣れた、母国の騎士王の横顔が刻まれたゲルト銀貨を掲げた。

「国内で生産、消費が完結してれば外貨は不要だが、オノグルは貿易赤字を抱えている」

専門用語を使ったつもりはなかったのだが、高等教育を受けてない侍女たちはぽかんとしている。

「えっとね、つまり、国民が腹を満たすだけの小麦がオノグルで収穫できてれば、外貨は要らないって話さ。エースターから小麦を買わなくちゃいけないから外貨が要るんだ。

このように輸出より輸入が多い状態を貿易赤字って言うんだ。そもそも輸出っていうのは自分の国の物を他の国に売りに出すこと。輸入ってのは他の国から物を買い入れること。難しい言葉を使ったけど、経済の話は実は単純で、だいたい収入と支出の話なんだ。輸出は国の売り物、つまり収入。輸入は国の買い物、つまり支出。財布に入ってくる金額より多くの物を買おうとすれば赤字になり、いずれ財布は空っぽになっちゃうってこと」

説明が多くなってしまった。ローザなどは自分で疑問を投げかけたくせに、飽きたのか欠伸《あくび》までしている。一方、ドリナは椅子に掛け直し、真剣にメモをとっていた。

「なるほど。だから他の国への売り物を探そうとしているのですね」

「そういうこと」

輸入ばかりしていては、富は国の外へ出ていき、国は益々《ますます》貧しくなる。だから輸出する商品、収入を得るアテが必要なのだ。

「輸出が増えればさっき仰《おっしゃ》っていた外貨は手に入るんですか？」

「うん。単純な話、輸出する時に〝この商品のお代、エースターのお金で払ってくれる？〟って言えば外貨は手に入る。でも、オノグルの人の中には〝エースターのお金なんか貰《もら》っても困る〟って人もいる。その場合でもエースターの商人たちがオノグルの品がどうしても欲しいなら、彼らは自分の財布のゲルト銀貨をピンズ銀貨に交換してお代を用意する。この通貨の交換のことを外国為替《かわせ》取引、縮めて為替《かわせ》って言うのさ」

そしてそれ以外に外貨獲得手段として、この国が前々から行ってきた、戦争し賠償金として手に入れる方法がある。しかしこの案は皆の前で口にするつもりはない。上手くいくかは博打《ばくち》だし、ウィルは母国の侵略を容認できないからだ。

作業をしつつ耳を傾けていたレカが「はい！」と手を挙げる。

「それなら、良いこと考えました！　みんなでピンズを使うのを止《や》めて、エースターの通貨、ゲルトを使うようにしちゃえば良いんです！　そうすれば通貨を交換する手間も省けます。面倒臭くないならオノグルと取引しようかな、って商人も増えますよね？」

　ウィルは「いいところに気づいたね」と感心してみせる。

「そうすればお互いの輸出入は活発になるだろう。古代帝国時代には広い範囲で同　通貨が使われたこともあった。ところがそうは上手くいかない。まずは国家のメンツの問題。通貨には国王の顔が刻まれている。人の顔が刻まれているのは偽造防止のためでもあるんだけど、この銀貨の価値を国王が保証しますよ、って意味合いもある。他国の通貨を使うとなると、通貨も自力で発行できない国なのか、価値が保証できない王なのか、と周りの国から判断される。それが耐えられないって愛国者たちも一定数いる」

　ドリナの淹《い》れてくれたハーブティーで喉を潤し、一息つく。

「それ以前に、通貨の発行には経済的なメリットがあるんだ。例えばその国の通貨が使える範囲が広がるほど、自国の製品を行き渡らせやすくなる。

　それに、自国の通貨は自分で発行するから、通貨の操作といった経済政策ができる。自国の経済が苦しい時に通貨をたくさん発行してお金がたくさん出回るようにしたり、他の通貨より安くして輸出を増やしたり、外国や商人からお金を借りてその支払いをたくさん発行した通貨で払うとか、そういうことが自国の責任と判断でできるんだ」

「別の機関で通貨を交換してもらえるなら作っちゃえば良いのでは？　ゲルトが必要なら、その分のピンズ銀貨をたくさん製造してカワセとやらで交換してもらえば良いんです。通貨は国家が作るんですよね？」

レカは素晴らしい案だとばかりに顔を輝かせている。だがウィルは渋い顔になった。

「それも最悪は有りだけど……製造、と簡単に言うけどさ、通貨は信用で成り立つものだ。西の島国、ササナの先代国王が多額の戦費を穴埋めするために銀に混ぜ物をして大量に硬貨を発行した。銀貨に占める銀含有量は凡《おおよ》そ半分だった」

ドリナがメモに向かったまま首を傾《かし》げる。

「失礼ですが、それって銀貨なんですか？　銀貨って銀でできているものだと思っていましたが、そこまで低いと銀貨と呼んで良いのか……」

「表面は銀貨なんだけど、使い込まれて削れてくると隠れていた銅が出てくるんだ。削れやすいのは盛り上がった部分。正面を向いた肖像を使っていたせいで、鼻の頭が真っ先に削れて茶色の銅が見えたから、王様は銅の鼻なんてあだ名までつけられた。こんな銀貨、君ならどうする？」

レカは急に振られてしどろもどろになってしまったが、どうにか答えを絞り出す。

「え？　えーっと、そんな怪しい銀貨なんて持っていることが怖いです。いつ銀が剝がれてただの銅貨になるかわかりませんし。昔の銀の含有量が高い銀貨は手元に残しておいて、新しいのは価値がある内に使っちゃいます」

ウィルは正解、と手を叩《たた》く。

「ササナの人たちも同じように考えた。国内は必要以上に硬貨が溢《あふ》れた。民たちは硬貨が手に入ったらすぐ使い切った。次の日には物価がさらに上昇したからだ。思うように効果が得られないので、王はさらに混ぜ物を増やし最終的に銀は三分の一になった。パンを一つ買うのに両手いっぱいの硬貨が必要だったと聞く。硬貨の価値は石ころ同然となった」

「石ころって……考えられません。お金がそんな風になるなんて」

「石ころはちょっと言い過ぎたかもしれないね。通貨に金や銀といった貴重な金属が使われているのには理由があるんだ。希少なものだと、みんなが価値があると信用してくれるからだ。この信用ってのが大事なんだよ。例えば品質が悪かったり、評判の悪い化粧品は、みんな使いたがらないよね。信用がないものの価値は下がる。下がるだけなら良いけど、みんながこんなもの価値が無いと思うようになれば、誰も使わなくなる。

各国はササナ通貨の交換を拒否した。誰もササナのお金を信用しなくなったのさ。新しい王は取引を暫《しばら》く他国通貨に限り、銀貨を回収し、銀の含有量を高め、流通量を制限した新しい通貨を発行した。経済の混乱はようやく落ち着いたけど、皆が自国の通貨を使うまでに長い時間がかかった」

「つまり、通貨を徒《いたずら》に増やすのは危険が伴うんですね」

ドリナが上手《うま》く総括してくれたので、「その通り」と尤《もっと》もらしく頷《うなず》く。

「さすが旦那様。とってもわかりやすい説明でした」

「エースターの大学で優秀だっただけあります。これが家政学ってやつですか？」

「これは確かに家政学の一部だけど、家よりも大きな単位、国家や市場を取り扱うから、最近は家政学と区別して経済学とも言うよ」

侍女たちに煽《おだ》てられ、すぐ調子に乗るタイプのウィルは鼻を掻《か》いた。

「それで、正攻法でオノグルの物を外国に売り出したいわけで」

積まれた包みの一つを開けると素朴な木彫りの置物が出てきて、肩を落とす。

「原材料はどうしようもないけど、技術的なことはどうにかならないかな。エースターのツンフト《ギルド》を買収するか、構成員を引き抜くか……」

「それに拘《こだわ》るの、止めた方が良いんじゃないですかぁ？」

ローザがつまらなそうに唇を突き出す。

「だってぇ、たとえオノグルが猿真似《さるまね》に成功したとしたって、他の人はエースターの物を買うに決まってるじゃないですか。今までの信頼とかもあるしぃ」

彼女の言う通りだ。エースターは大陸の要所。ありとあらゆる物が手に入る豊かな国。自国で生産できないものでも、既に輸入する国は決まっている。そこに割って入るとなると、厳しい戦いとなるだろう。

「失礼ですが、私も口を挟ませていただいても？」

ドリナも控えめに割り込む。

「我々の言葉で、『逃げるは恥だが役に立つ』という諺《ことわざ》があります。転じて、不得意分野に固執せず、自分の得意分野で勝負しろという意味です。織物《おりもの》はエースターの特産品で、オノグルも貴国から輸入しています。ローザの言う通り、相手の得意なものでは勝負にならないと思います。エースターの不得意なもの、或《あ》いはもっと別の、今までに無いものを探すべきではないでしょうか」

エースターの不得意なもので勝負する。これは問題を解決する糸口だ。今までに無いものは競争相手がいない。となると、エースターや周辺国になくてこの国だけにあるものが理想だ。でもそれってなんだ？　全く思いつかないし見当もつかない。

「そういうことなら、村長の父に声をかけてみましょうか」

「うちの村はいい羊がいますよ」

協力的な使用人たちの様子に頬が緩む。先日ストライキをしていたことを考えれば良い変化だ。この調子でこの国も良い方向に変わって行けば良いのだが。

淡い期待を抱くウィルに、突如爆弾が投下された。

「私、旦那様のこと勘違いしてました。女王陛下の好みのタイプとあまりにかけ離れていたから、どんなあくどい手段を使って王配の地位に収まったのかと……」

「ちょっと、レカ」

他の侍女たちが慌てて彼女の口を塞ぐ。

「へいドリナさん。陛下のタイプってどういうこと？　衆知の事実なの？」

ウィルの首がぎぎぎと動き、女王の乳姉妹《ちきょうだい》を見据える。ドリナは言葉を探しながら執り成すように言う。

「あのですね、イロナは即位前もそれなりに財産、持参金もあり、求婚者も山のようにいました。それらが煩わしかったのか自分の好みの殿方を公言したんです。ですから別に本当に好きなわけでは」

「陛下の好みのタイプってどんな男？」

重ねて問うウィルの声は硬い。ドリナも、使用人たちすら黙したまま語らない。しかし、中に空気を読まない女がいた。

「ローザ知ってますぅ。誠実で」

「問題無い」

「お髭《ひげ》があって」

「これからに乞うご期待」

「年上で」

「生まれ変われば大丈夫。……大丈夫？」

「力持ちで、腕っぷしが強くて、タフで、できれば馬術が巧みな強い男ですぅ！」

ウィルはたっぷり沈黙した後、「無理じゃね？」と呟《つぶや》いた。

‡　‡　‡

エースターの偉大なる先人の格言に『愛は胃を通る』というものがある。つまり料理上手は好かれるということだが、別に自身が料理上手である必要はないのでは、との仮説を立てることができる。つまり、美味《おい》しい食事と特定の人物を結びつけることができれば良いのではないか。例えばデートの度に毎回美味しい料理店に連れて行けば、「あの人に会う時はいつも美味しい料理が食べられる」と学習し、「美味しい料理が食べたい」「あの人に会いたい」「はっ。もしかして、これが恋」となる、と分析している。

食欲と好意が結びつくと考えるのは、ウィル自身がそうだからだ。食べ物をくれる人は悪い人に思えない。彼は経済的に貧しい上に、少ない食事を兄弟で分け合っていた。悪い言い方をすれば食い意地が張っている。そういう結論にたどり着くのも致し方ないだろう。

そこで夕飯を女王ととる習慣を確立した。「この男と食べる料理はなんだか美味しいな」と思ってくれれば、何も言うことはない。

そもそも、この国に何の後ろ盾もない彼には、女王の寵愛《ちょうあい》以外に頼りにするものがない。だから良い関係を築くに越したことはない。単に美しい異性に好かれたいという下心も否定できないが。

ただ、家政学の徒としては衣食住は真っ先に切り詰めるべきところ。高級な食材を使うわけにはいかないのだが、婚約式のコース料理の際に面識を得た料理長の工夫や、塩や香辛料の加減が良い時は積極的に褒めるようにしているおかげか、段々とウィル好みの味になってきている。

晩餐《ばんさん》に出た牛肉と根菜を長時間コトコト煮込んだスープに舌鼓《したつづみ》を打ちながら、かつて弟妹《きょうだい》たちと食べたスープを思い出した。何の肉だかわからないうっすい肉と道端の葉っぱを煮込み、色がついただけの水のスープ。目の前のスープとは比べ物にはならないが、それでも肉の切れ端を取り合って弟たちと争いをしたものだ。

「君のところは兄弟仲が随分良いんだな」

話を聞いていた女王は微笑《ほほえ》んだ。

「なんで？　聞いてた？　骨肉の争いを繰り広げたんだよ？」

「聞いてた、聞いてた。それで？　勝利した君が肉を独り占めか？」

「いや。結局妹に譲った」

上目遣いで「お肉食べたいな」と懇願する妹に根負けし、結局肉の切れ端は彼女のものになった。家では妹が最強かもしれない。

「君の妹が羨ましい」

女王の呟きには感慨が籠っている。その反応が意外で、ウィルは小首を傾げた。

「そうかなぁ？　絶対こっちのスープの方が旨《うま》いよ」

メイン料理が運ばれてきた頃、女王が「ところで」と話題を切り替えた。

「晩餐を共にとりたいとのことだったが、それは同じ時間を共有すれば良いのであって、必ずしも同じものを食べなければいけないという認識でいいか？」

「そう、だね？」

言質《げんち》をとった女王は、すぐさま給仕《きゅうじ》していた侍女に顔を向ける。

「私には明日から別のものを用意するよう、料理長に伝えよ」

顔から血の気が引いた。

「……もしかして、口に合わなかった？」

「食えんことはない」

それはまずいと同じ意味だ。晩餐会の試食などでウィルは美味しいと感じ、料理長を褒めたところ、彼はやる気を漲《みなぎ》らせた。この料理もエースター料理を真似《まね》たものだが、イロナの望まぬ方向に味が傾いていったのではないか？　誰しも故郷の味が良い。女王は我慢して食べたくもない料理を食べ続けていたのだ。冷や汗を流しながら深く頭を下げる。

「配慮が足らず、申し訳なかった。料理長には君の舌に適《かな》うように……」

「あ〜、そういうのはいい。別に食えんとは言っておらぬ」

ジャガイモのケーキをナイフで細かく切りながら、慰めにもならないことを言う。

「実は、新しい作物の試食をして欲しいと言われておる」

女王の説明によると、船乗りたちに声をかけ、新大陸や世界中から集めた植物を王宮の温室の一角で実験的に栽培しているらしい。オノグルは雨の少ない、痩せた土地。そんな土地でも根付く作物が、世界のどこかにあるかもしれないと考えて。

「今、力を入れているのは香辛料だ」

「それは良い！　香辛料なら、乾燥させて保存もできる！」

この国の広大な草原では放牧が盛んだ。売るほど肉はある。しかし輸送には時間がかかり、肉は放置しておけば腐るもの。今までは塩漬けにして売るしかなかった。オノグルは内陸の国のため、船で香辛料を入手することが難しかったからだ。香辛料を自国で栽培することができるようになれば、他国へ肉を売ることができるツールが増える。

「今無事に根がついた香辛料はそれほど水が要らない。元は赤い作物だったが、副産物で黄色いものもできた。しかし、辛いので普段の料理で使えるよう、交配も含め研究中だ」

この国の土壌で育つ作物が人々に広まり、腹を満たすことになれば……。

「俺にも明日から試作品をもらえる？」

「良い、気にするな。私の我儘《わがまま》だ。君は今までと同じものを食せば良い」

「いや。俺も君の婚約者として協力させてほしい」

拳を握る。二人でディナーを楽しむより、試行錯誤しながら新たなレシピを作る、その方が夫婦っぽくないか？

——気持ちを切り替えて、初めての共同作業だ！

次の日、ウィルは声の限り叫んだ。

「まっず！」

何だ、この苦みと辛みが一緒くたになった味は。しかもそれを誤魔化そうとしてビネガーや香辛料をぶっこんであり、これ以上ないほどの不協和音を奏《かな》でている。とうてい食べられたものではない。口元をナプキンでぬぐっている間、女王は黙々と口に運んでいた。

「よく食べられるね」

「食えんことはない」

この物体が先日の故郷の料理と同じコメントである事実に、戦慄する。

「相変わらず舌がお馬鹿ですぅ」

水の入ったガラスのコップを差し出しながらローザが呟く。仮にも国王に向かって馬鹿はないだろう。

ウィルはある噂《うわさ》を思い出す。女王陛下は戦時中、一兵卒と同じものを食べていたらしい。美談として語られるが、単に味がわからなかっただけでは？

「ワインは口に含んだだけで産地を当てられるのに、なんでですぅ？　少しは食に興味を持ってくれないと。女王がそれでは張り合いがないって料理長も嘆いてましたよ？」

料理長が妙にやる気になった理由がわかった。料理への叱咤激励《しったげきれい》があってモチベーションに繋《つな》がるのに、自国のトップがこれでは毎日さぞつまらなかっただろう。

料理は他国からの賓客をもてなし友好関係を築く、外交に関わる国の大切な仕事。他国の賓客に気の抜けた料理を出して侮《あなど》られるのはこの国だ。

人には得手不得手がある。俺が頑張ろ、とウィルは決意を新たにした。

さて、残念ながら食事で好意を獲得する方法は期待できないことが判明した。至急、違うアプローチが必要だ。

――まずは情報収集だ！

「イロナさん、好きな食べ物は？」

「ワインだな」

「食べ物だって」

「では、小麦。腹が膨れる」

一緒に食事をとるのだからメニューの参考にしようと思ったのだが、まさか皿に穀物を出すわけにはいかない。もう味音痴という次元じゃない。気を取り直して、別の質問だ。

「ご趣味は？」

オーソドックスな質問だが、例えば観劇と言われたら一緒に観に行こうと提案できる。同じ経験をすることで共通の話題もできる。どんな劇が好きかと問えば会話も繫《つな》がる。自分の好きなものなら知識も豊富だし、口も軽くなるだろう。

「昼寝だな」

じゃ一緒に昼寝しよう、とはならない。どんな昼寝が好き？と聞いても話題が繫がらない。軍人だけあって難攻不落過ぎる。これは故意なのか素なのか判断に困るところだ。

そうこうする内にメイン料理が運ばれてきた。ソースがかかったフォアグラだ。美食の国ランクの宮廷料理にも使われる食材で、穀物や干したイチジクを与えて太らせた鴨《かも》とかアヒル、ガチョウの肝臓だ。豚や牛より餌も少なく飼育のスペースも要らないので、新たな産業にしようと試験的に飼育しているらしい。

女王は銀のナイフを入れた。かと思うと、刃を一瞥《いちべつ》し、テーブルに置いた。

「不味《まず》くて食えん」

口付けてないよね、とウィルは思ったが、ローザは何故《なぜ》か「わー、久々ですぅ」と呟く。

「ローザ」

「はぁーい、すぐに手配しまぁーす」

侍女はスキップでもしそうな明るさで部屋を出て行く。出されたものに基本的に文句を言わない女王が珍しい。興味本位でフォークを突き刺すと、「触れるな」と鋭い声が飛ぶ。

「さっさと下げろ」

「そんなに⁉」

余程不味かったのか、晩餐はその場でお開きになった。

――いつもの食事がこんなことになるなんて

慌ただしく食堂から追い払われたウィルは、半ば呆然《ぼうぜん》としていた。ドリナに案内されるがまま廊下を進むが、次第に不安が募ってきた。

今日は香辛料のスープに、と口出ししたのはウィルだ。しかし料理長にとっては使ったことのない食材。フォアグラが不味くなったのは自分が余計なことを言ったからでは？　スープに全力を注ぎ過ぎたせいで疎《おろそ》かになったとか。料理長は不興を買ったのではないだろうか。そう考えると居ても立ってもいられなくなった。彼は厨房《ちゅうぼう》であれこれ指図をするウィルを胡乱《うろん》気に見張りながらも、結局は好きにさせてくれた。宮廷料理の再現や新たな香辛料を使った料理の創作に腕を振るってくれた。多少の情はある。

「あれ？　もうお戻りですか？」

いつもより早い時間に部屋に帰ってきたウィルを、レカたちが不思議そうに出迎えた。

「ごめん、やっぱ戻る」

「旦那様⁈」

Uターンし駆けだす。料理長が罰せられたら、あれこれ口を挟んだウィルの責任だ。せめて罰を受けずに済むように口添えをしなければ。

元来た道を猛然と引き返し角を曲がった先で、女王とローザの話し声が聞こえてきた。

「我が君のフォアグラですが、やはり毒が入っていたようです」

とんでもないワードが耳に入り、壁に張りついて息を殺す。

「食材を運んで来た業者、料理人、配膳した侍従等、その他料理に触れた恐れのある人物の確認が終わりました。その内一人が、先月辞めさせたばかりの給仕と偶然会い、会話を交わしたそうです。門番の目撃情報もあります。彼はその使用人が辞めたことを知らず、素通りさせてしまったようです。至急城門を封鎖させ、人相書きを配りました」

「ご苦労」

「毒はソースに混入していました。成分の分析はまだですが恐らくヒ素。エースターで使われることが多い毒です」

しばし言葉が途切れる。侍女は自らの主に問いかける。

「旦那様を疑わないんすか？」

どきりとした。冷静になってみれば、疑われるのも道理だ。女王に恨みのある人物が頻繁に調理室に出入りして、料理長に指示までしていたのだ。調理室は他国の人間どころか、国内の、宮廷人ですら遠慮している場所。ウィルとしては女王に少しでも美味《おい》しい料理を食べて欲しいという動機なのだが、その行動は怪しまれても仕方ない。

「彼は私が不味いと言ったら興味本位で食べようとした。毒を入れたならそんな危険な真似はしない。それに、食卓は家族で囲むもの、友好を深めるもの、そんな優しい幻想の中に生きてきた人間なのだろう。或《ある》いはそれがまともな感性なのかもしれぬ」

女王の声は穏やかで、どこか遠くに聞こえた。

「少なくとも私の家族の食卓はそんなものではなかった。私の義母は事あるごとに私の生まれの賤《いや》しさを嘲った。私の兄は目障《めざわ》りな妹の食事に毒を盛った。私が気に入らぬなら剣でかかってこれば良かったのだ。存分に叩《たた》きのめしてやったものを。

腕力が要らぬ故、毒殺を選ぶのは女が多いらしいな。あの男は正面切って私を殺す自信がなかったのだろう。そう考えれば女々しい奴《やつ》だ」

兄殺しと呼ばれる女王だが、そもそも仲が良かったなら殺し合いなんてしないだろう。隣国のことなので詳しくは知らないが、本妻の長男の元に現れた出来の良い愛人の娘。しかも剣も馬も巧みで戦上手。どう考えても争いの種にしかならない。派閥争いは国を二分し、父である王の亡《な》き後、腹違いの妹は革命まがいの方法で兄を討ち、王位を奪い取った。

「買収される恐れがある故、毒味は信頼のおける者でなければならない。レヴェノ、ボトンド、ジョンボル……皆、死んでいった。大事な部下を失うのは身を斬られるより辛い」

以前、ウィルの家の夕食を羨ましいと評したことがあった。

彼女にとって食事は愉《たの》しいものではなかった。味わって食べるものではなかった。命がけだったのだ。命を繋ぐために仕方なく口に運び、今日は部下を失わずに済んだと安堵《あんど》し、時には食後に食べたものを全部吐き出してのたうち回り、ただただ無事に終わることだけを祈っていた。薄い肉を取り合う貧しい食卓でさえ、彼女は羨ましかったのだ。

ウィルは胸が締め付けられる思いだった。

――もし、史上最高の晩餐《ばんさん》が完成したら
この人に食べさせてあげたいと思った。食べられればそれでいいと思っている味音痴な人に、家族で食卓を囲む温かさを知らないこの人に。それでいて、ウィルの話をいつも微《ほほ》笑《え》みながら聞いてくれるこの人に、真っ先に食べさせてあげたいと思った。

きっと彼女はそれを望まない。でもウィルは彼女と家族になりたいのだ。彼女を幸せにしたいのだ。以前は打算的にそう考えた。でも今は、心からそう思った。

「ところでローザ、次の手だが」

国王とその臣下は廊下を、盗み聞きをしている男のいる方に向かって歩き出す。ウィルは慌てて近くの部屋に身体《からだ》を滑らせる。カーテンを閉め切られた部屋は薄暗く、家具が埃《ほこり》を被《かぶ》らないように布がかけてある。どうやら空き室らしい。扉に背を預けほっと息をつく。その瞬間、奥の方で薄ぼんやりした人影が動いた。

「わ！　びっくりした！」

部屋には先客がいた。どこか見覚えがある若い男だ。

「あれ、ベンツェ君、どうしてこんなところに」

言いかけ、呼吸が止まる。そう言えばこの男、先月辞めたはずで……。

「まさか」

男は無言でズボンのスリットの中に手を突っ込んだ。取り出された何かが両手の先で鈍く光る。身の危険を肌で感じ後退《あとずさ》った時、凄《すさ》まじい音がして扉が開いた。

「犯人発見ですぅ！」

元気良く入室してきた侍女は、入口に立っていた為に扉でしたたかに腰を打ち、蹲《うずくま》るウィルに目を落とした。

「旦那様と密会ですぅ？　それにしては様子がおかしいですぅ」

「違うよ。発見しちゃって殺されかかったんだよ」

腰を摩《さす》りながらも弁解する。負傷した上に犯人の一味にされてはたまらない。

呑気《のんき》に話している内に、開け放たれたドアから弾丸のように女王が獲物に飛びかかっていた。鎬《しのぎ》を削る刃《やいば》のあまりの激しさに火花が散る。元侍従の方が男だけあって腕も太く、両手に凶器を持っている。しかし女王はその手数の多さを素早い剣戟《けんげき》で防ぎ切り、尚且《なおか》つ攻勢に転じている。刃をまるで指の延長のよう、かと思うと相手の手元を蹴り上げた。たちまち賊の懐《ふところ》に入り、鳩尾《みぞおち》に一太刀加えようとするも、侍従は剣の柄で辛《かろ》うじて防ぐ。

一撃一撃が致命傷の猛攻。加えて予想のできない変則的な足技。国家元首が自ら暴漢と対峙《たいじ》しているというのに、危なげなく見ていられる。

「いつまでそうしているですぅ？」

戦いの様子をぼんやり眺めていたウィルの肩を、侍女がつんつんした。

「はっ、そうか。加勢しなきゃ」

「止《や》めとくです。あなたじゃ足手まといですぅ」

否定はできない。先ほどまで静かだった渡り廊下に、カカカカンと絶え間なく硬質な音が響いている。頭、腰、肩、喉、腕、また喉。上に攻撃が集中していると思えば、刃を埋め込んだ爪先が足元を襲う。跳躍でかわし一息ついたその鳩尾を、逆の足が容赦ない膝蹴りで狙う。とても割って入れる気がしない。

「そうじゃなくて衛兵を呼んできてくださぁーい。ローザはここで出口を塞ぐですぅ」

「わかった」

険しい様相で終始無言で剣を捌《さば》く元侍従。女王が負けることはないだろうが、相手を生け捕りにし、事情を聞きたいはず。ウィルが踵《きびす》を返しかけたその時、唐突に決着がついた。

男は渾身《こんしん》の力で鍔迫《つばぜ》り合いを振りほどく。張り詰めた糸が撓《たわ》むようにできた隙に、手にしていた短剣を投げる。喉へ、もう一方は心臓へ。馴染《なじ》んだ武器を犠牲に稼いだ間、相手の攻勢が防御に転じたその刹那。男は一瞬の躊躇《ためら》いなく、三階の窓を突き破った。

「なっ」

遠くで水音がする。水堀に飛び込んだのだろう。

「取り逃がしたか」

女王は窓の下を確認し、剣を納めた。

「ベンツェ君。解雇されたこと、そこまで恨んでいたなんて……」

ウィルは悪いことしたな、と独りごちる。逃走経路を確保しつつ主の食事に毒を盛るなど、凄まじい執念だ。だが、ローザも女王も半眼を向けた。

「何言ってるですぅ？　陛下の剣と渡り合える時点で只者《ただもの》ではないですぅ」

「恐らく他国の工作員。エースター人の君の命も狙ったことを考えると、帝国だろう。首尾よく王宮に潜り込んだが解雇され、一か八かで毒殺に踏み切った。そんなところか」

そうだったのか、と罪悪感が早々に消え失《う》せた。そう言えば彼の様子は変だった。どことは上手く言えないが。

「でも待って、帝国の人間にしては見た目は変わらなかったけど」

帝国の人間はエキゾチックな風貌で、肌も小麦色や褐色の人間が多い。

「見た目はあまりアテになりません。この国の人間だって金次第で裏切るですぅ」

物騒な話だと身震いしていると、女王が声をかけた。

「お手柄だったな」

「え？　俺は何もしてないけど」

たまたま賊に出くわし、ぼーと立ち尽くしていただけだ。お手柄は寧《むし》ろ女王の方である。

「君のおかげで工作員を王宮から排除することができた」

ベンツェを解雇したのは、確かにウィルだ。工作員とは知らず、結果的な話ではある。

それでも単純なもので、褒められると嬉《うれ》しくなった。

賊の捜索は夜を徹して行われた。しかし朝日が差しても、鳥が行き来しているだけで、水堀には何の変哲もなかった。

‡　‡　‡

先日の一件以降、若い侍従に責任を取らせ解雇させたことに反感を抱いていた使用人たちの見る目も変わった。ウィルは〝敵国スパイを見抜いて解雇させた〟と過分な評価を頂戴することになる。毒殺されかけ、殺されかけ、散々な目にあったが、すべての雨の後には、日差しもまた続く（災いを転じて福となす）という所だろう。

「ちょっとローザ、今日という今日は許さないわよっ！」

そんなある日のこと、彼の指導力を試される事件が起きる。特産品見分後、自室に戻ってきたところ、勇ましい侍女、レカの憤怒《ふんぬ》の声が聞こえてきた。

「えええ？　ローザ、なぁんにも悪いことなんかしてないですぅ」

開け放ったドア越しにチラと見えたが、隅の方で一人の侍女が泣いていて、他の侍女たちが慰めている。わかりやすく修羅場である。

咳《せき》ばらいをすると、怒りで視野が狭くなっていたらしいレカは「旦那様！」と主の存在に気づいて狼狽《うろた》える。女の争いに介入すると碌《ろく》なことにならないが、人材教育の意味でもここはびしっと叱らねば、とウィルは勇気を出した。

「王宮の侍女ならいつでも品位を持って行動してくれる？」

「申し訳ありません……」

素直に説教を聞き入れ、しゅんと項垂《うなだ》れる。（約一名を除いて）反省してくれたようだ。

「で、どうしたの？　大方察しはつくけど」

放置しておくと後々問題になるし、と言い訳しつつ、野次馬根性で首を突っ込む。

「聞いてください、旦那様！」

水を向けると、レカは堰《せき》を切ったようにしゃべり出す。彼女の話を要約すると、そこで泣いているパンニには好意を抱いている男性がいた。慎み深い彼女は異性に話しかけることもできず、ただただ見つめるだけで終わっていた。ところがローザときたら、そんなことは我関せずで親し気にその男性と話すので、ひそかに心を痛めていた。

そして今日、その男性がローザに贈り物をしているのを目撃してしまったらしい。

「くれるって言うから受け取っただけで、あんなつまらない男、ローザが相手にするわけないじゃないですかぁ」

「ちょっと、今の取り消しなさい！　その人にも失礼だし、パンニも貶《おとし》める言葉だわ！」

あんまりの暴言に、レカがいきり立つ。

「付き合ってても怒るくせにぃ。だいたいパンニは彼と婚約でもしてるんですかぁ？」

「違うけど」

「はぁ？　それで文句言われるとか意味わかんなぁーい」

「みんなでパンニの恋を応援しようって前に話したでしょう？」

「ローザ、興味ないことは覚えてないしぃ」

「あんたねぇ！」

言い方は悪いが、ローザの言い分も筋は通る。彼女からすればフリーの男から贈り物を受け取ったに過ぎない。問題は普段から不特定多数の男に色目を使っているだけど。

「僻《ひが》むのもいい加減にしてくださーい。パンを咥《くわ》えながら曲がり角で異性にぶつかれば自動的に恋に落ちるとでも思ってるんですかぁ？　恋愛小説の読みすぎ。何も行動しないで好意を持ってもらおうだなんて、つくづくおめでたいですぅ」

　重なる非難の声に、遂《つい》にローザは開き直った。

「そんなこと言ってんじゃないわよ。あなたのふしだらな不純交際を咎《とが》めてるんじゃない。結婚する気が無いくせに殿方にベタベタ触りすぎよ」

「意識してもらうにはそれくらいしないと。ボディタッチって簡単に言っても難しいんですよ？　あんまり不自然に触っても警戒されるだけだし」

「それがダメだって言ってんでしょ。馬鹿みたいにお世辞言って」

「今時、馬鹿じゃぶりっ子できないんですぅ。男の人って見栄《みえ》っ張りだから上手く持ち上げてあげないと。タイミングやオーバーリアクションだってちゃんと計算してるですぅ」

「そうやって媚《こ》びを売るのがっ！」

「媚び売れば、相手が自分を特別扱いしてるってわかるじゃないですか。悪い気はしませんし。好意を持っているってこと、まずは気づいてもらわないと」

　なるほど、こうして男を落とすのか、とついつい聞き入ってしまった。

「ローザだって頑張ってるですぅ。身だしなみには気をつかってるし、一生懸命可愛《かわい》く見えるように、お化粧や見せる角度とか研究したり、時にはいじらしさや気弱さを演出したり、つまらなくても不機嫌でも、男の人の前では愛想《あいそ》良く微笑《ほほえ》むようにしたり。なのになんで、何もせず泣いてるだけの悲劇のヒロイン気取りの肩を持つんですかぁ？」

「いくらなんでも言い過ぎでは」

見兼ねて口を挟む。涙を止め呆然《ぼうぜん》としているパンニ。ローザは簡単に言うが性格的に難しい人もいる。たとえ彼女の言うように努力不足だとして、これ以上の追撃は可哀《かわい》そうだ。

「他人をそこまで恋しく思えるパンニは素敵ね。他人のために怒れるレカも、友達思いで尊敬するわ。そんな二人に、年上の私から話があるのだけど、聞いてくれるかしら？」

黙っていたドリナが彼女らの間に割って入った。

「私、侍女として働き始めたころ、人見知りでまともに会話もできないし、仕事もわからなくって、職場でも浮いちゃって。

でもある時、勇気を出して声をかけたの。掃除道具どこですか、とか、そんな些細《ささい》なことだったと思う。そしたら、親切に教えてくれて、手伝いまでしてくださったの。その時の先輩はもう退職されたけど、それがきっかけで他の人とも打ち解けるようになったわ」

このドリナでもそんなことがあったのか、とウィルは驚いた。

「ローザの言うことも一理ある。待ってるだけじゃダメ。好きになってもらうには、大変でもまずはアプローチしないと。愛情深いあなたたちなら、きっと幸せを摑《つか》める」

そう言って微笑み、ローザに向き直る。

「ローザは露悪的だけど根は良い子だもの。厳しいことを言ったけど、色々お話したのはパンニのためにアドバイスしたのよね？」

ローザ性善説にはだいぶ無理があると思うが。

「別にそんなつもりは……」

「アドバイスよね？」

「……はい」

あのローザをも頷《うなず》かせるごり押しに「ドリナさんつえぇー」とウィルは内心瞠目《どうもく》する。

「いくらパンニのための言葉だったとしても、ローザは誤解を招く言い方だったわ。パンニもレカも、それから他のみんなも、気分を害してしまったわね。ローザにはよく言っておくから、私に免じて許してくれないかしら？」

ドリナさんがそう言うなら、と彼女たちは矛を収めた。敗北感に打ちひしがれる。自分よりよっぽどドリナの方が主人っぽい。しかし今回のことは大変参考になった。

「ところで、男性は真似《まね》しちゃダメですよ？」

ボディタッチ、と指をワキワキさせているウィルに、ローザはぼそっと忠告する。

「え？　なんで？」

「触れるというのは一種の求愛行為ですが、男の場合は女の場合と状況が違うですぅ。女

性の場合はスキンシップが目的ですが、男性の場合は最終目標を念頭に置いている人が多いじゃないですか。そういう露骨な下心って女は結構敏感に感じ取るですぅ。

特に女は立場が弱い。男に比べて筋肉はないし、妊娠させられれば出産は命がけです。性的な事をされるかもと感じれば、女は根源的な恐怖を抱きます。関係ができてないうちは嫌がられますぅ」

「では、どうすれば良いですか、ローザ先生」

「まずは、手を握るところから始めて、相手の反応を窺《うかが》うですぅ」

薫陶《くんとう》を受け、目から鱗が落ちたウィル。その頭に以前から抱いていた疑問が浮かぶ。

「で、そんな恋愛マスターのローザさんは、なんで俺にだけ態度がキツイの？」

「ローザが本気になれば、女慣れしてない旦那様のような男はイチコロですぅ。旦那様は女王の婚約者のくせに他の女に惚《ほ》れたいですかぁ？」

ぶんぶん首を振る。

「でしょ？　なら、思いやり溢《あふ》れるローザに感謝するがいいですぅ」

「へへー」

散々崇《あが》め奉《たてまつ》ってから、何かおかしくないか、と我に返ったのだった。

こうしてローザからありがたい助言を受けたウィルだったが、なかなかチャンスに恵まれず、手すら握れないまま数日が経過した。

——と言うか、そもそも接触少なくないか？

女王は基本的に用が無ければ来ない。夕食の席だって、ウィルが提案しなければどうなっていただろう。成果を出せば夫にすると言ったが、本当に結婚する気があるならもっと親睦を深めようとするのではないか。

このままではいけない。

間近で見る馬は、円《つぶ》らな優しい目をしている……かと思ったら細長い口からくわっと門歯をむき出しにしたので、びっくりして後ずさる。

「旦那様、怯《おび》えを見せてはいけません。私たちが馬を観察するように、馬もまた私たちを観察しています」

女王の好みのタイプを知って当初は落ち込んだものの、折角相手の理想像、つまり到達点《ゴール》を知ることができたのだ。目標が定まれば、後は突き進むのみ。

しかし、年上になるのは不可能、髭《ひげ》を伸ばすには時間がかかる。筋トレも一朝一夕では成果が出ない。だが、馬に乗るのは練習すればどうにかなるのではないか。

講師は、女性に頼むのは誠に遺憾ながらドリナに任せた。幼児でも馬に乗れる国で王配候補が馬に乗れないことを公にするわけにもいかず、誰か口が堅い適当な講師はいないか彼女に相談したところ、なんと本人が引き受けてくれた。侍女業で忙しいはずだが、頼りにされるとついつい頑張ってしまうようだ。そんな彼女を心配しつつも、秘密を知る人間は少ない方がいいので今回はありがたくお願いすることにした。

紐《ひも》に繋《つな》がれた馬に、ドリナが説明をしながら手際《てぎわ》よく銜《くつわ》や鞍《くら》などをつけていく。

いつも馬車に乗っているので多少のことは知っているつもりだったが、このように改めて観察するとまた違った印象を受けた。

本日用意されたのは栗毛《くりげ》の老いた牝馬《ひんば》らしい。らしいというのは見ただけでは雌雄の判断すらできなかったからだ。頭の高さ自体はウィルの方が高いが、四つ脚であることを考えるととんでもない大きさだ。全長は長く、体重はウィル五人分から十数人分だそうだ。

「あ、旦那様、急に背後に立って驚かせてはいけませんよ。馬は元来臆病な生き物です」

虫を追い払っているのか、ぺちぺちと動く房のように見事な尻尾に触れたくなり手を伸ばしたところ、やんわりとだがはっきりと注意が飛んだ。

「俺の後ろに立つなって？　ははは、暗殺者じゃないんだから」

「蹴りの当たり所が悪ければ半身不随、最悪死ぬこともあります」

「マジで暗殺者じゃん」

地を蹴る馬の脚力は発達しており、おまけにただでさえ硬い蹄《ひづめ》に鉄をつけているので凄《すさ》まじい威力らしい。機嫌が悪ければ意図的にその即死級の後ろ蹴りを繰り出すこともある、という説明を聞いてウィルはそっと距離をとった。

当然だが、離れていては馬に乗れるようになるわけがない。構造上馬の蹴りが飛んでこないであろう側面に移動し、用意された台に登り、鞍に跨《また》がった。

「わー、なんだか背が高くなった気分」

ドリナが彼の乗馬ブーツの先を鐙《あぶみ》にひっかけている間、ウィルは呑気《のんき》な感想を漏らす。馬の背はウィルの腰の位置より高いので、跨ると足がやけに長くなった気がする。

「走る合図は腹を蹴ります。鞭《むち》を使うこともあります」

「停《と》まる時は？」

「手綱を引きます。だから、絶対に離してはダメですよ」

「なるほど」

「馬は生き物です。命令を聞かないこともあれば、突然走り出すこともあります。疲れていれば反応が鈍くなります。一頭一頭性格も違いますから一概には言えません。様子を見て対処を考えるしかありません。今回は何が起きてもいいように私も馬を引きますね」

ドリナは長い革紐《かわひも》を馬の轡《くつわ》に繋ぎ、鞭を担《かつ》ぎ、土が踏み固められた馬場の方へと引っ張って行く。そして低い木の柵で大きな円と小さな円を作り、その間に馬を導いた。

「それでは走らせてみましょう」

ウィルは馬の腹を蹴ったが動かない。もう少し後方を強く蹴るよう促され、言われた通りにすると今度は二、三歩踏み出したがすぐに停まった。

「この子、動き出すまで時間がかかるんです。構わず指示を与え続けてください」

何度か蹴るとゆっくりと進みだした。この状態を常足《なみあし》と言うらしい。動き出した馬は揺れる。初めて乗馬したウィルはへっぴり腰だ。

「背筋伸ばして！」

「はい！」

「踵《かかと》が上がってます！」

「はいッ！」

「もっと手綱を短く持って！」

「はいッッ！」

「また目線が下がってますッ！」

「はいッッッ！」

スイッチが入ったのか、鞭を振るいながら容赦なく指示を飛ばしはじめ、別の意味で慄《おのの》く。しばらく彼女の指示の元、馬場をぐるぐる回っていたが、元々姿勢は悪くなく、飲み込みは早い方だ。徐々に正しい姿勢がとれるようになってきた。

するとドリナは駆け足の練習だと言って、さらに鞭を振るって馬の速度を上げる。揺れる馬の腰の上下に従って、鐙《あぶみ》を立ったり座ったりを繰り返す。跳ね上がる尻を浮かしゆっくりと下ろす一連の動作は、馬の動きを邪魔しないための動きだそうだ。馬の脚運びの間隔がわかってくると、リズム感は悪くないのでコツを掴み始める。

「旦那様、大変お上手です！　こんな短時間で取得するとは！」

「そう？」

褒められ、自尊心をくすぐられたウィルは疲れも忘れてしまいそうだ。運動不足のため腿《もも》がプルプルしているが。

「これなら次のステップに進めそうですね」

ドリナは停まっているように指示を出し、握っていた長い紐を馬から外し、柵を片付けはじめた。

そこへイロナが通りかかった。羊皮紙を片手に、伴《とも》もつけずに一人歩いている。

「イロナさん！」

顔を上げた女王は馬場でウィルの存在を認めて目を見開く。

「何してるんだ、こんなところで」

「馬に乗ってます」

「うん、乗ってるな」

「俺は馬に乗れる男です！」

「うん？」

何故《なぜ》青年がそんなアピールをするのかわからず、女王は首を傾《かし》げている。

そんな時、僅かな羽音が聞こえた。得意満面なウィルは気づかなかったが、虻《あぶ》が飛んできたのだ。牝馬は尻尾をパシパシ振り回しながら追い払おうとしたが、どこ吹く風の虻は巨体の獲物にかぶりつく。そこは丁度、駆け足の指示を出す箇所と同じだった。

乗っている人間に指示を出されたと勘違いし、馬が駆け出した。

「あるぇ？」

突如動いた馬に呆然《ぼうぜん》とし、去り行く景色と激しく上下する尻に事実を飲み込んでいく。

「ちょ、ま」

制止を呼びかけたが、言語を解さぬ獣は勿論《もちろん》聞くはずがない。

「旦那様、手綱です！　手綱を引いて停止の指示を！」

「そっか手綱、たづ、あっ」

侍女の指示に応えようとするも、焦《あせ》るあまり手から手綱が零《こぼ》れ落ちた。初心者は拾い直すこともできずパニックに陥る。停止の指示がないので馬はどんどん加速する。

その時、澄んだ音が短く響いた。イロナが指笛を吹いたのだ。

厩《うまや》の方から一頭の黒い馬が猛然と駆けてくる。気性の荒い牡馬《ぼば》は速度を落とすことなく、女王の元へ突進する。彼女は高い足を上げ、ろくに馬具もつけてないこの馬にひょいと跨った。カラスのように黒いこの馬は、女王の脚となり戦場を駆ける軍馬である。その脚で栗毛の馬にたちまち追いつき、並走した。

女王が走る馬の背で立ち上がったかと思うと、栗毛の馬の尻に飛び乗った。イロナはそのまま、すとんと後ろに跨り手を前へと突き出す。期せずして抱きしめられる形になったことで身体《からだ》が密着し、背に体温となんだか幸せな二つの感触を覚える。青年が危機的な状況の中に一筋の幸せを見出《みいだ》している間、イロナは手綱を握り、ぐっと引いた。

待ちわびた合図に、ようやく馬は歩調を緩め、やがて停まった。

誰ともなくほっと息が漏れる。イロナは手綱を握ったまますると馬を降り、駆け付けたドリナに手渡した。体温が離れ、背中が急に寒く頼りなく感じる。

超人技で自分を救出した女王。ウィルはまだ事態が呑《の》み込めていない。

——今、さらっと曲芸《アクロバティック》的な凄技連発したよな？

だいたい、駆ける馬の上でどうやって立つのだ。練習の時以上に激しい揺れだった。それだけでも驚異的なバランス感覚だと言うのに、別の馬に飛び移るとか、想像を絶する。

そう言えば以前、馬車を飛び降りようとしたウィルに「風にあたりたくなったのか？」とピントのずれたことを尋ねたことがあった。しかし彼女ならば、風にあたるために気軽に馬車を飛び降りるのかもしれない。こんな女王に『馬術が巧み』と評してもらうためには一体、どれほどの研鑽《けんさん》が必要なのか。

ドリナの助けを借り、ウィルは腹ばいになりながらようやく下馬した。疲労と腰が抜けたので、そのまま地面に座り込んでしまう。

「因《ちな》みに聞くけど、さっき俺がやってたのってどれくらいのレベルなの？」

放心気味に尋ねると、馬の腫れた腹に手を当て具合を見ていたドリナから返事があった。

「イロナは知りませんけど、さきほどのは私の五歳の時の練習方法です」

まさかの幼児レベル。ショックのあまり、ウィルは立ち上がる気力がない。

女王は自分の指笛に応えた黒い馬の首を軽く叩《たた》いた。馬の皮膚は厚いので、褒める時や感謝を伝える時は撫《な》でる代わりにこうするらしい。ウィルはまだお礼を言っていないことに気づき、「助かった、ありがとう」と力なく呟《つぶや》く。

「どうして馬に乗ろうとしたのだ?」

「その、女王陛下の好みのタイプが馬に乗れる男だって……」

正直に白状するのはきまりが悪かった。本当は馬を乗りこなしているところを見せて惚《ほ》れてもらう予定だった。もっと格好よく、さりげなくアピールしたかったのに。

「あなたが前に公言した理想の殿方のことを耳にされたの。随分気にされたみたいよ」

乳姉妹《ちきょうだい》の補足に、ああ、と頷《うなず》く。

「あんなのは適当に言っただけだ。気にするな」

「それは気にするなっていう方が無理。だって……」

だって、理想の人物には髭があるなど具体的。まるで誰かを思い描いているようだ。

「イロナさん、その好きなタイプって、もしかしてモデルがいるんじゃない?」

ただ、不思議なことがある。女王が宣言した男が彼女の好みの異性だと言うのなら、その男と結婚するなり愛人にするなりしたら良い。多少強引でもいいだろう、彼女にはその権力があるのだから。そうしてない、ということは何か理由があるのだろうか?

「私の父です」

答えたのは、すぐ傍《そば》で栗毛《くりげ》の馬の手綱を握っているドリナだった。

「なるほど、将軍はイロナさんの養い親でもあるもんね。お父さんと結婚したーいと言う女の子もたまにいるもんね」

ほっと安堵《あんど》し、訳知り顔で頷く。女の子は成長と共に「お父さんなんか嫌い！」と言い出すのだが、父親の愛情不足で育った場合、その欠落を埋めるために父性的な者に憧れると本で読んだことがある。恐らく国王だった父の愛情に恵まれず、身近にあった養い親の父性を求めた。というか精神衛生上、異性への恋ではないと思い込む。

「将軍はさぞかし良いお父さんだったんだろうね」

恋敵ではなかったとの安堵から、現金にもウィルの声が弾む。

「そういうんじゃないんです。父は……私と父はイロナに呪いをかけたんです」

俯《うつむ》き、暗い顔で為《な》された乳姉妹の告白。だが、女王は「馬鹿なことを」と一蹴する。

「ごめん、イマイチ事情がわからないんだけど」

割って入ると、乳姉妹は互いに顔を見合わせた。女王はどこか気づかわし気な眼差《まなざ》しだ。しかし一方の侍女は、何かを決意するように瞳にキッと力が籠る。

「旦那様、イロナが女王になった経緯をご存じですか？」

「なんとなくは」

「彼女が自分の肉親を殺したと聞いてどう思いましたか？」

「えっと……似合わないな、って思った」

言葉を交わすうちに、女王は自分のために動くような人間ではないとわかった。多少無礼なことを言っても笑って受け流し、気さくで寛容だ。

しかし、それでは自分が王になるためにクーデターを起こし、兄を討ったという女王像の説明がつかなかない。

ドリナは頷くと、小さく息を吸った。

「少し、昔の話にお付き合いいただけますか？」

‡　‡　‡

「遅い！」

ふくよかな王妃がヒステリックに騒ぎ立てる。銀の燭台《しょくだい》には灯《ひ》がともり、絵付の皿が並べられていた。

「お待たせして申し訳ありません」

イロナは未《いま》だに慣れないドレス姿で席に着く。食前の祈りを唱え、食事が始まった。何か動作をする度に横から王妃の小言が飛ぶ。外国の王家の血を引く彼女は、夫と平民との間にできた娘が気に入らないのだ。顔も覚えていない実母が娘を遺して早くにこの世を去ったのは、この王妃が原因なのかもしれない。疑いを持つイロナをよそに、王妃はマナーの細かいところまで指摘し、「これだから平民の生まれは」と扱《こ》き下ろす。しかし最近は指摘される箇所も減り、殆《ほとん》ど難癖に近い。

「お前、ズボンを穿《は》いて宮殿内を闊歩《かっぽ》しているらしいな」

正当な王子である兄が珍しくイロナに話しかける。体系は肥満形で、肉に埋もれた眼《め》は糸のように細い。

「はい。馬に乗るのが好きなものですから」

「女のくせに馬に跨《またが》るのが好きとは。もっとお淑《しと》やかにしたらどうだ?」

「お兄様も乗馬してはいかがですか? 楽しいですよ」

兄は舌打ちをした。騎馬民族の国の王子に生まれたくせに、兄は馬にも乗れないのだ。

イロナはスプーンを持つ手を止めた。素材の味とも隠し味とも違う味。恐らく毒だ。

「食べないのか」

兄がにやにやと陰湿な眼で観察している。イロナはにっこりと返した。

「義母様《おかあさま》が文句ばかり言うものだから、マナーに自信をなくしてしまいましたわ」

スプーンを置き、その後の食事に口をつけなかった。

娘を扱き下ろす義母《はは》。妹に毒を盛って喜んでいる義兄《あに》。多忙で不在の父。

乳母の家族の方が余程自分を愛し、慈《いつく》しんでくれた。血の繋《つな》がりを家族と呼ぶならば。

ここにあるのは、家族の形をしたガラクタだ。

冷たく、重苦しく、窮屈なだけの宮殿の通路を歩く。

「イロナ！」

背後から親し気に名前を呼ばれて瞠目《どうもく》する。

「久しぶり」

黒髪を振り乱し駆けて来たのは、幼い頃共に育った乳姉妹のドリナだった。

「ああ、久しぶりだな。どうした？」

「父に昼食を持って来たの。食堂の料理だけじゃ足りないんですって」

「パール殿は大食漢だからな」

育ての親に言及しつつ、食事にありつけなかったイロナはバスケットから目が離せない。

そんな視線に気づき、ドリナはリンゴを一つ差し出す。

「要る？」

「いや、将軍のだろう？」

「大丈夫よ、父は大きいもの。多少のことでは萎《しぼ》んだりしないわ」

幼馴染《おさななじみ》の言葉に甘え、本格的に腹の虫が鳴りそうだったイロナはリンゴに噛《かじ》り付いた。

真っ赤な皮から白い果肉が覗《のぞ》き、果汁が唇から滴《したた》る。美味《うま》い、甘いよりも真っ先に毒は入っていないと考えてしまい、そんな自分に辟易《へきえき》する。

「ご飯、食べてないの？」

搔《か》い摘《つま》んで説明する。ドリナはショックに顔を強張《こわば》らせた。

「そんな。兄妹《きょうだい》なのに毒を盛るなんて」

「私を貶《おとし》めてしか自分が優位にいることを確認できぬ。くだらぬ男だ」

陰口を叩く王女に、ドリナは辺りを見回した。幸いなことに静かな通路に人影はない。

「滅多なこと言わないでよ。王宮には多くの耳があるんだから」

「知っている。だが、一緒に育った仲だ。鬱憤くらい吐かせろ」

「だいぶ追い詰められているのね」

「そのようだ」

「あなたが私の家を出て王様のお城へ行くことになった時、寂しかったけど幸せになるんだと思ったわ。お姫様が真の姿を取り戻し、白馬の王子様と一緒になるんだって」

「相変わらずの恋愛脳だな。小説の読み過ぎだ」

どこかおっとりしている乳姉妹の欠点は恋愛小説に憧れ夢見がちなことだった。

「別にいいでしょ。そういう話に憧れたって。理想の相手に嫁ぎたいって思うことは間違いじゃないでしょ？」

今の世で女が経済基盤を確立する手段は限られており、その大部分は結婚して男に庇護《ひご》してもらうしかない。

「夫に命運を委ねるなんて心底理解できないな」

そんな生き方、自分にできないと思った。誰かに寄りかかっている自分が想像つかない。

「ならイロナは、お姫様じゃなくて王様になりたいの？」

「そっちこそ言葉に気を付けろ」

無邪気に問う乳姉妹を窘《たしな》める。イロナが王になるなら、王太子である兄が死ぬことが前提だ。しかし妙に心を惹《ひ》かれ、その言葉を口の中で吟味する。

「わからぬ。弱者を甚振《いたぶ》るのが趣味の男より私の方が幾分ましかと思う」

あんな男が王になるのか、というのが彼女の偽らざる本音だ。自分では何もできないくせに弱い者いじめが好きで、性根はねじ曲がり、人の心を持っていないのではと感じる時がある。だが、と言葉を濁す。

「正当な血筋でなく、また女である私が王位に就くには数多《あまた》の屍《しかばね》を築かねばなるまい。

私は、その犠牲に見合う人間か？」

自分は馬にも乗れる。民にも慕われている。兄と違って真っ当な心を持っている。しかし、それだけだ。正当な手段では王になれない。それならば、正当な血筋である兄がなった方が、まだ民のためになるのではないか。

「父も平均寿命を越している。兄の臣下となり、いずれ誰かに嫁ぎ、自分の手の届く範囲の者を守るくらいしか私にはできぬ」

「まあ。イロナが臣下？　誰かに頭を下げるなんて不得意なのに」

旧知の乳姉妹は、微妙な立場のくせに誇りばかりはある自分を皮肉った。

「私とて必要に迫られれば頭くらい下げる。まあ、兄に毒を盛られ、命を奪われるまでの主従関係となるだろうが」

その未来が透けて見えるようだった。

生きたいなら王位を狙う他ない。しかし今のイロナには犠牲を払う覚悟が無かった。

そんな彼女を嘲笑《あざわら》うかのように、事態は動き始める。

数日後、王女の乳姉妹は王宮の一室で見つかった。手を縛られ、服を破かれ、殆ど裸の状態だった。使用人から耳打ちされたイロナはすぐに将軍の家に向かった。

「ドリナは」

いつになく険しい表情の将軍は目線だけで閉ざされた扉を示した。二対の大剣を操り、大軍にもひるまず向かっていく大柄な男だが、この時ばかりは小さく見えた。

扉が開いた。ドリナの母でありイロナの乳母でもある将軍夫人が出て来た。沈鬱な面持ちだったが、イロナを目にするとそれでも笑顔を作る。

「よく来てくれたわね」

「ドリナの様子はどうだ？」

「入浴させて医者に診てもらったわ。口の堅い人に。身体《からだ》は大丈夫。擦り傷や多少のあざはあるけど、目につくところは一か月もすれば治るでしょう。でも心は……」

いつもは気丈な将軍夫人の瞳にみるみる涙が浮かぶ。

「相手は赤毛のやせ型の男と猫背の金髪の男だったと」

「兄の腰巾着だ」

よく覚えている。兄の陰から、自分のことも散々心無い言葉でからかってきた。

頭が燃えるようだ。最近は毒入りの食事を口にする機会も減り、兄は焦《じ》れていた。だが、王女の自分に直接手を出すことはできず、腹いせに弱い立場の乳姉妹《ちきょうだい》を苛《さいな》んだのだ。

イロナは壁に掛けてあった剣を手にとった。

「……どうする気だ」

彼女に護身にと剣を教えた将軍が平坦《へいたん》な声で問う。

「償わせる」

踵《きびす》を返す女の肩を、将軍は摑《つか》む。

「何をだ？　そう問われて、娘がされたことを公表する気か？」

未婚の貴族女性は婚前交渉をしてないことが求められる。非処女であることが公になればまともな嫁ぎ先はない。彼女がされたことは、黙っているしかないのだ。

「しない。私の乱心で済ませる。元はと言えば私のせいだ」

「止《や》めておけ」

育ての親の咎《とが》めるような声色に、イロナは感情を爆発させる。

「ならこのまま黙っていろと言うのか！　あなたは自分の娘が傷つけられて悔しくはないのか！　あいつらに報復してやりたくはないのか！」

「ああ、殺してやりたい！　俺の大事な娘を傷つけたんだ！　殺してやりたいよ！」

将軍の大きな拳が固く握り込まれ血が滴っているのを、イロナは見た。

「だが、殺してどうする。理由なく人を殺しておいて、下々の者がついていくか？」

「そんなことどうでも……」

「ダメだ。お前はそんなことするな」

イロナ、と義父でもある将軍は静かに名を呼ぶ。

「お前は王になれ」

その言葉は重すぎて、何を言われたのか咄嗟《とっさ》に理解できなかった。

「私は女で……」

「人の痛みを喜ぶ男でなく、我がことのように憤《いきどお》る、お前こそが王になれ。女のお前が王になるのは確かに血と茨の道だ。我が家は元は粉屋だ。大した後ろ盾とはならない。だがお前が屍を築くのを躊躇《ためら》うなら、俺が剣を振るおう。お前は、王になるべきだ」

英雄の言は犠牲を躊躇う王女の胸に強く響いた。

その時、閉ざされていた扉が開き、乳姉妹が青白い顔を出す。

「ドリナ！」

父は近寄ろうとしたが、男である彼も畏怖の対象なのか、娘は身体を硬くして震え始めた。父親は足を止め、唇を噛《か》みしめ、俯《うつむ》いた。

女であるイロナは乳姉妹を抱きしめ、背を撫《な》でてやる。

「私がされたこと、公表して」

彼女は震えてはいるが、毅然《きぜん》と告げた。イロナは言葉を失い、乳姉妹の顔を覗き込む。

「そんなことしたらお前……」

「もうまともな嫁ぎ先は望めないわ。だって殿方に近づくのが怖いんですもの。それなら少しでもあなたの役に立ちたい」

目には決意があった。王女の手を握るのは、思いがけず強い力だった。

「お願い、イロナ。私の為《ため》に王になって。もう二度とこんな思いをする人がないように」

数日後、将軍の娘が凌辱《りょうじょく》されたと公表され、その下手人の人相書きが配られた。

この一件が明るみになり、口を閉ざしていた同じような被害者もちらほら声を上げ始め、余罪も明らかになった。反感の声が広まると、将軍はその機を逃さず王子の腰巾着に決闘を申し込んだ。一対二ではあったが、決闘とは名ばかりの一方的な蹂躙《じゅうりん》であった。悪友という名の手足をもがれた兄は大きく評判を下げた。


「そうして私は軍への入隊を志願した。女が王になれると証明するためには、戦争で名を上げるしかなかったからだ」

女王は外したばかりの革の馬具を片付けつつ、そう締めくくった。馬たちは土床の木で組まれた個室で干し草を食べている。獣の匂いのする厩《うまや》までの道のりは大層長かった。

「最初は王女のお遊びだと馬鹿にされましたが、父の後ろ盾もあり、兵法を学んで実績も積み、めきめきと頭角を現しました。後のことは知っての通りです」

「それで……」

ウィルはようやく合点《がてん》がいった。女王は私利私欲のために王位を簒奪《さんだつ》するような人物ではない。でも、誰かのためというならば行動を起こすだろう。

「話の流れとは言え、そなたのことを喋《しゃべ》り過ぎた。すまなかったな」

「元は私が話し始めたことよ。それに、私のことは王宮の誰もが知っていることだもの」

互いを思いやる彼女らの言葉。辛《つら》い過去を語ったのは主に女王だった。彼女はドリナに話させまいとした印象を受けた。過去の傷は、まだ生々しくそこにある。傷つけられた女は、まだ消化しきれていないのだ。

「男が怖いって……ひょっとして、今も？」

「はい。だいぶマシになりましたが、特に初対面の方だったり、背後に立たれたりすると恐怖を感じることがあります」

「そうだったんだ。俺とこうしていることも怖い？」

「それが、旦那様は何故《なぜ》か平気なんです」

本人もわからないらしく、「同僚すら慣れるまで時間がかかるのですが」と首を傾《かし》げている。もしかして自分がひ弱すぎて男としてカテゴライズされてないのでは、とウィルは心が沈んだが、ドリナさんが怖くないなら良いことだ、と自分を納得させる。

「我々親子はイロナに呪いをかけてしまいました。良き王たれと。玉座は見栄《みば》えは良いが孤独なものです。私たちは闇の中に放り出し、一人でいることを強《し》いました」

侍女の声にいつもの穏やかさはなく、深い悔恨がある。

「ふざけるなよ。私は自分の道は自分で選べる。王になりたいから王になった。そなたのことはきっかけに過ぎぬ。自惚《うぬぼ》れるな」

きつい言葉は乳姉妹への気遣いと優しさの裏返しだ。少なくとも女王は自分の行動の結果を、誰かに責任を負わせるような人間ではない。

「そうだよ。ドリナさんは被害者なんだし、全部責任を背負い込むことはない。悔やむことはないよ。オノグルの人たちにとってはきっとその方が良かったんだ」

「私もそう思いますわ」

オノグルに貢献する国家元首であると褒められ、女王は照れくさそうに話題を転換した。

「納得したか。私に間男はいない」

「あ、そうだね。ごめん」

「パール将軍を例に出したのには他意はない。身近にいる異性であり、彼の名を出せば求婚者共も黙ると思った。何しろ二人といない豪傑だからな」

過去が重すぎてどこかへ吹っ飛んでいたが、元は女王の理想のタイプの話だった。

「では、私は行く。そろそろ謁見の時間だ」

貴重な休憩時間だったらしい多忙な女王は、宮殿へとせかせか歩いていった。

「女王が他国で何と言われているか、薄々知っています。血も涙もない、冷酷無比の女王。確かにイロナはその手で兄を殺しました。でもあなたには、誤解したままでいて欲しくなかった。イロナは、矛盾しているかもしれないけどイロナは……優しい女です」

去り行く背を眺めながら、ドリナがぽつんと呟《つぶや》く。

「昔は、馬に乗るのが好きなだけの普通の女の子でした。負けん気は強いけれど、花を踏むのも躊躇うような優しい娘だったんです。私と父はそんなあの子を焚《た》き付け、刀を握らせてしまった。本当は王になんかなりたくなかったかもしれないのに。誰も傷つけたり、殺したりしたくなかったかもしれないのに」

女王と同色の瞳が、凛々《りり》しい女王の背からひ弱な青年へと移る。

「イロナは良い王様です。そうでしょう？」

乳姉妹を語る彼女の声には誇りが滲《にじ》む。しかし、その表情はすぐに歪《ゆが》んだ。

「完璧とは言えないかもしれないけど、私たち親子、民の期待に応えてくれた。だからもう十分。いい加減、自分のことを考えて欲しい。誰より幸せになってほしい」

辛い過去からか、男を拒絶するように手袋をした侍女が、ウィルの手をそっと包む。

「どうか私の大切な姉妹を愛して。イロナを幸せにしてあげて」

「……俺、正直自信ないよ」

いつものように、やったこともないのに自信満々で答えても良かった。けれど、ウィルの口からは弱音が飛び出した。

「どうやら女王の好みのタイプじゃないみたいだし」

その事実が鉛を飲んだように重く胸に沈む。たぶん女王はかつて彼女の背を押し、茨の道を切り拓《ひら》いた英雄のような、頼り甲斐《がい》のある男が好きなのだ。

「いいえ、あなたには何かを動かす力がある。父は確かに、力業で道を切り拓いて来ました。でも道を行くのに必要なのは力だけではありません。砂漠を越えるには水を得る術《すべ》が要る、雪山を越えるには火を起こす術が要る。今まで彼女が行けなかった道も、あなたとなら越えられる。あなたになら、それができる」

彼女は何を根拠にそう言い切るのだろう。だって自分は英雄じゃない。

でも彼女の混じりっ気のない瞳は、そんなこと見越しているようだった。ウィルの本当の輪郭を捉えているようだった。

「俺にそんな力があるとは思えない。でも俺は、許される限り、彼女の傍《そば》にいたい。彼女を幸せにしてあげたい」

それはウィルの、偽らざる本音だった。自分でも気づかぬ、心から出た言葉だ。

「ありがとう」

女王の乳姉妹は泣きそうな顔で笑う。

「ドリナさんは良いの？　幸せにならなくて」

それが何だか哀れに思えて、ウィルはつい踏み込んでしまった。

「私はイロナに償わなければならない」

返答する表情は硬かった。

「何を償うって言うんだよ。君のことがきっかけだったかもしれないが、イロナさんは自分で道を決め、その結果立派な王になった。それに、イロナさんはたった今、俺が任された。頼りないだろうけど、この腕で精いっぱい幸せにしてやるさ。イロナさんに自分のことを考えて欲しいって言ったけど、ドリナさんだってそうしても良いんじゃないかな」

侍女として完璧に職務を熟《こな》してきた女が、迷い子のように戸惑っている。

「こんな、汚《けが》されてしまった私でも、幸せになることができるでしょうか」

「ドリナさんは汚れてなんかいないよ。何言ってるの。そんなこと言う奴《やつ》らは俺がぶん殴ってやるから。いや、腕っぷしに自信はないから、別の手段になるけど」

「では旦那様、私を貰《もら》ってくださいますか？」

ウィルは息を止めた。

「冗談です」

「はっ。重婚を覚悟するところだった」

呼吸を再開した青年に、侍女は苦く笑う。

「旦那様はお優しいですわね。私、今、意地悪を言ったんですよ？　私のように爆弾がある、しかも結婚適齢期を過ぎた女と好き好んで結婚したい男はいないんです」

「だとしたら周りの男に見る目がないんだね。俺はあなたの良い所をたくさん知ってるよ。他の使用人がストライキしても、俺に親切にしてくれたところ。お茶を淹《い》れるのが抜群に上手いところ。頑張り屋だけどそれを周囲に見せないところ。ローザたち目下の人間にも優しいところ。女王を、家族を誰より大事に思っているところ」

指折り数える。かつて王子の腰巾着は彼女を傷つけたのかもしれない。でもそんなことで、彼女の優しさや気高さは全く損なわれなかったのだ。

「こんなに気立てが良くて素敵な女性は滅多にいない。今までフリーだったのが謎なくらいだ。その気になれば相手は山のように群がるから」

ドリナは少し微笑《ほほえ》み。

「先ほどのお願いと矛盾してしまいますが。旦那様とはイロナより前にお会いしたかったわ」

と冗談とも本気とも判断のつかぬことを言った。

第三章　家政学者の足跡

　ウィルは英雄ではない。彼女が本当に辛い時、手を貸したのは別の男だ。でも、今の女王が結婚相手に選んだのは、必要としたのはそんなウィルだ。自分にできることをしよう。改めてそう決意する。するしかないのだ。

　女王の関心事はいつだって別の誰かで、その心配事を解決しない限り浮ついたことを考える余裕もないだろう。彼女から与えられた課題、国を富ませる法を見つけぬ限り、パートナーとして認めてもらえるはずもない。男として見て欲しいなんて泣き言を言っている暇はないのだ。

「ローザさぁーん」

　ウィルは目当ての侍女を追いかける。彼女はエントランスホールへ続く吹き抜けの階段を降りるところだった。

「何か用ですぅ？」

　使用人だというのに主に対してあからさまに顔をしかめる。まあ彼女の読み通り、面倒ごとには違いない。彼女がこれから城下へ買い物に行くことは調べがついている。ウィルは満面の笑みを浮かべた。

「俺、街に出かけたいなーって」

「うふふ、寝言は寝て言えですぅ。ローザわぁ、ちょー忙しいんですぅ」

「へえ。雇い主の命令に逆らうんだ？」

つい最近使用人らを解雇した男が脅しをかけると「ううう」と一時的に言葉につまった。

「そ、も、そ、も、冷静に考えるですぅ。街中に王配候補、それもエースターの人間が現れたら阿鼻叫喚《あびきょうかん》ですよぉ。あなたのこと、良く思ってない人間も多いですぅ。追剝《おいはぎ》と殺人鬼が一遍に来ますよ？」

彼女の言葉が脅しでないことは、ストライキされた男は身をもって知っているが。

「変装していけば平気。公に出てない俺の顔なんて知られてないから」

そこへたまたま、下の階、エントランスホールに女王が現れた。どこかへおでかけか、近衛兵《このえへい》を付き従えている。

「我が君ぃ、旦那様が出かけたいってほざいてますよぉー？　何とか言ってくださぁーい」

怖いもの知らずなのか、侍女が一国の王に気安く呼びかける。

「良いのではないかー？」

反対される可能性もあったが、女王は二階を見上げそう返した。

「へぁ？　でも旦那様の身の安全が……」

「そなたがついていて何か起きるのかー？」

急いでいるのか、女王は家来を付き従え外へ出ていく。女王の中でローザの評価が高いのは意外だったが、女王を呆然《ぼうぜん》と見送る肩にウィルは手を置いた。

「じゃ、許可も出たことだし」

振り向いたローザは名状し難《がた》い顔をしていた。


街は喧騒《けんそう》の中にあった。洗濯物を抱えた婦人たちが大声で旦那の悪口を言い合い、掃除婦が石畳を磨き、放し飼いされた毛の生えたブタが残飯を漁《あさ》っている。全体的に田舎っぽい印象だ。エースターに比べて建築物は貧弱だし、通行人も野暮ったい格好をしている。

「それにしても旦那様の着こなし、違和感無いですね。高貴さが破片も見当たらない」

使用人の服を着たウィルをローザがまじまじと見つめる。正直、ウィルは貴族らしい格好よりこっちの方がしっくりくる。

「俺にかかれば高貴さなんて自由自在さ」

「貶《けな》したつもりだったんですけど」

今日の目的は市場調査。距離のある他国へ輸出するなら、足が速い食品ではなく、衣服や雑貨が良いと考えた。

通りの脇の、布を張っただけの簡易的な屋根の出店を覗《のぞ》いたが、並ぶ服は型崩れしている。他の店には毛皮や、異民族らしく円錐《えんすい》形の奇妙な帽子を売っていた。細い路地を抜けると広場がある。中央には噴水もある。水不足と言ってもそれは国土全体の話。王都の周辺にはエースターから流れる大河があり、水には困らず、そもそもそういう場に都を作る。

「じゃ、ローザは財布君二五八号とお話ししてきます」

「なかなか酷《ひど》いネーミングだ。よくそこまで号数を重ねたもんだ」

「ローザは人の名前を覚えるのは苦手だけど、金蔓《かねづる》なら覚えられます」

最低過ぎて逆に感心してしまった。

「で、暫《しばら》く旦那様を一人にしちゃうんですけど」

「行ってくれば？　ここで待っているし」

噴水の縁に腰かける。細かい水滴が弾《はじ》けて清々《すがすが》しい。慣れない他人の靴で歩き回り、足が疲れているから丁度良い。

「いいですか、大人しくしてるんですよ。くれぐれも大人しくしてるんですよ」

ローザが何度も念を押すので、幼児になった気分だった。

彼女は喫茶店らしき店に消えていった。一人になったウィルは街並みをぼんやり眺める。遊牧民の国らしく、しょっちゅう馬が行き交う。ズボンみたいなものを穿《は》いた小さな女の子が巧みに手綱を操っていてびっくりした。

道行く人の顔は明るい。物乞いはいないとは言わないが目立たない。豊かではないが、腹を空かせている人はいないようだ。軒先に椅子を並べて老夫人たちがお喋《しゃべ》りしている。その前を乳母車を押した母子が通り過ぎる。赤子の頬はふっくらとしていた。

――生まれたばかりの赤子の呼気を塞ぎ、年老いた父母を草原に捨て、育てた子を人買いに売り……

そんな悲しい風景はここには見当たらない。これが母国の賠償金のおかげだと思うと複雑だったが、民を思いやる彼女はきっと良き王なのだろう。

棒切れを引きずった子どもたちが広場を横切る。眺めていて、ふとあることに気づいた。

「みんな靴を履いている……」

驚きのあまり広場の人々を見回す。靴は高価なものだ。エースターで革靴を履けるのは貴族や富豪といった限られた人だけ。多くは木のサンダルや麻布で足を覆う。革を使う場合も、穴を開けて紐《ひも》を通して巾着袋のように足を覆う程度。街中を裸足《はだし》で歩く人だっていた。でも、この国ではみんな最先端の、甲を覆う形の丈夫そうな軍靴《ぐんか》を履いている。

通行人たちに頼んで靴を見せてもらった。よく観察すると、デザインはシンプルながら似通っている。恐らく同じ工房で作っているのだろう。

響いていた蹄《ひづめ》の音が止《や》む。下を向いていたウィルの上に大きな馬の影が差す。

「出かけるとは聞いたが、まさかここで会うとは」

馬に乗っていたのは、なんと女王陛下だった。

「こんなところで何を」

「それはこっちの台詞《せりふ》。俺は市場調査だよ。イロナさんは？」

「漁業組合と警備の打合せをした帰りだ」

「ぎょぎょうくみあいとけいび」

聞いたことない取り合わせだ。

「漁業って海も無いのに？」

「海は無いが大きな川がある。川魚も獲れる。漁師として生計を立てている者も多い」

「ふーん、漁業組合が成り立つのはわかったけど、警備ってどこを？」

「最近は川に賊が出るらしい。海賊ならぬ川賊と呼ぶべきか」

「かわぞく」

聞いたことのない響きだ。

「君こそ目付役のローザはどうした？」

「そこの店で男と逢引《あいびき》してる」

「あ奴《やつ》、全く」

彼女の奔放さに苦労しているらしい女王は、テラス席にいる男女を睨《にら》みつける。距離はあったが視線に気づいたローザはばつが悪そうに掌《てのひら》で顔を隠した。

「あ、その靴！　街で見かけた靴と同じデザインだ」

今日はずっと目線が下がっているので、すぐに気づく。女王は軍靴だが、皆が履いているのと同じ、飾りっ気のない足の甲を覆う形。王が履くような儀礼的なものではなく、乗馬靴に近い実用的なものだ。

「ああ、ヴァルガ工房で作ったものだ。私のは鉄板が仕込んである特注品だが」

何のために靴に鉄板を仕込んでいるのだろうか。それより気になる単語があった。

「ヴァルガ工房って？」

「この国で一番の靴を作る工房だ。腕の良い職人が揃《そろ》っていて、何より安い」

「靴なんて高価でしょ？　なんで安くできるの？」

「何故《なぜ》高いのだ？」

質問に質問で返された。戸惑いながらも自分の考えを纏《まと》める。

「だって靴って皮をなめしたり、靴底をくっつけたり、たくさんの工程がある。それぞれ門外不出の技術だし、職人が一人前になるには何年もかかるんだろ？　おまけに一人一人に合わせて作らなきゃならないし。どうしたって高くなるはずだ」

「我々は畜産業の国。皮のなめし方なぞ、そこら辺の通行人でも知っている」

原材料である皮は掃いて捨てるほどある。周辺のどこの国よりも安い。だが、同様に原価が安いはずの毛織物《けおりもの》はそういうわけにはいかなかったはずだ。

「ヴァルガ工房の親方は外国で修業し、技術を獲得した」

「でも、靴を作るのには手間がかかるだろ？」

「うむ。まず一つ、オーダーメイドだからだ。計測する専門の人間を雇わねばならぬし、時間もかかる。一つ一つ形が違えば生地のロスもあるだろう。しかし、平均的な足の形、或《ある》いは足の大きさで作ったらどうだ？　全部同じ形ならば余分な人間も材料も要らない。紐で調整するタイプにすることで、多少は調整できる」

「なるほど……いや、待った。大量生産すると言っても靴を作る工程は同じはずだ」

「そこで親方は靴を作る工程を徹底的に分業化した。生地を型通りに切るくらいなら練習すれば誰でもできる。難しい工程のみ職人がやれば良い。靴一足作れるようになるのに十年かかると言われているが、一つの行程のみならもっと短い時間で習得できる」

靴をはじめ、人が作るものの価格の大半は人件費。あまり給与を安くしては腕の良い職人に逃げられてしまう。未熟な者を使って人件費を抑えるのは理に適《かな》っているのだが。

「なんでそこまでして」

「ヴァルガ工房は大量に靴を作る必要があった。エースターとの戦時中、親方の二人の息子も働き盛りだった。当然、兵として徴集された。オノグル人と言えど職人の息子だ。剣もろくに握れぬ、弓も射れぬ人間など歩兵として人の壁にするのがせいぜいだ。歩兵は自分の足で行軍する。命令通り動き、いざとなればいち早く逃げる必要がある。裸足なら草で足裏を切り、枝を踏み抜き、破傷風にかかる者もいる。丈夫な靴があれば少しでも生き残る可能性が高まるだろう。

しかし、二人の息子にだけ良い靴を送ればどうなる？　上司や同僚に奪われて終わりだ。息子たちに確実に靴を届けるには、所属する隊の全員に靴を送る必要があった」

たくさんの人間が関わり工房は軍靴を作り続けた。その靴はオノグル軍のほぼ全員に行き渡った。

「良い話だね」

しかし、女王の白い面は翳《かげ》った。

「そうまでして守りたかった二人の息子は、どちらも靴が要らぬ身体《からだ》になってしまった。

儘《まま》ならぬものだな」

暫《しば》し感傷に浸っていたが、ふと太陽を目にした多忙な女王は「まずい、次は城で会議だ」と呟《つぶや》いた。その時、ウィルは天啓のように閃《ひらめ》く。あの教えをここで実践すべきだ、と。

「ててて手を繋《つな》いで帰りませんか」

些《いささ》か緊張した面持ちで誘いかける。女王は苦笑いを返す。

「折角の誘いは嬉《うれ》しいが、私は馬で来たのだが」

ひらりと馬に飛び乗り「ではな」と言ってあっさり城へと去って行く。

ウィルは手を差し出したままその背を見送った。

確かに手綱を捌《さば》きながらじゃ手は握れないけれども。あっさり帰られる場合は脈無しですか、ローザ先生？　嬉しいって言ってくれたし、気遣いじゃなくて好意からですよね、ローザ先生？　タイミングが悪かっただけ、そうですよねローザ先生?!

振り返ると、男に会計をさせていた恋の教師は何とも言えぬ生温かい目をしていた。

‡　‡　‡

女王との関係に光は見えないが、外貨獲得の方には光が見えてきた。安価で丈夫な靴はエースターでも需要がある。有力な輸出品候補だ。

「責任者はいるかい？」

後日、ウィルは四頭立ての馬車でヴァルガ工房を訪れた。今度は将来の王配として着飾り、護衛も何人かつけている。玄関口で見習いの少年に声をかけると、彼は脱兎《だっと》のごとく店の中へ消えていった。暫くすると、奥から店を震わすような怒鳴り声が聞こえてきた。

「俺はいないと、言えぇぇぇぇ！」

なんて堂々とした居留守だ。程なくして、先ほどの少年が出てくる。

「いないそうです」

「あ、そう。じゃ、中で待たせてもらおうか」

お待ちくださいという制止を振り切り、ずんずん中に入っていく。店は大きく二つのスペースに分かれていて、入り口付近は同じような靴が並べられている。恐らく販売するための空間だろう。そこを抜けるとたくさんの人間たちがいた。大きな革を拡《ひろ》げている者。刃物を研いでいる者。靴を縫っている者。完成した靴を磨く者。男だけでなく女や幼い子どもも働いている。明かりとりの窓のおかげで思ったより明るいが、なんだか油臭い。

ウィルが通り過ぎると彼らはぎょっとしたように手を止めるが、険しい顔をした中年の男だけは頑《かたく》なに顔を上げようとはせず、中敷きに釘《くぎ》を打ち続けている。

「なんだ、いるじゃないか。はじめまして親方。女王陛下の婚約者のウィルフリートだ」

「お前を招いた覚えはないぞ、エースター野郎」

侮辱の言葉にもウィルは気を悪くした風もなく、笑みを崩さない。

「商談があって来たんだけど、この工房の靴を輸出する気はない？」

「エースターの人間に売る気はない」

これは拗《こじ》らせている、と会話の方向を変えてみる。

「二人の息子さんは戦場で勇敢に戦ったと聞いたけど、父親の方は臆病者なんだね」

職人の手が止まった。

「なんだと」

「だってそうだろ？　自分の靴がエースターで売れるかわからないもんね。戦わずして逃げようとしてるんだ」

「そりゃ商人の理屈だろうが。俺は職人だ。気に入らねぇ奴のためには幾ら金を積まれても作る気にはならねぇな」

「え？　親方は女王陛下のこと嫌いなの？」

「馬鹿言ってんじゃねぇよ。なんでそうなるんだ」

「女王陛下は戦争の中心となっていた張本人だもんね。恨みに思う気持ちもわかる」

「ふざけんな！」

視界が暗くなり、強烈な油の匂いがした。汚れた雑巾を顔にぶつけられたらしい。

「二度と来んじゃねぇ」

発破をかけるつもりだったが言葉選びが悪く、親方を怒らせてしまった。頑固そうな親方だったし、一度決めたことはそう簡単に曲げないだろう。折角、輸出できそうな品が見つかったというのに。息子のことで親方がエースターに悪感情を持っていることは覚悟していたが、あれ程頑《かたく》なとは。

なんとなく一人で帰りたくなったウィルは、途中で馬車を降り、汚れてしまった上着とともに先に王宮へ帰した。ハンカチで顔を拭ったが、油の匂いがまだ残っている。通りにあるどこかの貴族の邸宅の庭木が色をつけていた。この国に来てから殆《ほとん》ど城に籠りっきりだったウィルの知らないうちに、季節は秋になっていたらしい。

城門の前では男たちの掛け声やら、絶え間ない槌《つち》の騒音が聞こえる。

王宮のすぐ近くで教会を作っているという話を、ウィルは耳にしていた。しかし、こうして間近で見たのは初めてだった。

入口から主祭壇に向かう中央通路はほとんど完成している。その途中にある、直角に突き出した通常翼廊はまだ基礎が見えている。そこへ、街の傍《そば》を流れる大河から船で巨大な石材が運ばれ、陸に下ろして石工たちが定規等で測りながら斧《おの》で適切なサイズに割り、それらを多くの人足たちが運んでいる。彼らに交じり、肩パッドをつけた人足は大きな桶《おけ》に乗せ、亀のように背に負って運んでいるのは繋ぎとなるモルタルだろうか。運んだ先では手袋をした人足が先の尖《とが》った鏝《こて》を片手に、所定の位置に一段一段積み上げていた。

そのただ中に、よく見知った軍服を着た女の姿を見つけた。冷たくなり始めた外気を避けるように毛皮の襟巻に顔をうずめ、建設中の教会の進捗状況を観察している。

「寒いな。雪が降る前に身廊の屋根はできそうか？」

身廊、つまり主祭壇から翼廊までの中央通路の壁は高く積み上げられ、内側には立派な木材を潤沢に使い、巨大な梁《はり》が組まれている。上の方では大工たちが巻き上げ機で平らな板を床から一枚ずつ引き上げ、屋根の上で組み立て金槌《かなづち》を振るっていた。

「棟梁《とうりょう》の話では順調だそうです。最終的にはモザイクで飾る予定ですので、取り敢《あ》えず仮の屋根をつけています」

現場監督と思《おぼ》しき中年の男が外国語訛《なま》りで報告する。

「なら良い。寒い中、野外で作業するのは気の毒だからな。装飾も含め、後の所はぼちぼちで構わん。どうせ時間稼ぎだ」

「時間稼ぎってどういうこと？」

ウィルはついつい口を挟んでしまった。

ぱっと見ただけでも多くの男たちが動員されている。石を割る音、荷を運ぶ掛け声、日中途切れなく音が続いているし、近くには何日も泊まり込みで作業するために職人たちの小屋が建っている。これだけ大がかりな事業がただの時間稼ぎとは、解《げ》せない。

「だいたい、教会を建てるのにも経費がいるはずだよね。大丈夫？」

「余裕があるとは言い難《がた》いが、ある程度は寄付で賄うことができる。この国は信心深い人間が多い。世に余っている金で職にあぶれている者を雇い、貧困者を減らせる」

職があれば生活が安定し、無暗《むやみ》に盗みや殺しをする犯罪者も減る。治安も良くなれば警備に割く人員が減る。金を得た人間は購買意欲も高まり、経済が循環し景気も良くなる。

一撃で二匹のハエを撃つ理論に、経済をかじっているウィルは舌を巻く。

「それに、こっちの方が損害が少ない」

「ん？　どういうこと？」

「実は十字軍への参戦要請が再三来ている。教会を建てているので忙しいと言えば、教皇あたりには良い言い訳になる」

戦争をしたくないから教会を建設している、というとんでもない理論だ。

「戦争は十八番《おはこ》だろ？　聖地奪還のために戦ってあげても良いのでは？」

「帝国との戦争はご免被《こうむ》る。帝国軍は強いぞ。エースターとは違い編成も組織立っている。主な将を討っても代わりの将が出てくる。序列がはっきりしていて意思統一もされている。おまけに徴兵制で大量の軍を動かせる。我々と同じく遊牧民を祖に持ち馬の扱いに長《た》け、戦闘は聖戦と位置づけられ一兵卒の士気も高い。勝てぬ相手なら戦闘は避けるべきだ」

弱い相手には戦争をふっかけ、強い相手とは戦争はしない。卑怯《ひきょう》なようだが、政治は正義だけでは成り立たない。国を背負う国家元首には必要な判断だろう。

「でも帝国の勢いは凄《すさ》まじい。いずれこの国へも侵略してくるはずだ。それなら十字軍の力を借りて、先に潰しておくのも手じゃない？」

ちょっと前に南のオドリュサイ王国が帝国の占領下に置かれた。預言者教という割と新しい一神教を掲げる帝国は、支配地域を拡げ信者を増やすことを目的にしている。エースターやオノグルが信仰する救世主教も同じく一神教で両者の主義主張は真っ向から対立している。いずれ北上してくるだろうし、そうなれば戦争は避けられない。

「そうだな。いずれ刃《やいば》を交えることになるだろう。ただ、一国で戦う方がマシかもしれん。十字軍などと聞こえは良いが、所詮各国の寄せ集めだ。前回の遠征の結果を知っておろう？　守りやすい場所で迎え撃つと主張した当時のオノグル王の意見を却下し、打って出た。軍の指揮系統もバラバラ、ランク王国あたりは考えも無しに突撃しまくり、領土が遠い他国は危うくなればさっさと逃げる。友軍が逃げれば自軍も浮足立つ。オノグル軍は最後まで戦ったが半壊し、王は漁船に身を隠し、命からがら脱出した」

女王が生まれる前の話のはずだが、自国のことだからか我が身に起きたように渋い顔だ。

「それに、万が一勝利できたとしても、十字軍に組み込まれるのであれば旨味《うまみ》も少ない。土地を奪えたとしても財は略奪された後だ。利益の殆どは教皇あたりが持っていく。そんな戦いなら避けたい。オノグルは名誉や使命感のために戦っている余裕などないのだ」

十字軍は元々聖地を奪還するために始まったが、その目的も薄れている。異教徒を虐殺して富を奪ったり、同じ救世主教の国に侵略したり、自分の領土を勝手に作ったり。現にこの救世主教の国であるオノグルも標的になったことがある。遠征の失敗も多くなり、犯罪者が参加することもあるので評判も悪い。そんなものに参加するくらいならまだ一国で対処した方が、と女王が考えるのは無理ないことかもしれない。

できつつある教会を眺める。工期を計算し、誰が何をするか役割を明確にし、時に監督し、統率が取れているからこそ設計図通りに作ることができる。働いている人々が勝手に棟を増やしたり、違う大きさの石材を積んだりしたらとんでもないことになる。計算を誤り、建設中に崩壊してしまった教会の話も聞いたことがある。

強敵とは戦わず、どうしても立ち向かうなら自分の統率のとれる範囲で、と考えるのは現実的な女王らしい意見である。

「イロナさんの考えはよくわかったけど。ただの言い訳にするには立派な教会だね」

ウィルは素直な感想を述べたつもりだったが、女王は皮肉気に唇を歪《ゆが》めた。

「蛮族には教会がないと思っていたか？」

正直言えば、と頷《うなず》く。

「我々は所詮異民族だ。生き血を吸う、野蛮な民族と周辺諸国に蔑まれているのは知っている。それでも我々はこの地を故郷と定め、この地に根差すことに決めた。我々が文明人だと、交渉に足る相手だと認めてもらうには、君らの宗教を受容するしかなかった」

異民族の彼らは進んで教会を作った。今ではエースターより信仰熱心なくらいだ。そうして宗教を受け入れることで、ようやく周辺国の仲間入りをしたのだ。

「それだと嫌々受け入れたみたいだ」

「少なくとも私は敬虔《けいけん》な信者のつもりだ。それでも時々思う。我々の祖は何を神と崇《あが》めていたのだろう。何を信じていたのだろう、と。

元の信仰を捨てた選択が間違いだったと思わない。我々は十字軍の討伐の対象となることなく、我が国には異国の大使館もある。だが……」

オノグルの女王はふいに言葉を切る。瞳には夕闇に浮かぶ十字架の影が映っている。

「我々はいつまで蛮族と蔑まれれば良いのだ？」

「そんなことない」

「そうか？　エースター人の大半はそう思ってるのではないか？　馬に乗るしか能が無い、血を啜《すす》る野蛮な奴《やつ》らと」

そうやって幼い子どもを脅すエースターの母親は少なくない。隣国だと言うのにオノグルは御伽噺《おとぎばなし》に出てくる悪者の扱いだ。ウィルだってこの国に来る前は漠然と敵意と恐れを抱いていた。そんな過去を振り払うかのように大きく頭を振る。

「教皇様だってちゃんとオノグルを認めている」

「教会の連中は帝国の脅威があるから味方面しているだけだ。戦争の矢面に立たせるために。利用価値が無くなったら次の敵に仕立て上げるだろう」

「なんで」

腸《はらわた》が煮えくり返るようだった。

「なんでそんな風に言うんだ。まるで全て諦めてるみたいに」

女王は黙っている。シトリンの瞳は凪《な》いでいるように穏やかだった。

「君たちは人間だ。人間扱いを求めて何がいけない？　胸を張って、周辺諸国と肩を並べられるような対等な関係を築いていけるはずだ。今は無理でも話し合いや交渉で……」

「それは全くの無駄なことだ」

紅《くれない》の唇が、下手な冗談でも聞いたように無理やり弧を描く。

「私たちはわかっている。幾ら友好的な態度をとっても、時には武力を示してみても、永久に受け入れられることは無い。私たちは数百年前に毛皮を纏《まと》って現れた異邦人のまま」

彼女は慣れていた。馬鹿にされるのに慣れている。恐れられるのに慣れている。人に人と扱われないのに慣れている。そんな不当な扱いをオノグル人はずっとされてきたのだ。

「なんでそんなのを受け入れてるんだ。悔しくはないのか！」

ウィルは叫んだ。吐き出しても吐き出しても体の芯は滾《たぎ》るように熱く、口惜《くちお》しとが湧く。

愚痴も言わず一人で職務をこなしていた侍女の真摯さを思った。家族を殺されても仕えたいと言ってくれた使用人たちの気高さを思った。弱い立場の国民を気に掛ける女王の慈悲深さを思った。誰も彼も蛮族だと一括《くく》りにされて、貶《おとし》められて良い人たちじゃない。

「君はエースターの人間にしてはちょっと変わっているな」

女王は淡く微笑《ほほえ》む。

「そんなエースター人が一人でもいるとわかっただけで十分だ」

頭の奥がつんと熱くなってきて、拳を握った。

――違うんだ。それじゃダメなんだ。この国はこんなにも素晴らしい。

この国の良いところを、目の前に突き付けたくなった、大声で触れ回りたくなった。けれど、折角ウィルには口があるというのに、エースター人の耳には届かないのだ。

‡　‡　‡

「とまあ、教会の一件から、一国の女王としても将来の妻としても、そんな台詞《せりふ》を吐かせてはならないと思う次第でありまして」

オノグルは周囲が平原のせいか、空は広大で、際《きわ》が白く、天はより青い。そんな晴天の下、庭園の東屋《あずまや》ではお茶会が開かれていた。正面にいた外交官の妻、ウレグ伯爵夫人はふふっと上品な笑い声を扇に零《こぼ》した。

「あの子ったら相変わらずね」

白い巻毛が印象的な彼女は夫と共に先王の代から仕えており、王宮に出入りが許されていたらしく、幼い女王との面識もあると言う。

「小さい頃から現実的で妙に悟ったところがある子でした。愛人の子という複雑な立場がそうさせたのでしょう。当時は本妻やその息子という敵が王宮にいましたから、常に周囲の顔色を窺《うかが》い、達観する思考の癖がついているのかもしれません。

とは言え、我々がそうした扱いを受けて来たのも事実ではあります。夫が各国で受けた扱いをお話しますと、今日のお茶会の時間が終わってしまいますわ」

「外交官の夫君にもそんな態度を？……頭が痛いな」

外国官はその国の顔であり、赴任先の国とその国とのパイプでもある。赴任先の国々は少しでも自国に有利な取引をさせるよう、率先して優遇するはずである。外交官がそのような扱いならば、他のオノグル人はどれほどの扱いを受けているのだろう。

「俺はそんな状況を少しでも改善したいと思ってます。輸出品はこの国を知ってもらうきっかけになるはず。期待してますよ、ゾフィアさん」

本日お越しいただいたこのウレグ伯爵夫人は国内でも顔が利《き》き、近隣の領の特産品を紹介してくれると言う。輸出品になりそうな革靴は色よい返事がもらえなかった。至急、代替品を探さなければならない。

「微力を尽くしますわ」

エースターと接する国の西部は、救世主教圏の文化に追いつけ追い越せで服装や外見上の違いはほぼ見当たらない。しかし東部は、騎馬民族だった昔の暮らしや独自の伝統が残っている。そんな場所にこそ目新しいものがあるのでは、というのがウィルの考えだ。

「ウレグ夫人の頼みで来ましたが、うちの領は田舎ですよ？　大したものはありませんが」

そう言って、令息は金属でできたドロンブと呼ばれる口琴を披露してくれた。柔らかだが力強い音がする。しかしこれを輸出できるかと問われると……微妙である。

彼を皮切りに、集まった人たちは台形の箱の中に弦を張ったツィンバロムという楽器を演奏してくれ、古くから伝わる舞踊だと言って軽快なステップを見せてくれた。

最後に夫人が紹介したのは、見るからに野暮ったい女性だった。衣服は貸衣裳《いしょう》屋のものだと一目でわかるほど色あせているし、顔は小麦色に焼けている。ウィルも一皮剝《む》けば貧乏学生だが、彼女も貴婦人と言うよりは農村の女性と言う方がしっくり来る。

よろしく、と挨拶をするとにかっと歯を見せて笑った。

「うちの領には珍味があります。是非、食べていただきたくて持って来ました！」

運ばれてきた銀のクロッシュを持ち上げる。真っ黒な複眼、長い触覚に黄色と黒の身体《からだ》、くびれた胴体に膨れた尻と細長い手足。白い皿の上に指先ほどのソレがうじゃうじゃいる。蜂だ。さすがのウィルもそのグロテスクさに頰を引きつらせた。

「揚げ立てですよ。味はシンプルに塩だけ。はるばる領から持って来ました！　今朝巣穴から一匹一匹抜き出したんです。勿論《もちろん》、食べてくださいますよね？」

ウィルは無言でフォークを手に取った。顔を青くしたゾフィアが袖を引く。

「無理はしなくても……」

彼女の気遣いはありがたい。しかし目の前の女から明白な敵意を感じる。敵国出身の男への嫌がらせ。文明国の優男《やさおとこ》が悲鳴を上げて拒絶する、そんな反応を期待されている。

ウィルは平気な顔でなるべく虫を見ないように口に入れ、ごりごりと噛み砕いた。

「味は香ばしいね」

あえてたとえるなら小さなエビに似ている。

「グロイのが難点かな。料理として売り出すなら見た目も愉《たの》しめないと」

「あっははは、まさかマジで食べるとは思わなかった」

ウィルが穏便に収めた感想もどこ吹く風で、膝を叩《たた》いて笑っている。

「あんた、思ったより肝が据わってんね。見直したよ」

‡　‡　‡

「へー、これで革を切るの？」

蜂を食べてから数日後。口の中がまだイガイガしている気はしているが、ウィルは再びヴァルガ工房を訪れていた。やはり現状の打開策は靴しかないと改めて思ったからだ。

エースター嫌いの親方の不在をいいことに家屋に上がり込み、手持ち無沙汰に職人たちの間を回り質問しまくっていた。最初は親方の手前、おざなりに対応していた職人たちも根負けし、「やってみたい」と言う青年のために道具やエプロンを用意してくれた。革に描いた線に沿い、ヘラのような形の革包丁を走らせる。

ウィルは切り抜いたばかりの靴のアッパーをしげしげと眺めた。

「旦那さん筋が良いですね。このカーブは素人《しろうと》には難しいんですよ」

「俺、靴を作る才能があるかもしれない」

職人たちにヨイショされ、煽《おだ》てられると自惚《うぬぼ》れるウィルはすぐその気になってしまう。

「王配を首になったらこの工房で雇ってくれる？」

「誰が雇うか」

どすの利いた声に、周囲にいた職人たちは蜘蛛《くも》の子を散らすように逃げていく。

「やあ親方、遅かったですね」

ウィルはにこやかに、旧知の仲であるかのように挨拶する。

「懲りずに来たか、雑巾だけじゃ足りなかったらしいな」

「まあまあ、そう怒らず。奥で話しましょう」

「おい」

職人たちの前で言い争うのを避けるため、そして危険物が飛んでくるのを避けるため、ウィルは親方の背を押し勝手知ったる顔で奥に移動させた。そこは居住スペースになっており、台所に椅子と机があるのを目にし、これ幸いとばかりに腰掛け向かいに親方を座らせた。妻らしき年配の女性がお茶を出そうとするのを親方が「必要ない！」と一喝する。

壁に黄ばんだ絵がピン留めされていたのが目に付いた。街角の絵描きにでも描いてもらったのだろう。親方がしゃがみ込み、十代くらいの二人の息子の肩に手を置いている姿が木炭で描かれている。

「話なんか聞かねェぞ」

絵の中の親方は優しく笑み、父親の顔をしていた。向かいの親方は全身で拒絶している。

「今日は教会にお出かけになったそうで。なんでも孤児たちに、弟子たちが余り物の革で練習用に作った靴を持って行っているそうじゃないか」

「それがなんだって言うんだ」

お布施《ふせ》変わりにしているので感覚がおかしくなりそうだが、革靴は本来高価なもの。エースターー人なら一足持っていれば良い方だ。

「もしかして、靴が余ってるんじゃないか？」

戦時中の大量生産体制のまま過剰供給をしているのかもしれない。紳士靴なら一人何足も必要ない。オノグル中に靴が行き渡ってしまい、在庫を抱えているのだろう。

「だから息子を殺した国の連中に売れって？　絶対に嫌だ」

「どうしてそこまで拒絶するんだ？　エースターってだけで。そもそも先の戦争はオノグルの侵略戦争。そちらが国境を侵して攻め込んで来た」

家族を亡《な》くした男にかける言葉ではないが、ウィルの中の冷めた部分がそんな言葉を吐かせた。エースター人として、一方的に悪者にされるのは納得がいかなかった。

「元はと言えばお前の国の王がオノグルの王冠を返さず、あまつさえこの国の領有権を主張してきたのが悪いんじゃねェか！」

「一般市民からすれば関係ない。ある日オノグルが突然侵略してきたんだ」

「お前らの理屈なんか知るか！」

「そうだな。この話題は止《や》めよう。お互いにお互いの言い分がある」

どちらかの言い分のみが明らかに正しければ、兵士の士気は低くなる。大義名分がなければ戦争は起こらなかっただろう。けれど不完全燃焼だった親方は挑発を続ける。

「はっ。優等生のコメントだな。喧嘩《けんか》両成敗ってか」

「それを言うなら……息子さんを亡くされた親方のことを気の毒に思うけど。息子さんだってきっとエースター人を殺した」

「何をわかったような口を。お前に何がわかる！」

油で爪が黒くなった親方の太い指が襟首に摑《つか》みかかる。ウィルは平然としていた。

「あなたの気持ちが全てわかるわけないけど。俺の親父《おやじ》はオノグル軍に殺された」

投下した爆弾に、親方は暫《しば》し黙り手を放した。

「だからお相子だと、そう言うつもりか」

「いいえ。ただ、非生産的だな、と思って」

オノグル人がエースター人を殺して。殺されたエースター人の友人や家族がオノグルを憎み、別の人を殺して。殺されたその人の家族や友人たちがまたエースターを憎んで。

「俺たち、いつまでそんなこと続けるんだ？　殺し、殺され、憎しみ合って」

憎しみは連鎖し、終わりがない。

「そんな関係もう終わりにしよう。俺たちは新たな関係を築くことはできないか？」

「なんだ、教会の神父様みてぇに敵を許せとか言うつもりか？」

皮肉気に嗤《わら》う親方に首を振る。

「そんなこと口が裂けても言わない。俺、今でも父を殺した連中は死ねば良いと思ってる。父は俺と同じで剣なんか扱えなかった。なのに、オノグル軍が迫る城に残った。母や俺たちを先に逃がしていたから、城が落ちるのは予期していたはずだ。なのになんで、残ったんだろう。未《いま》だにわからない」

だってウィルは父がどんなに臆病者と誹《そし》られようと、生きていて欲しかったから。

「武器らしい武器を持たなかった父は無抵抗のまま殺された。遺体は他の遺体と同じように共同墓地とは名ばかりの穴に埋められた。墓参りをしようにもどこに埋まっているかわからない。なのにどうやって父を殺した人間を許せば良いんだろう」

許すという行為は難しい。感情は簡単に切り替えできない。もしかしたら一生、蟠《わだかま》り消えないかもしれない。

「でも、憎み続けるのって疲れないか？」

「若いくせに冷めてるな」

「違う。俺は現実的なだけだ」

ウィルは特別感情が薄いわけではないが、そんなものに振り回される余裕はなかった。いつの間にか損得で物事を考えるようになっていた。

「憎しみで腹は膨れない。俺には幼い弟と妹がいた。家族を食わせるには個人の感情にいつまでも固執していられない」

憎しみは強い感情だが非生産的だ。周囲に悪影響を及ぼし、本人にもマイナスの効果をもたらし、時には攻撃される要素になってしまう。だからウィルは食い物をくれるというのならオノグルの軍人にも愛想《あいそ》良くしたし、単位をくれるというのならオノグル出身の教授にも媚《こ》びを売った。将来役立つと思ったからこうしてオノグル語を学び、自国語のように話すことができる。自分と家族が生きていくためには、そうやって割り切るしかなかった。

「そういう意味では親方のことを羨ましく思う」

ヴァルガ工房には国の中心人物の提案を突っぱねるだけの経済的余力がある。もし経済的に困窮していれば、幾らエースター人であってもウィルの提案を受け入れただろう。

「俺は飢えたってエースター人の施しは受けんぞ」

「ははは。本当に飢えたことがない人の言いそうな台詞《せりふ》だ。残飯を漁《あさ》って腹を下したことある？　母の乳が出なくなって、乳《ち》のみ児《ご》の弟が死にかけたことは？」

にこやかに凄惨な過去を語る青年に、さすがの親方も警戒を顕わにした。

「お前、そんな思いをしたのに、なんでオノグルなんかへ来た。しかも女王陛下と結婚するって言うんだろ？」

「俺もなんでだろうとは時々思うけど。折角縁があったんだ。彼女のことは大切にしたいと思っている」

卒業金の援助をしてもらえた、家族への支援をしてもらえたという単純な理由だけではない。剣を握り、兄に殺されかけ、多大な犠牲を払い王座に就いたというのに、いつも国民のことばかり考えている。そんな女性を憎しみ続けることなどできない。何とか力になってやりたいとすら思ってしまう。

思えば遠くに来た。学生だったウィルは、この国とは全く縁がなく、紙の上で憎い隣国を追い詰める論文を書いていた。それがこの地を踏み、ここに住む人たちと言葉を交わし、いつの間にかすっかりオノグルが大事になっている。

ウィルは感傷を振り払うと、改めて商談を再開した。

「親方、発想の転換をできないか？　エースターでなく戦争を憎むんだ。戦争が無ければあなたの息子は兵隊にとられることは無かったし、俺の父親も死ぬことはなかった。

今のままではこの国は戦争をせずにはいられない。他国から穀物を買わなければ飢えるのに、買う金がない。だから戦争をして小麦か金を分捕《ぶんど》るしかない。でもあなたが靴を売れば状況は変えられる。敵同士ではない、争う必要のない新しい関係を築くことができる」

「エースター人のために靴なんか作りたくない」

意固地に繰り返す親方の口調は駄々っ子のようだった。

「そうじゃない。オノグルのために靴を作るんだ。エースターの連中の多くは今もオノグルを乱暴者の住む未開の地だと思っている。歳月を経ても戦争に勝っても、その印象は変わらない。そのままで良いのか？　馬鹿にされたままで」

オノグルを野蛮人の集まりだと、交渉に足る相手ではないと思っているなら、オノグルも力尽くで要求を受けさせる他ない。相手を尊重するのは、平和への第一歩だ。

「連中を見返してやるんだ。エースター中をオノグルの靴で溢《あふ》れさせてやろう」

憧れの人の真似《まね》をするのに、そのファッションを真似る人たちがいる。ファッションというのは嫌でも目に付く。そして容姿と違って変えるのが容易だ。エースターの人たちが馬鹿にしていたオノグルの靴を誰もが履くことになったら、認識も変わるかもしれない。

「息子さんを奪ったエースターを恨んでいるだろ？　だったら戦え。こんなところで管巻いてないで。あなたの武器をとって、あなたの戦いをするんだ。安い輸入品の靴が市場に出回れば、自国《エースター》のぬるま湯で商売をしていた多くの靴職人は首を括《くく》るだろう。人を殺すのは、何も武器だけじゃない。エースターから外貨を巻き上げてやるんだ」

木の軋《きし》む音が聞こえた。

「父さん。売ってあげてもいいんじゃない？」

両手に松葉杖《まつばづえ》を突きながら現れたのは、二十代くらいの青年だった。親方と言うより先ほどちらりと見た奥さんに似ている。加えて言うなら絵の中の小さいほうの少年の面影がある。ウィルはその時、自分の過《あやま》ちに気づいた。女王は靴が履けなくなったと言った。両方亡くなったとは言っていない。

「僕もエースター人を殺さなかったとは言わない。エースター人は兄を、戦友を殺したからだ。それを悔やむつもりも、まして誇るつもりもないよ。戦争とはそういうものだ。だが、できるなら戦争は、あの地獄は避けるべきだ」

青年の脚は筋肉も落ち、棒のように細い。身体《からだ》を支えるだけで歩くことなどできそうもない。戦争は死者だけでなく負傷兵も生み出す。銃や剣で負った傷、野戦病院の不衛生な環境が原因で脚や手を失うことも少なくない。身体に障害を受けた傷痍《しょうい》軍人は定職に就くことが難しく、乞食《こじき》に身をやつしたり犯罪に手を染める者もいる。ともすると死ぬ以上の地獄を味わうことになるのだ。

「姫様は元気かい？」

「ひめさま？」

「ああ、陛下のことだよ」

女王が従軍していた六年前、彼女の立場は王女だった。姫様と呼んでも不思議はない。それにしては、憧憬が滲《にじ》んでいるが。

「夫になる方を前に言い辛《づら》いんだけど、戦後に手紙を頂いたこともある。彼女は僕がこんな身体になっても気にかけてくれる優しい人だ。軍の連中はみんな彼女に惚《ほ》れてたよ。女日照りだからじゃない。彼女の人柄に惚れたんだ。

安心してくれ、誰かと恋仲になってたわけじゃない。決して手を触れてはいけない高嶺《たかね》の花のようだった。どんな男と結婚するのかと思っていた」

「ははは。それは期待に沿えず……」

未来の夫から乾いた笑いが零《こぼ》れる。

「確かにパール将軍のような筋骨隆々な益荒男《ますらお》を想像していた。でも姫様は戦争に勝てる男じゃなくて、戦争しないで済む男を選んだんだね」

自分にそんな力があるのか。きまりが悪く視線が惑うウィルを、青年は正面から見据える。

「父の靴を売ることが陛下のためになるんだね」

「ああ。陛下は外貨を欲《ほっ》している。オノグル国民の靴をエースターへ輸出すれば外貨を得られる。そしてそれは、オノグルを蛮族から交渉に足る相手に格上げさせることになる」

自信はないが、決意はあった。永久に受け入れられることは無い。そんな悲しい台詞を、ウィルは二度と彼女の口から言わせたくないのだ。

息子は振り返り、「父さん」と呼びかける。親方はようやく頷《うなず》いた。

「いいだろう。エースター人の靴を作ってやるよ」

‡　‡　‡

翌日からヴァルガ工房がエースター向けの靴を作り始めたようだ。一週間もしない内にサンプルが届いた。早速履いてみたが、自分の足に馴染《なじ》むので使わせてもらっている。商品ができたからと言って売れるわけではない。靴を輸出するため、ウィルも動き出した。商品を運搬する流通経路の確保、販売する小売り店、税金、通行手形といったその他諸々《たもろもろ》の手続き。やることはたくさんある。今日はオノグルに滞在している外国の商人たちに意見を聞くつもりだ。

「旦那様の到着が時間より早かったので、準備が間に合いません。こちらの部屋で休んでいただけますか？」

商人たちを接待しようと応接室へ行こうとしたところ、いつもはこちらの意を汲《く》んでくれるドリナが立ち塞がった。

「別に部屋を用意してくれなくて構わないよ。隅で邪魔にならないように待ってるから」

「そのように仰《おっしゃ》らず」

押し込められた部屋には、最近よく嗅ぐ油の匂いと、もう一つ。

「何してんの!?」

女王陛下が屈《かが》んで自らの靴を磨いていた。

「靴を磨いている」

「いや、見ればわかるけど、そういうことじゃなくて、違う、そもそもこんなところで」

混乱し言葉も要領得ない。だというのに、女王は落ち着きを払っている。

「見つかったら色々言われるので、空き部屋で磨いていた」

「そりゃ言うよ。一国の王に靴を磨かせる家来がどこにいるんだよ」

「普段は無論侍従たちにやらせるが、暇なときは自分で手入れしている」

革はたちまち艶を取り戻していく。クリームの量も多すぎず少なすぎず。ウィルも革靴を磨いたことがあるのでわかるのだが、手つきも悪くない。

「どこでそんなこと覚えたの？」

「軍では自分のことは自分でしなければならなかった。私の部隊にいた男が手入れの仕方を教えてくれた」

呆《あき》れてしまった。王族に靴の磨き方を教えるなんて豪胆な男がいたものだ。

「靴職人の次男坊でな。大人しいが靴のことになると熱く語る男であった。定期的にクリームで栄養を与えろと、過酷な状況だからこそ清潔に保つことで良い印象を与えるのだと、靴は生き物だったのだからきちんと手入れをすれば長く持つのだと、口酸《す》っぱく言われた」

磨き終えた靴を角度を変えて眺め、満足したのか軽く頷く。

「血を見るのが苦手で、戦場には不向きな温厚な性質《たち》だった。……何とか無事に親元に返してやりたかった」

油まみれの手を拭い、道具を片付け、瓶に蓋をする。

「足がそこそこ速かったので、色々言い訳を並べ、危険の少ない後方で伝令役をさせた。しかし、運が悪く流れ矢に当たった」

女王は磨いたばかりの靴でウィルの前に立つ。

「靴は他国に売るに値すると以前から考えていた。価格が安く品質が優れている。しかし、子を失った親方の心を思うと、なかなか踏み切れなかった」

その時、気づいた。女王がここにいたのは、たまたまではない。気軽に顔を合わせるのを立場が許さぬ女王が、偶然を装《よそお》って待っていたのだと。

ドアに手をかけ、女王は優しい顔で振り返る。

「君は私ができなかったことを為《な》してくれた。感謝する」

第四章　崩壊の足音

「感謝するって、感謝するって、そう言ってくれたんだ！」

　ウィルは昨日からすっかり有頂天になっている。この国でようやく真価を示すことができた。それに女王の控えめな笑顔を思い出すと胸がきゅっとして、湧きたつように嬉《うれ》しい。

「その話何回目ですぅ？」

　ローザはうんざりしている。ドリナですら愛想笑《あいそわら》いで相槌《あいづち》を打ってくれているが、口角が疲れている。そんなに何回も言っていただろうか。嬉しくて浮かれ過ぎたと自省する。

　しかしこのローザ、誰に対しても馴れ馴れしいが、女王の右腕と言うか、信頼されているような気がしないでもない。そんな彼女がウィルにつっかかってくるということは、ウィルに対する嫉妬もあるのだろう。何しろ自分は女王に感謝された男である。

「その顔、なんかムカつくぅ～」

「ちょっとローザ」

　優越感交じりの感情が表に出ていたらしい。いつも通り失言するローザをドリナが窘《たしな》める。バツの悪そうな彼女は話題の転換を目論《もくろ》んで視線をさ迷わせ、最終的に机の上に置かれた靴の絵や革のサンプルを胡乱気《うろんげ》に眺めた。

「で、旦那様、何をされるつもりですぅ？　実は女物の靴に興奮する変態さんですぅ？」

「装飾品より中身の方が……げふげふ。そうじゃなくて、婦人用の靴を作ろうと思って」

オノグルには庶民でも手が出せる価格帯の靴がある。しかし、折角靴を作るのなら紳士用だけでは勿体《もったい》ない。女だって靴は履く。お洒落《しゃれ》だし身なりに気を使う。購買意欲は男よりも高いはず。安い婦人靴があれば買いたいエースターの女性だって多いだろう。そこで、手に入る範囲でエースターや諸外国で流行《はや》っている婦人靴を見本に取り寄せた。

「女用の安い靴ですか?!　それはきっと売れますよ！」

「これなんか可愛《かわい》い！」

若い侍女たちがはしゃいでる姿に、手ごたえを感じる。

「ただ、あんまり複雑なのはできないんだよなー。形も限られるだろうし」

ヴァルガ工房は単純な靴の形だからこそ分業と大量生産を可能にしている。飾りのないシンプルな形の方が都合がいい。

「良いと思いますけど、同じ形で。私、色違い欲しいな～」

「あ、わかる。服や気分に合わせて変えたりできるわね」

色違いで安く作れば一人で何足も靴を持つことになるのか。良いことを聞いた。どんな染料を使うかも選定しなければ。プロである親方なら豊富な知識も持っているだろう。今度工房に行った時に相談してみよう。そんなことを算段していると、「ウィル、いるか」とノックも無しに扉が開いた。

「どうしたの？」

珍しく女王が自室に現れ、戸惑う。何しろいつもは夕食の時間にくらいしか顔を合わせない。

「少し相談が……待て、これは何の集まりだ？」

「婦人用の靴の商品開発だよ。良かったら意見を聞かせてよ。俺としてはこっちの形が良いと思うんだよね、シンプルだし。でもヒールが高いのも捨てがたくて。これが今エースターで流行ってる型なんだけど……」

サンプルを片手に滔々《とうとう》と捲《まく》し立てると、何故《なぜ》か女王は胸を撫《な》でおろした。

「そうか。良かった。てっきり、若い娘たちを侍《はべ》らせて愉《たの》しんでいるのかと」

「俺、浮気なんかしてないから！」

必死になって無罪をアピールすると、女王は宥《なだ》めるように両手を上げた。

「わかったわかった。で、外貨獲得は順調にいきそうか？」

途端にウィルは渋い顔になった。

「どうした？　靴は数少ない輸出に値する商品なのだろう？」

「うん。でも、革製品の、それも靴だけの市場規模なんてたかが知れてるから。穀物類全体の規模には遠く及ばないんだよね」

靴だけで有頂天になっている場合では無かった。他の商品開発も考えなければ。

「それに一分野だけなら関税を高くされて終わりだし」

「関税か……」

「カンゼイ？」

話に置いてきぼりの侍女たちがポカンとしている。

「輸入品にかかる税金のことだよ。関税の税率は国によって異なり、品目によって設定される。オノグルの靴がエースターに勝っているのは、今のところ値段しかない。なんの根回しも無しに靴を売りだしたら、関税を上げられて終わりだ」

「なんでそんなものを作るんですぅ？　経済って要するに物の売り買いだって旦那様言ってたですぅ。自由に商売できた方が活発に取引できるはずでは？」

女王はそうだなと頷きつつ。

「関税には自国の産業を保護する役目がある。オノグルも色々な分野にかけているが、特に小麦に関税をかけている」

「え？　小麦？　高くなったらみんなが困りますよね？　エースターの安い小麦をたくさん買えば良いのでは？」

「食料を一国だけに頼るのは良くない。戦争を始めたら兵糧《ひょうろう》はどこから調達するのだ？」

何故エースターと戦う前提、と文句を飲み込みつつも言わんとしていることはわかる。

エースターが不作だったり、値段次第ではオノグル以外の国に売ってしまう可能性もある。エースターは肥沃な土地を持っているので小麦は恐らく周辺国で一番安く豊富だ。隣接しているから移送料も少なくて済む。だから何も無ければ偏ってしまうが、エースターの関税を高く、他の国を低く設定しておけば価格が横並びとなり、結果的に様々な国の小麦を買うことになる。

「同じようにオノグルから安い靴が入ってきたら、自国の靴職人を守るためにエースターは靴の関税を引き上げるってことですね」

理屈としてはドリナの言う通りだ。エースターの商人たちは今までと同様に高い値段で自国の靴を売りたがる。外国製の安い靴の輸入を阻《はば》むため、王や議会に働きかけるだろう。そうなればオノグルからの靴は安くならず、平民が革靴を手にすることは無い。

それが消費者《エースターのたみ》にとって良いことかはさておき、権力者は既得権益《じこくのしょうにん》を守ろうとするはずだ。

「三年か四年、革製品の関税を撤廃する確約が欲しいな。その間にオノグルの靴は安くて良い品だってイメージが定着すれば良いんだけど」

どうしたものか、とウィルは頭を悩ませる。

「ああ、それで思い出した」

女王が相談があったのだったと用件を切り出した。

「もうすぐ冬だ。毎年この時季に予算をつけて小麦を輸入しているのだが……」

冬は食糧が少なくなる。特に食料生産機能の無い都市部は餓死者も出るらしい。そこで秋の収穫が終わり近隣の国に小麦が有り余っている時期に買い溜《た》め、公共の機関で安い価格で販売しているそうだ。

「ところが、去年と同じ額の予算を用意したはずなのに、手に入る小麦の量が減っている」

「一大事じゃないか！」

繰り返すようだが食糧を国外からの輸入に依存しているオノグルでは、輸入量が減れば喰《く》いっぱぐれる人が出てくる。死活問題だ。

「小麦の価格が上がってるってこと？」

単純に考えればそうなる。例えば小麦の値段が二倍になったら、同じ額で買える量は半分になってしまう。

「いいや。エースター国内は豊作で価格は寧《むし》ろ下がっているらしい」

「なら、なんで……」

「それがわからない」

ウィルには幾つか思い当たることがあった。例えば担当者が購入資金を横領するなど。しかし女王曰《いわ》く担当になっているのは信頼のおける人物だと言う。

「正直、情報が少なすぎて判断がつかないな」

ペンで羊皮紙に『周辺国の小麦の売買価格』『周辺国の飢饉《ききん》、戦争、その他需要増と見込まれる災害の有無』などと書きつけ、作成したリストを女王に渡した。

「この項目を調べてくれる？　俺の想定内の事態なら、どれかに兆候が表れているはず」

一抹の不安を抱えながらも、これ以上はできることがない。

縫った靴を裏返し、踵《かかと》の縫い目をひたすら叩《たた》く。そのまま履くと縫い目が踵にあたり違和感があるので、革を馴染《なじ》ませるための作業らしい。この行程なら単純なので素人《しろうと》のウィルでもできるだろうと判断した。木槌《きづち》を振るう、振るう。

「おい、やり過ぎだろ」

無心で叩いていると、帰宅した親方が見かねて声をかけてきた。気づけば平たくなるはずの縫い目が紙のように薄くなっている。

「そもそもなんでここにいるんだ？　王配ってのは随分暇な仕事なんだな」

「親方を待ってたんだよ」

ウィルは職人に木槌を返し立ち上がった。

婦人用の靴の需要はあるはずなので、まずは親方に婦人靴のサンプルをお願いしに来た。しかし彼は革問屋に行ったっきり戻って来ず、いつ戻るかわからないと言われた。日を改めようかとも思ったが、折角侍女たちと相談して作った複数のデザイン画を持参し、護衛にも都合をつけてもらって外出したのに手ぶらで帰るのは勿体ない。視察という名目で居座ることにしたのだが、見ている内に手持ち無沙汰なウィルもやってみたくなったのだ。

「サンプルの作成か」

親方は腕組みをしたまま頷《うなず》いた。

「職人どもを遊ばせておくよりマシかもしれんな。良いだろう、引き受けよう。どちらにせよ、この状況では大量生産は無理だからな」

「なんで？」

「革が品薄なんだよ」

「オノグルで革が品薄⁉」

驚いて飛び上がる。だって、国内で原材料が安価に手に入るという話だったはずだ。

「実は、今日なかなか戻れなかったのはそれが原因だ。シュナイダー商会が買い占めたらしいんだよ。ある程度損が出ても良いってかなり高い価格で買ったらしいぞ」

「シュナイダー商会って、エースターの王室御用達《ごようたし》じゃないか！」

繊細な革細工を得意とし、靴のみならず鞄《かばん》やベルトといった革製品を手広く扱う商会だ。

「それが、革だけじゃない。他にも取引のあるエースターの商人の一部がオノグルの品を一気に買ってるんだと。なんでもピンズを使い切りたいとか零《こぼ》していたらしい」

何故そんなことを。まるでもう、ピンズ銀貨が要らないと言ってるようなものだ。

――どうもひっかかる

親方への依頼を終えたウィルはすぐさま王宮に取って返した。自室に戻ってすぐ、ドリナが女王からの報告書を届けてくれた。ウィルが作成したリストの幾つかは調査中とある。現時点でわかる範囲で答えてくれたのだろう。周辺諸国で小麦価格の高騰に繋《つな》がる兆候は無いようだが。

「ピンズが安くなってる……」

「ピンズが安くなると、何故小麦が高くなるんですか？」

独り言を拾ったドリナがきょとんとしている。

「今、オノグルの通貨のピンズの価値が下がり、反対にエースターのゲルトの価値が上がってる。大袈裟《おおげさ》な話をすると、今まで一ゲルトを一ピンズと交換していたとして、今は一ゲルトを二ピンズと交換してるってこと」

「でも、エースターの小麦は安くなってるって」

「それ以上にピンズの価値が下がっているということだよ。例えば一〇〇ゲルトの小麦を買うのに、一〇〇ピンズ必要だったのが、二〇〇ピンズ必要になったんだ。小麦が九〇ゲルトになったとしても、一八〇ピンズが必要になるでしょ」

そんなことになったら、せっかく小麦自体の値段は下がっているのに、今までと同じ小麦を買うのに八〇ピンズも余分に必要な計算になる。

「ですが何故、そんなことになったのですか？」

ウィルは肩を竦《すく》める。

「それがわからないんだよ。どうも一部の商人たちの噂《うわさ》が原因らしいけど」

「噂によって通貨の価値が変わる？　そんなことあり得るのですか？」

「あるんだよ、わりと。例えば、オノグルが戦争を起こすという噂が出回るとピンズの価値が上がる。オノグルが戦争に勝ち、賠償金を獲得することで景気が上向くと多くの人が予想するからさ」

「では、何かオノグルの不利益になる情報が出回ってるってことですか？」

「そうらしい。それがただの噂ならいずれ沈静化する。でも……」

言い淀《よど》む。真実なら、近い将来オノグルに危機が訪れるということだ。それも通貨の価格が変動するような大ごとが。

「まずは原因を探らないと。原因がわかれば取り除くこともできるはずだ」

「お話はわかりました。しかし、今すぐピンズ通貨を元の水準に戻さないと、冬の食糧を輸入できず困ってしまいますよね。良い知恵はありませんか？」

「真っ先に思いつくのは政府による為替介入だよね。難しい言葉を使うと外国為替平衡操作と言う。要は、オノグル政府が保有しているゲルト銀貨を一気にピンズに両替するのさ。するとゲルトの価値が下がり、市場で少なくなったピンズの価値が上がる」

「良かった。そんな簡単なことなんですね。早速イロナに進言しましょう」

胸を撫《な》でおろす侍女にウィルは待ったをかける。

「それが、そうもいかないよ。そもそも、価格というのは需要と供給のバランスで決まる。欲しい人が多ければ高くても買おうとするし、少なければ売り手は安くしてでも売ろうとする。値段は上がったり下がったりしながら、やがて売り手と買い手が納得する値段に落ち着く。政府による介入はそれを無理やり歪《ゆが》めてしまうことになるんだ。歪めた価格は適正な価格じゃないから、結局は元の価格に戻ってしまうことが多い」

「そんな。価格が元通りになるなら、外貨を失うだけで何の意味もないってことですか」

「そういうこと。だから迂闊《うかつ》に手を出せない。エースター側も協調してくれればまだ有効だけど、難しいだろうね。オノグルは元々、諸外国ほどの外貨を保有してない。輸入に比べて輸出が少なく、外貨を得る手段が無かったから。それに、価格の操作をするような通貨は信用できないと見做《みな》され、結果的に価値が下がってしまう可能性もある」

脅し過ぎてしまったのか、ドリナは焦燥した様子だ。

「では、どうすればピンズ通貨が高くなるんですか？」

「さっき言ったようにオノグルの景気が良くなると判断されれば、みんながオノグルの通貨を欲しがり、結果的に通貨の価値が上がる」

先ほどの話にも出たが、原則として欲しい人が多くなると価格は上がるのだ。

「また、輸出が増えればピンズ高になる」

例えば親方が作ったオノグルの靴をエースターの人間が欲しがったとする。親方は靴を売って得た代金をピンズに交換するため、ゲルトを売ってピンズを買う取引が増え、ピンズ高、ゲルト安になる。エースターの投資家が親方の靴屋に投資する場合もピンズが必要になるため、ゲルトを売ってピンズを買う動きが強まる……ということだ。

「そうですか……」

ドリナは肩を落としている。輸出で解決するというなら、今日明日でピンズの価値が戻ることはない。

「元の話に戻ってしまうけど、いずれにせよ原因を取り除かないと」

何か悪い噂が流れているなら、〝そんなのは嘘《うそ》ですよ〟と触れ回り、不安を解消できれば元に戻るはずだ。

ふと、王室御用達のシュナイダー商会がピンズを使い切ろうとしていた話を思い出した。

ウィルはドリナが淹《い》れてくれた紅茶に視線を落とす。何か胸騒ぎがする。エースターの商人たちがこぞってオノグルの通貨価値がなくなると判断している。

「お話はよくわかりました。さすがです。イロナに聞いたんですが、学生時代に難しい論文を書かれたんですよね。一度読んでみたいです」

論文。ウィルがオノグル女王に見初められたきっかけとなった、あの論文。

「損切《そんぎり》だ！」

絶叫して立ち上がった青年に、ドリナは唖然《あぜん》と聞き返す。

「ソンギリ?! なんですか、それは?」

「手持ちの株式や外貨の価値が買った時より下がり、そのまま持ってても回復が見込めない場合、さらに下落して損失額が膨らむ前に売り払って処分する。王室に近いシュナイダー商会は恐らく損切したんだ。ピンズ安になってるのもそうだ。情報を摑《つか》んだ一部の耳ざとい商人たちが動いたんだ」

ウィルは駆け出した。ドリナが背後で「一体何が」と問うが応えている暇は無かった。

オノグルは食料自給率が低く、経済面は惰弱。だから、小麦の輸出を止めてしまえば国は困窮する。オノグルは陸続きの国なので、周辺国で協定を結び、輸出をストップすれば良い。でもそれは現実的ではない。オノグルと友好的な国が協定に加わるかは未知数だし、たとえ協定を結んでも利益になるならこっそり売る国や商人も出てくる。だから論文内ではもっと簡単に、エースター国内で行える次善策を述べていた。

もし、自分がかつて書いたシナリオ通りに進んでいるとしたら。

切れる息、おぼつかない足取り。それでも、一刻も早く止めなければと、こけそうになりながら、真っすぐに女王の執務室に向かった。突然扉が開き、転げるように入室したウィルに、女王と臣下が驚いて振り返る。

「イロナさん、まずいことになった! このままだと……」

そこへ、「申し上げます！」と伝令が転がり込むように部屋に入って来た。

「エースターの議会で、ピンズとゲルトの取引を停止する令が出ました！」

部屋にいる者全てが、何が起きたか呑《の》み込めず呆然《ぼうぜん》としている。

「遅かったか……」

ウィルはその場に膝をついた。

「それの何が問題なんですか？」

事態について行けず、それでも追いかけてきたドリナが問う。

「ゲルト銀貨は国際的にも歴史と信用がある通貨だ。その通貨との交換が公に停止されたとなると、ピンズ銀貨の価値は暴落する」

そんなことになれば、オノグル通貨《ピンズ》と取り換えてくれる人などいなくなってしまう。外貨を得られなければ小麦を買うことはできない。

女王は今や、顔面蒼白《がんめんそうはく》だった。

「我々はどうやって冬を越せば良いのだ？」

第五章　起死回生の一手

「何故《なぜ》ピンズ銀貨との取引を停止したんだ？」

　向かいの席には召喚したエースターの外交官。衣服はエースターの流行の形だが、卵に手足が生えているような体型のせいで滑稽に見える。外交官を呼びつけるなんて貧乏学生だった頃は考えられないが、王配候補としての特権だ。

「どこの通貨と交換するか決めるのは個人の、ひいては国家の自由では？」

「それはそうだ。しかし、相手国に通告も無しに決めるとは、余程のこと。歴史ある我が母国がそう決断したということは、正当な理由があるんだろう？」

　裏を返せば、正当な理由がないなんて、ちゃんとした国がすることじゃないよね、という詰問《きつもん》である。

「侮辱に対する報復です」

「オノグルが何を侮辱したって？」

　訳がわからず眉根が寄る。戦争は十年近く前の出来事、最早《もはや》カタはついているはず。

「あなたの扱いです」

予想外の理由に二の句が継げなかった。

「聞けば、夫として遇してないそうではないですか。これは我が国に対する侮辱です」

「そんなことはないって。陛下は俺を尊重してくださっている」

「では使用人の数が少ないのは何故です？」

ぐっと言葉に詰まったが、背に腹は代えられない。泥を被《かぶ》ることにした。

「俺が解雇した」

「問題のある部下を押し付けられたのですか？」

正直に事情を説明してオノグルの過失にされては民が飢えることになる。自分の我儘《わがまま》であると押し通すしかない。

「……単に気が合わなかっただけだ。外国に一人で来て、見知らぬ人間と毎日顔を合わせるのはストレスが溜《た》まる。今思えば、心細くてナーバスになっていたのかもしれない。兎《と》に角《かく》、女王陛下の責任ではない」

実際に女王は十分に使用人を雇い、雇用の権利も与え、責任を果たしていた。

「また、王配ともあろう者が厨房《ちゅうぼう》に出入りし、本国からレシピを取り寄せていると伺いました。もしや満足なものを食べられていないのでは？」

「他国の高官を接待するために料理長と打ち合わせするのは業務の範疇《はんちゅう》では？　俺は男

だから微妙な立場かもしれないが、王の配偶者である王妃ならば別に不思議なことではない。衣食住の水準を上げ、陛下に喜んでいただこうという下心もあった」

「しかも、靴作りまでしていらっしゃるそうで」

「それも俺が好きでやっていることだ」

靴の輸出をしようとしていると知られてはエースターに阻止されると考え、ウィルは直前まで黙っているつもりだった。それがこんな風に歪められて解釈されるとは。

「俺の趣味までどうこう言われる筋合いはないな。女王陛下は俺に良くしてくださっている。ただの誤解だし、あまりにも邪推が過ぎる。このままでは両国の亀裂となるぞ」

「良くしてくださってます、ねぇ」

だが外交官はこちらの言い分にまるで納得していない。

「国政に関わっていないのに？」

「外国人の俺を国政に関わらせないようにするのは当然の危機管理だ。俺には後ろ盾もないし、まだ信頼を積み上げている最中だ」

「寝屋を共にしていないと伺いましたが？」

「いやいやいや、まだ婚約公示期間中、婚姻前だぞ」

「この蛮族の国を教化するのもあなたの大事な役目ですよ」

何を教化する必要があるのだと、反射的に反論を紡《つむ》ごうとする。目の前にお茶が置かれた。運んできたドリナが心配そうにこちらを見ている。ウィルは一呼吸置いた。

「気が合う、合わないは男女の機微だ。幸い、少しずつ心を開いてくださっている。外部から圧力をかけては上手《うま》くいくものもこじれてしまう」

夫婦のことだから外野は邪魔するな、と言外に伝える。

「この辺で落し所としないか？　今後、女王が俺を夫として扱えばピンズ銀貨の交換停止は撤回するってことで」

「そういう問題ではありません。我が国が軽んじられたんですよ。これは報復です」

「本人が納得しているんだから、報復も糞《くそ》もないだろ」

そんなことで、多くの人間が飢え死にしなければならないなんて酷すぎる。

「この国は、ついこの間、急に蛮族の国になったわけじゃないだろ？　エースター人である俺との婚姻も決まり、これから両国の結びつきは益々《ますます》強まる。だというのに、この決定は下手すれば戦争になるぞ？　あんたの身だってどうなるか」

戦争というワードに一瞬、外交官は怯《ひる》んだが、すぐにその頬は紅潮する。

「蛮族に頭《こうべ》を垂れるくらいなら死んだ方が良い」

「誇りだかのために何人が死ぬと思ってる、何人が犠牲になると思ってる」

死にたきゃ勝手に死ね。本人同士の喧嘩《けんか》で本人が報いを受けるのは自業自得《じごうじとく》。とばっちりで、生きたいと願っている人を、選択肢の無い立場の弱い人を巻き込まないで欲しい。

「蛮族が何人死のうが何の関係があると言うのです？」

あんまりな言い草だ。人を人とも思わない外交官への怒りが遂《つい》には突き抜けた。

「黙れ！　オノグルの何が悪いって言うんだ。俺たちと何が違うって言うんだ。彼らだって血は流すし悲しければ泣く。同じ人間だ！」

外交官はわざとらしく肩を竦《すく》めた。

「あなたはこの国に交わり過ぎたようですね」


カツカツカツ、通路に響くのは自分にしては速い歩調だ。追いかける足音が遅れがちなのに気づき、平静にならねばと、後ろに控えるドリナへ振り返る。

「ごめん。上手くいかなかった。君にも不愉快な言葉を聞かせてしまった」

「いいえ、旦那様が怒ってくれて嬉《うれ》しかったですよ。エースター人の大半は外交官のように思っていらっしゃるでしょう。馬に乗るしか能が無い、血を啜《すす》る野蛮な奴《やつ》らと」

「そんなの自明のことだ。あの外交官がおかしいんだよ」

この優しい人に、こんなことを言わせて良いはずがない。なのに彼らを貶《おとし》めるエースターの顔色を窺《うかが》わざるを得ない。理不尽な扱いには毅然《きぜん》と立ち向かわないと。そのためには自立しないと。折角その手段が見えてきたところなのに。

「なんで今更こんな強硬手段に……」

こめかみを揉《も》む。何か要求をし、叶《かな》えられなかったら抗議して、それでも改めなければ実力行使に出るのはわかる。でも、警告も無しにいきなりぶん殴ってくるなんて。

「……もしや、理由は何でも良いのではないですか？」

「どういうこと？」

「犬を殺したいと思ったら狂犬病だったということにすれば良い。イロナが戦争を仕掛ける時は、負ける可能性を排除し、敵の情報を集め、入念に準備し、兵士の士気が高まり、勝機があると判断した時に仕掛けます。その時、理由なんてどうでも良いんですよ」

戦争の理由に大義名分は後付けで良い。過去には子どもが葉っぱを奪い合ったり、バケツが盗まれたことや、豚がジャガイモを食べたことが原因で戦争が起きたこともあるのだ。

「今回、エースターは兵馬では勝てないと判断し、金での戦いをはじめた。まさに、逃げるは恥だが役に立ったわけです。好機と判断したから仕掛けた。それだけの話です」

書庫にその諺《ことわざ》の由来について書かれた本があった。ドラゴンを退治する御伽話《おとぎばなし》が元になっているらしい。男が一本の剣を携えドラゴンを退治しようと森に入った。ところが森の中には百匹くらいのドラゴンがいたので、男は止《や》むなく退却したのだそうだ。

剣でドラゴンに勝てないと知る母国は、彼らの住む森ごと焼き殺そうとしている。けれど、ドラゴンが森に籠ったまま泣き寝入りしてくれると、どうして思うのだろう。

ウィルが論文を発表した当時、面白いとは評価されつつも、実行に移す政治家はいなかった。実際にそんなことをすればどうなるか、誰の目にも明らかだったからだ。

「たまたまそれらしい理由があったから飛びついただけ。旦那様が責任を感じる必要なんてないんです」

俯《うつむ》くウィルに、侍女が優しい声をかける。オノグル人の彼女は酷《ひど》い暴言を浴びせられたのに、誰かを励まそうとしている。視線が合うと、気恥ずかしそうに目を逸《そ》らす。

「兎に角、状況をイロナに報告しましょう」


執務室に入ったウィルたちは言葉を失った。

「これは……」

ローザが慌てて布を被せたが、はっきりと目にしてしまった。エースターとオノグルの国境付近の地図だ。それも丘陵や小川がわかるほど、紙を重ね立体的かつ詳しく作ってある。そこに駒を置いて軍隊をどう動かすか……どう侵略するか練っていたのだろう。

ウィルはよろよろと女王に縋《すが》る。

「イロナさん……待ってくれ、もう少し猶予を……」

「猶予などどこにある！」

滅多に感情を揺らさない女王が声を荒らげる。

「冬までに小麦を用意できなければオノグルの民は飢え死にするのだぞ！　自国通貨《ピンズ》の価値は石ころ同然、外貨を得る手立ては無い。力尽くで奪い取る以外に道があるのか！」

「だからって……」

言葉を失う青年を気遣うように、侍女が間に割って入り、乳姉妹《ちきょうだい》を諭す。

「準備もなしに戦争するなんて、犠牲が増えるだけ。冷静になって。そもそも穀物が輸入できなければ兵糧《ひょうろう》すら用意できないわ」

「現地調達しかあるまい」

「いい加減にしてイロナ！」

さすがのドリナも金切声《かなきりごえ》を上げた。

「それじゃ穀物を奪われたエースターの農民はどうなるの！　何の罪も無い弱者が犠牲になるなんて、あなたが一番厭《いと》うことのはずでしょ？　何か別の方法を……」

「他に方法は無い！」

女王は叫ぶように反論する。

「私が考えなかったと思うか！　だが無いのだ、どこにも。私はこの国の民を食わせねばならぬ。生かさねばならぬ。その為には手段を選ばぬ。私は侵略者にも悪魔にもなる」

声が、感情が、堰《せき》を切ったように爆発する。

「他に手立てがあると言うなら言え！」

悲愴《ひそう》な声だった。胸が掻《か》きむしられるようなそれは、懇願のようだった。

ウィルは答えなければ、と思った。答えたい、と願った。女王は、本当は戦争などしたくないのだ。自国民を誰一人死なせたくないのだ。

彼女は求めていた。その解を、心底求めていた。

だが、開けた口からは喉がひりついたように音が出ない。

「……そうだろうな」

声から温度が消えた。彼女の目に失望は無い。わかりきったことを眺めているだけだ。

この国に来て日が浅い学生如《ごと》きが見つけられるなら、誰よりこの国を憂う女王がとっくに解を見つけていたはず。

「これは元々、君が思い描いたことだろう？」

言葉は狙いを定め、矢のようにウィルの心をぶすりと刺す。

論文を書いた時はそうだった。

経済による戦争をしかけたら、この国の民が飢えることはわかっていた。父の仇《かたき》の国、顔も知らぬ人々がどうなろうと関係なかった。

戦争は人が死ぬ。しかし同じだけの人間が、この国で飢えて死ぬのだ。剣を持てる者は幸運だ。自らの死に場所を選べるのだから。弱き者は自分の死に場所すら選べない。

「そもそも、君に解決策を求めたのが間違いだったな。望む結果になって満足か？」

そんな訳ないと叫びたかった。この国のことを知って、この国の人たちと触れ合って、いつの間にか大切に思うようになっていた。

そんな言葉、この危機を招いた自分が言っても、今はただ白々しいだけだ。

「所詮エースター人、オノグルの興亡など他人事《ひとごと》、君には関わりのないことだ」

でも自分は関係したかったのだ。両国の戦争以外の関係を築きたいと、築けるはずだと信じていたのだ。

「出て行ってもらえるか」

閉ざされた部屋で、女王は侵略の算段をしている。男は引き留める言葉を持たなかった。

自室に戻ったウィルは壁に頭を打ち付ける。痛みの分だけ、冷静になれる気がした。

「俺は天才じゃなかったのかよ」

自分が何かできると思っていた。何も為《な》したことがないのに、何故《なぜ》だかそう思っていた。

今、無力さに打ちひしがれている暇はないと、わかっているのに。

女王を支えてやりたいと思った。偽りのない気持ちだ。気持ちばかりだ。言葉ばかりだ。

結果を出していない。そんな人間、信用できないのは当然のことで。結果を出さなければ、この国は、その国主である女は救えない。

開け放った部屋の窓からは、草原を走ってきた荒涼とした風が吹き抜ける。これから訪れる厳しい寒さを思わせる冷たい空気は、余分な感情を削《そ》ぎ取って行くようで心地よい。

今は余計なことを考えたくなかった。その場にへたり込み、ぼんやりと夜空を眺める。

遮るもののない広い空に、大きな満月がぽっかり浮いている。すっかり暗くなった私室に落ちて来た光は冴《さ》え冴《ざ》えとしてどこまでも透明だった。この国では二度目の満月だった。

この国に来てから二月《ふたつき》が経《た》つことになる。いつの間にかこんなにも月日は経っていた。

ウィルが本物の天才なら、この二月にもっと上手くやれていただろうか。こんな結果を招くことはなかっただろうか。

風も無いのに木が揺れ、葉が音を立てる。何事かと思い目を凝らすと、庭から人影がぬっと現れた。思わず叫びそうになったが、しーっとジェスチャーされ拍子抜けする。青白い月光に照らされた顔は見覚えがある。

「ドリナさん……」

「驚かせてすみません。ですが、お話があってきました」

夜這《よば》いって男の方から行くんじゃないっけ、と冗談を飛ばすには、彼女の表情は暗い。

「イロナから給金の運搬を頼まれました。幼い頃からの付き合いなので、あの子の意図はわかります。イロナは私に、あなたを連れて逃げろと言っている」

「そんなバカな」

「そうでしょうか？　イロナがあんな言葉を口にする人間でないのはご存じでしょう？」

女王の人となりは短い付き合いでも知っている。過去を穿《ほじく》り返して、意図的に人を傷つけるような人間ではない。起こった出来事を、誰かのせいにする人間ではない。

「このまま、この国にいてはあなたの命が危ない」

母国との戦争が始まる中、オノグルに残れば。ウィルの立場が難しくなることは想像に難《かた》くない。どう振る舞おうと、エースター人である彼はスパイの疑いがかけられる。王配という未来が消えるだけではない。下手すれば投獄、戦意高揚のため、見せしめに殺されることだってあり得る。

関係ないと、女王がわざときつい言葉で拒絶したのは、愛想《あいそ》を尽かしたウィルが国を出るよう仕向ける為《ため》か。

「でも、俺がここから逃げたら……」

戦争が始まる。母国にオノグル軍が攻め込んで来る。国境付近の農村で穀物が奪われる。多くの人間が死ぬことになるだろう。

「厳しいことを突き付けるようですが、この国であなたにできることは、最早《もはや》ない」

民が飢え死にするような事態になれば女王は進軍する。そんなわけないと撥《は》ね除《の》けるには、乳姉妹の言葉は説得力があり過ぎる。

「一緒にこの国から逃げましょう」

「俺個人ならともかく、それじゃドリナさんの立場が……」

すると彼女は疲れたように笑う。

「元から不相応だったんですよ、私には。父は腕っぷしが強いから出世しただけの水車小屋の主人。元は農民と一緒に畑を耕していた辺境領主の娘です。それが乳姉妹が国王になったものだから、国の中枢に近い場所で働けた。そんな地位、私には不相応です」

ウィルだってそうだ。ただの学生で、そこら辺にいる普通の青年。この国や母国の命運なんて、背負うはずがなかった。ウィルには重過ぎる。投げ出せればどれだけ良いだろう。

「他の誰かのことよりもあなたのことを考えてください。あなたがそう言ったんです。私はあなたを死なせたくない」

彼女が示す庭園の一角には、運んできた荷車があり、重そうな木箱がのっている。

「ここに、旦那様の今日までの給金があります。これだけあれば路銀には困りません。王族のような生活は保証できません。慎《つつ》ましい暮らしになるでしょう。でも、死ぬよりはずっと良い。私ができることは何でもします。どこまでもお仕えします。だから、私と一緒に生きていただけませんか」

ドリナは良い女だ。働き者だし、気遣いもできる。贅沢《ぜいたく》を望まなければきっと幸せになれるだろう。

だというのに何故だろう。喰《く》えなくはないと評した晩餐《ばんさん》を一人でとっている女王の姿が思い浮かぶ。

死んだ兵を、傷ついた兵を、その家族を気にかけるような優しい人だ。本当は戦争なんてしたくないのだ。誰かを傷つけるのも、誰かに傷つけさせるのも。でも彼女にはその手段しか残ってない。

しかし、自分に何ができると言うのだろう。

視線を下げると、靴先が目に入った。悩んだ末、ウィルは顔を上げ、彼女の手をとった。

「……ここから、連れ出してもらえるか」

‡　‡　‡

「ドリナと旦那様が姿を消しました」

ローザの言葉に、女王は大した驚きも無く、「そうか」と呟《つぶや》く。

「追っ手を差し向けますか？」

「もう一日待て。国境を越えれば、捕らえられなかった言い訳もできよう」

地図に自軍の進路を書き込みながら答える。

「……良いんですか。それで。あの男は陛下の期待を裏切り、陛下の乳姉妹《ちきょうだい》を攫《さら》って逃げた。万死に値する」

ローザの声は普段からは考えられない程低く、殺気を含んでいる。

「ははは。そなたは夢を見せたからと言って吟遊詩人を処刑するのか？」

快活に笑う主に、忠実な侍女は戸惑った。

「夢……ですか」

「我々は騎馬民族だ。不毛の地に生き、食べるためには他人から食糧を奪うしかない。そんな者でも何かを生み出し、与えられる、そんな存在になれるのではと」

謡《うた》うように呟き、すぐに首を振る。

「そんなわけないのにな。所詮、我々は略奪者。この手は血に濡《ぬ》れている」

イロナは暫《しば》しペンを止め、自分の手を見つめた。凡《おおよ》そ娘の手とは言いがたい、剣を握る者の手。この国の為と言いながら、兄を殺し、数多《あまた》の敵国の兵を屠《はふ》り、未来あるこの国の若者を戦地に駆り立てた。

それでも、当たり前のように手を添えられ、壊れもののように導かれ、何かが変わる気がしたのだ。自分が何か、戦の女神ではなく何か別のものになれる、そんな気が。

「……陛下、もしかしてあの男のこと存外気に入ってました？」

ローザが訝《いぶか》し気に問う。

気に入っていた。見ていて面白かった。剣も握れない男なのに、敵意だらけの外国人の中に果敢に突っ込んでいく。その様はどんな兵より勇敢で、やがて周囲を変えてしまう。

「あの男を見ていたら暫し、この国が抱える閉塞感を忘れることができた」

彼ならば、不毛なこの地にも根差すかもしれぬと思った。だが、じきに戦火がこの不毛な地を燃やし尽くすであろう。幾ら丈夫な草でも火が相手では生き残れまい。

自分が詩的な表現をしていることに自嘲する。幾分センチメンタルになっているようだ。夫と見定めた男と、仕えてくれた乳姉妹《ちきょうだい》が同時にいなくなったせいかもしれない。

「ドリナは気立ての良い女だ。かつては結婚を夢見る普通の娘だった。彼女の母が私の乳母にされたばかりに、多大な犠牲を払わせた。だというのに恨みもせず、長きにわたり私に仕えてくれた。これ以上の助力を求めるわけにいくまい」

「だからって自分の婚約者と逃がします、フッー」

「彼を存外気に入っているらしく、ドリナはいつも気にかけている。彼もドリナの価値をわかる男だ。この地で無残に死なせたくない」

イロナは己の剣に手を当てる。使い込まれた柄は手に馴染《なじ》んでいる。

「二人には本当に感謝しているのだ。この先は血濡れの道だ。刃を握らぬ者をつきあわせるわけにはいくまい」

ローザはそんな主を痛ましげに見つめている。

「あなただって……誰だって刃の似合う人間なんていないでしょうに」

「？　何か言ったか？」

「いえ」

小さく首を振り、いつものように可愛《かわい》らしい笑顔を作る。

「あたしはお供しますよ。血濡れの道でも、地獄の先でも」

イロナは目を見開き、それから、少し微笑《ほほえ》んだ。

「……ありがとう」

感傷を振り払うように地図に目を移す。

「さあ、無駄口を叩《たた》く暇はないぞ。兵站《へいたん》のルートも考えねば」

‡　‡　‡

小麦の価格が上がった。民たちの腹を満たす糧《かて》はほぼ全て小麦からできている。食糧費をはじめとする人件費、インフラといったありとあらゆる物の価値が高騰した。異国の学生が言うところのインフレーションというやつだ。貧しい者が真っ先に被害を受ける。餓死者が増えてもおかしくない。暴動こそ起きていないが時間の問題だろう。そして……。

「これが盗賊の出現場所っす」

少年と言うには手足が長く、青年と言うにはあどけない若い男が地図を示す。テスと呼ばれる彼は別の任務で軍務についているのだが、女王の手足となり動く忠実な部下である。

食えなくなった者たちが「飢え死ぬよりは」と奪う方に動くのは道理である。しかし、軍事国家であるオノグルには常備軍があり、平時は治安維持も担《にな》っている。そんな中で犯罪を行えば潰されるだけだ。

そこで盗賊たちは小規模、場当たり的な、所謂《いわゆる》ゲリラ的な行動をとった。いつどこに現れるかわからなければ、軍を展開して捕捉することはできない。

「で、姫も出陣するのか？」

「今は女王だが」

「そうだったな」

日に焼け、顎髭《あごひげ》の生えた古参の司令官が呟く。名はミクローシュ。古くから続くモノキー家の出身、メイスを振り上げた祖を紋章に掲げる武家の名門である。

若いころは英雄とも轡《くつわ》を並べ、共に戦場を駆け抜けたこともある。女王の初陣《ういじん》も見守った。数多《あまた》の死線を生き抜いているというだけで相当な実力者であることがわかる。

「大将がわざわざ危ない前線に出なくても良いだろうに」

「少し身体《からだ》を動かしておきたい。相手は銃火器をあまり持ってないのであろう？」

「ま、そうだが。油断してると痛い目に遭うぞ。次の戦いも控えているんだからな」

女王は軽く頷《うなず》く。これはいわば、前哨戦《ぜんしょうせん》。盗賊へ勝利し、そのことを大々的に宣伝すれば、次なる戦いへ弾みがつく。因《ちな》みにエースターへは間諜《かんちょう》が戻り次第攻め入る予定だ。

「ところで……マジで戦争する気か？」

「剣を振るう機会が減って腕が鈍《なま》ると言ったのは貴殿ではないか」

「いや、それはそうだが」

婚約式にも出席していた中年は、追及して良いものか迷う。

「聞いたっすよ、陛下！　男に逃げられたそうじゃないっすか！」

気遣いのできる老兵に思いっきりつま先を踏まれ、「いてぇ！」と叫んでいる岩造に「まあな」と返す。全然反省してない好奇心いっぱいの青年が、足をさすりながら問う。

「どんな男だったんすか?!　陛下の心を狂わせる程の絶世の美男子とか？」

「いや全然」

「じゃ、一騎当千の兵《つわもの》とか？　パール将軍みたいに」

「全く」

そう言えば馬に乗ろうとしていたことがあったな、と思い出す。以前、求婚者を断るため、好きなタイプはパール将軍だと法螺《ほら》を吹いた。それを真に受け、馬に乗れないくせに乗れるようになろうと練習をしていたのだ。

そんな些細《ささい》なこと気にしないのに。でも、そうやって自分の為に努力をしようとしてくれたこと、本当はちょっと嬉《うれ》しかった。

こんな風に逃げた男のことを思うのは、未練だろうか。

「なーんだ。じゃあ、全然惜しくないっすね」

「頭は良かったが普通の男だったよ。どこにでもいるまっとうな男だ。家族思いだし、案外いい夫になったかもしれぬ」

「尚更《なおさら》良かったじゃないすか。普通の男なんてオノグルの王配には相応《ふさわ》しくないっすよ」

女王は少し笑って「そうだな」と応じた。元々縁が無かった。平凡な幸せが似合う彼と血まみれの自分は交わるはずがなかったのだ。だから残念だったと思うのは気のせいだ。

地図に視線を移す。テスが印をつけた箇所、街道、地形を全て頭に叩き込んで凝視する。そして、ある一点を指で示した。

「ここだ。この地点が次に襲われる」

「え？　なんでっすか？」

「この盗賊団は恐らく北の森を根城にしている。禁猟区だが、放置されて久しい。水場もある。近隣の村から家具が奪われたと報告もあったな」

老兵は軽く頷きかけ、地図の印のついた一点を示した。

「待て。ここが根城だとしたら、この二番目の箇所がまた襲われるんじゃないか？」

「そこは人通りも多く、逃げ場もない。砦《とりで》からの距離も近く、兵を出されたら簡単に制圧されてしまう。警戒されていると考えるだろうし、一度襲ったら二度目はないだろう」

ミクローシュは「ふーむ」と顎髭を撫《な》でる。

「ここならば、主要な街道で商人の通りも多い割には道幅が狭く、兵を派遣しても少数で対処するしかない。草の背も高く潜んでいてもわからず、逃げるのも容易だろう。

前回の襲撃から日も経《た》っている。そろそろ次の行動に移るだろう」

翌日、準備を整えたイロナは兵と共に街道近くの茂みに身を隠していた。兵は百人程、他にも幾つかの候補に兵を分散させているのもあるが、あまり多人数で行動しても目立つ。目立つ黒馬は背を低くして蹲《うずくま》っている。草を揺らさないように移動してきた伝達係のテスが耳打ちする。

「昨夜、宿にいた商人の話だと、重い荷物をたくさん積んだ商人がいて、隊列を遅れたそうっす。黒髪の夫婦で、女の方が馬を操っていたとか」

「女連れか。襲ってくれと言っているようなものだな」

「うちも一応女連れっすけど」

そうだったな、と頷く。軍にいるとどうにも自分が女であるという意識が希薄になる。それはそれとして、イロナの父の代に常備軍が組織され治安が爆発的に良くなったとはいえ、行商は危険が多い。危機感の薄い夫婦には気の毒だが、良い囮《おとり》になるだろう。

無理な体勢を取らされ不満げな黒馬を宥《なだ》めていると、道の先から砂ぼこりが上がった。

例の行商人の夫婦はイロナが予測した地点より少し手前で盗賊に遭遇したらしい。

前を行くは事前情報があった荷車。麻袋が多く積まれ、男の細身の背が崩れぬよう荷を支えているも、車輪の轍《きし》みやカーブを曲がる際に袋の幾つかが石畳へこぼれ落ちる。御者席の、砂ぼこりを避けるためかスカーフで顔を覆った女が馬に鞭《むち》を振るっている。かなり無茶な速度で走っているが、このままでは後ろの身軽な盗賊たちに追いつかれるのも時間の問題だ。盗賊は十数人ほどか、とイロナは目を眇《すが》める。

「鳴らせ」

返事の代わりにテスが真鍮《しんちゅう》のクラリオンを吹く。音が響く前に身体を起こした馬に乗り、その黒い腹を蹴っていた。

驚く盗賊の顔を目視できる距離になり、馬具に付けられたホルスターからハルバードを抜く。斧《おの》と槍《やり》を組み合わせた特殊な形状で扱いも難しく、剣の方が馴染みがあるが、馬上で振るうにはリーチの長い方が良い。たちまち接近し、近くにいた盗賊の一員へ武器を振りかぶる。慌てる盗賊は辛《かろ》うじて剣で受け止めるも、イロナはすれ違い様にハルバードを回転させ、遠心力で威力を増した柄が男の脇腹を直撃した。その衝撃に身体が馬から落ち、そのまま動かなくなった。乗り手を失った馬が所在なさげに嘶《いなな》く。

女王は荷馬車の脇でハルバードを下段に構えた。女王に続けと、草むらから兵たちが姿を現した。赤と黒、中央に青い盾と黒い鳥が描かれた旗が翻《ひるがえ》る。

「黒軍だ」

誰かがか細い声で呟《つぶや》く。近隣諸国でも類を見ない、訓練され、最新鋭の銃火器を装備した、数万人規模の常備軍。敵対する相手には恐怖の対象だ。

「相手は少数だ！」

頭領と思《おぼ》しき無精髭を生やした男の大音声《だいおんじょう》が、彼の部下と自身の怯《ひる》む心を叱咤《しった》する。

盗賊たちは剣を抜いた。そこら中で甲高い金属音が響く。しかし、寄せ集めの破落戸共《ごろつき》が訓練された歴戦の兵たちに敵《かな》うわけがなかった。ミクローシュが祖と同じメイスで敵の頭部を殴りつける。テスが不利なはずのダガーを器用に操り、馬上の相手の刃《やいば》を受け流す。イロナはテスに斬りかかる敵の背後から鎧《よろい》の隙間に刃の突起を引っ掛け、馬上から引き摺《ず》り降ろした。

数の利があるはずの敵は次々にその数を減らしていた。

「くそっ」

毒づいた頭領は馬首を巡らし、ハルバードの射程外である左側をすり抜け逃げようとする。さらにはすれ違いざまに一太刀浴びせんと自身の槍を突き出した。しかしそれを左手で抜き、半分鞘《さや》に入れたままの剣で防ぐ。イロナの師は両手で自在に大剣を操る英雄、この程度は造作もない。

黒馬は軽やかに方向転換すると、頭領の馬を迅速に追い始めた。自身も鎧で武装され、かなりの重量を負うはずのその脚はとてつもなく速い。

背後からの攻撃に対処できるはずがない。頭領は迫る蹄《ひづめ》の音に覚悟を決める。素早く転回するとイロナへ向かって突撃した。相手の武器はランス、馬の速度を味方に相手を突き刺すことに特化し、時には鋼の鎧をも穿《うが》つ武器である。

馬上の勝負は、ほぼ一瞬で決まる。

胴体を目掛けて突き出されたランスとハルバードが上段で交わる。しかし頭領もさる者、競《せ》り合いを解くと、鎧の切れ目がある喉元目掛けて鋭い突きを繰り出す。

次の瞬間。頭領の巨体は馬の背から落ちていた。

イロナは相手の突きを柄で受け、相手の伸びきった腕、その延長戦上の脇に自身の肘を引っ掛け、馬の勢いを借りて投げ飛ばしたのだ。

地面に引き倒された頭領へ、最初から馬に乗っていなかったテスが腐肉に群がるハイエナのように飛びつき、素早く武器を奪い無力化する。

もう大勢は決していた。ミクローシュに指揮された兵たちが逃げ出した残党を狩ろうと四方へ馬を駆けている。

「大丈夫だったか？」

イロナはハルバードを納めると馬を降り、行商人と思しき夫妻へと歩み寄る。命を救われたこと、精々派手に宣伝してくれれば、という下心もあった。

しかし、相手の目鼻立ちが視認できる距離まで近づき、息を呑《の》んだ。御者席の女はさっとスカーフに顔を隠したが、付き合いの長い顔。見間違えるはずがない。

「ドリナ?!　と……」

荷車の上で荷を押さえていた黒髪の男が振り向いた。

「あは。イロナさんありがとう。とんだ再会になっちゃったね」

目が合うと、青みがかった灰の瞳でへらりと笑う。

「え？　もしかして陛下と婚約してたっていう？」

テスは目を丸くしつつ、そっと後ろ手を動かす。革の擦れる音がした。

「止《や》めろ」

背後で刃を構える部下を制止する。何故《なぜ》こんなところに、とイロナは怒鳴りたかった。見つけてしまった以上、王を裏切った人間は処刑せねば示しがつかない。

婚約者だった男を睨《にら》む。

「何のつもりだ。それに……」

腰に提げた剣で先ほどの道に落ちた、麻袋に包まれた荷を斬り裂く。

「なんだ、これは！」

「小麦」

零《こぼ》れ落ちたのは、殻がついたままの麦だった。収穫を終えたばかりなのか、房がついたものもある。積まれた麻袋の一つを手で叩《たた》き、ウィルは胸を張る。

「イロナさん好きでしょ?」

「好きか嫌いかと言われれば好きだが。いや、そういうことではなく」

明らかに困惑している女王に明るく笑いかける。イロナは珍しく頭を抱えた。

「まさか、渡した金で買ってきたのか?」

「いいや、物々交換」

元々、輸出するはずだった小麦がエースター国内で出回り、値崩れが起きかかっていた。

そんな農家へ親方の靴を荷車に積み上げて持って行ったところ、快く交換してくれた。

そもそもエースターでは小麦を作る農家も、小麦を扱う商人も革靴を履いてない。需要はあった。しかも通貨を介してないので関税は取られない。自画自賛できるほど良い取引だ。

「ピンズ安で商売にならなくなって燻《くすぶ》ってたオノグルの商人たちにも、靴と交換して小麦を持ってくるように声をかけてるんだ。俺の計算が正しければ、親方の靴の在庫を全て小麦に交換できたとして、三五〇〇〇オンス(約一トン)が王都に到着する予定」

「それだけでは焼け石に水だ。王都だけでも、人口は一二〇〇〇人、対岸や周辺の街も合

わせればその二倍以上。一人一日一六オンス食べるとして、必要な小麦の総量は王都だけでも一九二〇〇〇オンス（約五・四トン）だ。とても足りぬ」

「全部を購入する必要はないんだよ」

「どういうことだ？」

ウィルはにやりと、片目を瞑《つぶ》って悪戯《いたずら》っぽく指を立てる。

「問題です。ある国で飢饉《ききん》が発生し、多くの餓死者が出ました。ところが国内の小麦の総量は、国民が飢えずに済むだけありました。では何故餓死者が出たのでしょう？　ヒントは、餓死者は貧しい人ばかりでした」

「……商人による買い占めか」

女王の答えに、「正解」と手を叩く。

希少な商品なら価格が高くなる。百個ある宝石より、一個しかない宝石の方が価格は高い。だから時折商人は九十九個の宝石を買い占め、流通を制限する。そうすれば宝石の価格は上がる。ただ、宝石なら、商人がどれほど高い価格で売ろうとしても、大富豪がこれ以上出せないという価格がある。宝石はお互いの妥協する価格で売れるだろう。誰も買い手がいなければ上手《うま》くすれば価格が下がるかもしれない。

だが小麦は食糧、必需品だ。どれだけ価格が上がっても、では諦めましょう、とはならない。そして小麦が高くなったとして、飢えるのはその価格帯で購入できない人たちだ。金持ちはどんなに飢饉になっても飢えない。

「確かにオノグルに入る小麦の流通量は少なくなっている。でも、国内で生産されている小麦や昨年の在庫があり、全くないというわけじゃない」

彼の言う通り、小麦の値は上がり、買い占めの兆候は表れていた。

「この状況で価格の上昇を抑えるにはどうすれば良いか。たくさんあるって示せばいい」

オノグルの民たちは行商人たちが運んでくる小麦を目にするだろう。そしてそれらを王都の店先に並べればどうなるか。小麦の供給が増えると判断されればどうなるか。

「この小麦は公売価格で売るよ。それも買い占められる危険はあるけど、例えば一人一日一六オンス限定で販売すればその危険は下がるだろう。市場で安い価格で販売されたら、買い占めを始めている商人たちも在庫を処分するしかないね。という訳で」

ウィルは得意げに胸を反らす。

「これで冬を越せるね」

女王はそんな彼を恨みがまし気にねめつける。

「……何故、戻って来た」

この男はオノグルに敵意を抱いているはずだ。父の仇《かたき》を身を粉にして助ける謂《いわ》れがない。

「おかしなこと言うんだね。戻ってくるのが当たり前じゃないか。だって俺は君の夫になる男なのだから」

ウィルは胸に手をあて、婚約式の時のように朗々と誓いの文句を述べる。

「良き時も悪き時も、嬉《うれ》しい時はともに喜び悲しい時は寄り添い、死が二人を分かつまで、あなたと共に歩む」

つかつかと歩み寄り、男の顎を摑《つか》んだ。もう片方の手で、腰に納めた剣の鯉口《こいぐち》を切る。

「その結果、死ぬことになってもか？」

女王は、愛の睦言《むつごと》を受けるには相応《ふさわ》しくない凍える眼《め》をしている。

「小麦の輸入が滞り、エースターへの悪感情が膨れ上がれば、君はその矢面に立つ。裏切り者の烙印《らくいん》を押し、その首を斬って国境に飾れば、さぞ戦意高揚に役立つだろう」

「だから何？　その程度の脅しで俺を遠ざけられると思ったら大間違いだよ」

吊《つ》り上げた唇はひくつき、顎を摑む手からは微《かす》かな震えが伝わってくる。それでも、武人でもある女王を見据え、笑みを維持し、首を預けている。

この男は、女王が自分を殺さぬと、楽天的に盲信しているのではない。イロナに殺されても良いと思ったから戻ってきたのだ。

「何故だ？　何故そこまで……」

ひ弱な男の啖呵《たんか》に、どんな強敵にも向かっていく鋼の女が狼狽《うろた》える。その表情はまるで少女のように無防備だった。

ウィルは自分の顎を摑む手を優しく解き、その手を両手で包み込む。

「自分の食事よりも顔も知らぬ民が飢えないか心配している。犠牲が必要と言いながらいつまでも犠牲者の家族までも気にかけている。自分のことを平気で後回しにしている」

この男は馬鹿だと思った。報われる保証なんてない。イロナは最初《はな》っからこの男を夫でなく人材として招いたのだ。それなのに。

「だって仕方ない。そんな君を一人にしたくないと思ったんだから」

男は自分の前に立っている。自分と家族になりたいと嘯《うそぶ》いている。

「食事の時に他愛ない話をしたいし、君が背負っている重荷を少しでも分かち合いたい」

そんな家族知らない、と喚《わめ》きたかった。家族といたら痛めつけられるだけだ。家族といたら傷つけるだけだ。だからは自分は一人でいい。家族なんて、自分には必要ない。

なら何故、この手を振りほどけないのだろう。

「俺は家政学を、家庭も国家も上手く運営する方法を学んできた。誰と家族になるかは学ばなかったけど、君がいい。

因《ちな》みに、家庭生活にはお互いの合意と努力が必要なんだけど、俺の努力で当分は戦争を起こす必要はなくなったはずだ。次は君の番。今すぐ戦争の準備を止めてくれる?」

ウィルは馬車を降りると、落ちた小麦の麻袋を荷車に積もうと奮闘している。手助けをしようと腰を浮かしかけた乳姉妹《ちきょうだい》を、女王が呼び止めた。

「そなたも、何故戻ってきた？　付き合いの長いそなたなら私の考えを察したはずだ。あの男を気に入っていただろう？　優しいそなたなら、むざむざ死なせるはずはないと考えたが見込み違いだったか?」

「フラれたわ」

は？　と口を開けたまま女王の時が停《と》まる。ドリナは口元を覆っていた布を取り払うと、大げさに溜息《ためいき》をつく。

「他になんと言えと？　一緒に逃げてあげるって言ったのに彼、自分を殺すかもしれない婚約者といたいって言うんだもの」

青年の腕力では小麦の袋を持ち上げられない。あまりのひ弱さに兵たちが腹を抱えて笑っている。むっとしたウィルが「じゃあ、あんたはできるんですか?」と問うと、ミクローシュは仕方なしに馬を降り、二、三袋担《かつ》いで、片手でひょいと荷車へ放り投げた。ウィルは塩でも舐《な》めた山羊《やぎ》のようにいじけている。

イロナは何か言おうとして失敗し、不器用に唇を歪《ゆが》めた。

「……女を見る目が無いな」

「全くね」

ドリナは力ない笑みで同意する。その後、ふと真顔に戻った。

「死んでも良いから添い遂げたいなんて殿方ってそうはいないわ。大切にしてあげて」

「王の言は重い。守る宛ての無い約束などできぬ」

「あなたね……」

「だが、最大限の努力をしよう」

姉妹同然に育った女王が生真面目《きまじめ》に宣言するので、侍女はやれやれと唇を緩めた。

「今日のところはそれで勘弁してあげるわ。けど、あんまり情けないことばかり言ってると、奪っちゃうから」

‡　‡　‡

「おはようございます、だ……」

ドリナが言葉を詰まらせたまま仰天している。自分の仕えている旦那様が掃除婦の格好で三角巾を結びながら現れたら、如何《いか》に完璧な侍女でもそうなるだろう。

「って言うか旦那様、戦争起こるから逃げたはずでは」

凍り付く使用人たちの陰でローザが勝手なことを言っている。

「何言ってんの、戦争は起きないよ」

そうだという事実ではなく、そうあって欲しいという願望、そうするものかという決意だけれど。

「それに、逃げないって決めたから」

行く手には百匹のドラゴンがいる。しかし、退却の選択肢を捨てた。ここを墓場にすると決めた。どんなに困難でも、生き残るには問題《ドラゴン》を一個一個片付けていくしかない。

「逃げずにやることが掃除？　ただの掃除、じゃないですよね？」

「ああ。掃除は副産物、主目的は家探しだ」

最も重要な小麦は手に入った。だが、オノグルが他国から輸入しているのはそれだけではない。肉料理に必要な香辛料、冬に必要な毛織物《けおりもの》、木炭等の暖を取るための燃料。

「諸外国と取引するには外貨を得なければいけない。それも今すぐ大量に」

外国に支払うのは外貨。為替取引が期待できない今、獲得の手段は限られている。

「だから片っ端から売れそうなものを探す。このセンス悪い壺《つぼ》良いんじゃないか？」

廊下に飾られていた陶器の壺を指さす。運びたいので人手を借りたいのだが、侍女は力なく笑っているだけだ。

「旦那様はお馬鹿ですぅ」

「何もしないことが賢いって言うんなら俺は馬鹿でいい」

　ウィルは自分が天才かどうか、もう自信がない。天才というのは、数式を解くみたいに未来のこともわかるのだろう。けれどウィルにはわからない。だから目の前のこと、今できることを我武者羅《がむしゃら》にやる他ない。

「うじうじしていて何か変わるわけ？　奇跡が起こって、誰かが助けてくれるわけ？　そんなわけない。動かないと何も変わらない。まだやれることがある。なら、やるしかない。やれることを全部。諦めるのはそれからで良い」

　ローザは見直したという目をした。いや、勘違いだった。珍獣でも見るような目つきだ。

　ウィルは構わずモップを担いで廊下を進んでいった。目ぼしい部屋を物色し、窓を開け放つ。夜とは違う刺す様な冷たい空気が入って来る。室内の備品、壁のタペストリーや絵画も外し、廊下に出す。続けて埃《ほこり》の溜《た》まった床をモップで磨く。

　物品は室内に戻し、目ぼしいものだけ紙を貼るなど印をつけて次の部屋へ。そうして印をつけた物品を他の使用人たちが運んでいく。

　片付けの極意は一か所に集めることらしい。貴重なものは盗まれる可能性もあるので、鍵がかかる部屋でないと不安だ。ということで空き部屋の備品や減らしても構わない調度品などは宝物庫に集めた。

ドリナには備品台帳を持ってきてもらい、特徴や年代を見比べながら一つ一つ照合していく。オノグル語の読みはまだ少し苦手なウィルはその辺は他人に任せ、はたきで剝製の埃を払ったり、雑巾で家具を拭いたりしている。

「これ、どこに運べば良いですぅ？」

意外に手伝ってくれる気らしく、ローザは小さな額縁を持って来た。

「これ、贋作《がんさく》ですね」

絵を眺めていたドリナが呟《つぶや》く。

「すげぇ。わかるんだ？」

「サインが違います。背景のタッチも荒い。本来はもっと人物が生き生きしています」

興味を惹《ひ》かれたので覗《のぞ》いたが、ちっともわからない。そう言えば彼女は良いとこのお嬢さんだった。小さい頃から芸術品に囲まれて育ったのだろう。目利《めき》きができるというのは有難《ありがた》い。

「うわっ！」

筒状のものを雑巾で拭いていたのだが、埃が取り払われ顕わになった中身に腰を抜かす。

細長い棒状で、色は灰色だが先の方にツルツルの扇型の……爪がある。人の手だ。

「手のミイラですぅ」

悲鳴を聞きつけ、近くにいた侍女たちが駆け付けた。

「恐らく聖遺物でしょう」

「セイイブツ？　何です、それ」

「多くは聖人の遺体……とされているものですよ」

「されているってことは本物じゃないってことですぅ？」

「大抵偽物《にせもの》ですよ」

うら若い女性二人のはずだが、遺体を前に実に肝が据わっている。穏やかな口調で淡々と説明する声を聞く内、ようやくウィルも動転した気持ちが落ち着いてきた。

「それ、何か役に立つんですか？」

「奇跡を起こすと考えられてるそうです。願いが叶《かな》ったり、病気を治したり」

「嘘《うそ》ですぅ。どこかのおじさんの死体の破片にそんな力はありませんよぅ」

「まあ、ローザは慧眼《けいがん》ね」

「ケーガン？　えへへへへ。それほどでもありますぅ」

女たちは和やかに、聖職者が聞いたら激怒しそうなことをくっちゃべっている。

「重要なのはそう考えられているということ。持っていると箔付けになるので、聖職者や王侯貴族たちが人脈や財力や権力を駆使して競うように聖遺物を手に入れようとするの」

　彼女の話の通り、十字軍と呼ばれる連中は墓を掘り返して、名もなき遺体を切り刻んで聖人の遺体だと言って売りさばいている。

「ひえー。聖人って気の毒ですぅ。死んでからもバラバラにされるなんて」

　ウィルも同意見だ。ついでにとばっちりで切り刻まれている遺体のご冥福を祈りたい。

「でも、なんでこんなものが？」

「イロナが集めたのかしら？　教会建てる時、祭壇に飾ることもありますし」

「それはないですぅ」

「それもそうだな」

「そうですね」

　奇《く》しくも、三人の意見が一致した。

「これだけ埃かぶってたってことは、前の王様の趣味じゃないですぅ？」

「そうかもしれません。信仰熱心な方だったそうですし」

「だろうね。イロナさんが神頼みしてる姿なんて想像つかないな」

「私がなんだ？」

すぐそばに女王がいた。錆《さ》びた甲冑《かっちゅう》の陰になって接近に気づかなかったらしい。

「イロナさんが格好良くて素敵な女性だって話してただけだよ。ね？」

噂《うわさ》をしていた気まずさから同意を求めると、二人もこくこく頷《うなず》いた。

「ところで、どうしたの？」

「自分の家が断捨離されていたら、普通見に来ぬか？」

真意を問えば、返って来たのはとても理に適《かな》った答えだった。

「臣下たちが、片付け過ぎだと訴えて来てな。個人的には、民が凍えるくらいならば、ここにある額なり家具なり火にくべれば良いとは思うが。一国の王がみすぼらしい宮殿にいては民たちも情けなかろう。他国の王族も招くのだ。あまり物が無くなり過ぎてしまうと示しがつかぬ」

勝手には処分するな、と釘《くぎ》を刺されてしまった。それにしても、相変わらず自分のことは二の次だ。自分が高級品に囲まれていたいとか、そんなことは頭にもないのだ。

「俺だって一切合切売ろうとしているわけじゃないよ。加減は弁《わきま》えているつもり。国王の肖像画とかは王城にあることで価値が生まれると思うし。念のため後で処分するものに目を通してほしい。因《ちな》みに残したいものとかある？　コレクションとか、思い出の品とか」

「特にないな」

「イロナさんは欲が無いんだね」

「そうか？　私は強欲なほうだと思うが」

「そうなの？　例えば何が欲しいの？」

「オノグルに暮らす者たちが飢えることなく、健やかに生きてくれることだな」

思わず苦笑してしまった。

「それのどこが強欲？」

すると女王は心底不思議そうに。

「自分ばかりでなく、他人の幸福まで望むのは強欲ではないか？」

この人は、きっと本気でそう思っているのだと胸が温かくなる。

「なんですか、これ」

近くでローザが石像の埃をはらっていた。手足は二本あるし、人物像のようだが……ぶっちゃけ何なのかよくわからない。

「これはすごい！　巨匠マイアーノの晩年の作品です！」

「このガラクタが？　こんなのあたしでも作れそうですぅ」

ドリナは興奮しているようだが、ローザは不可思議な顔で無遠慮に像の腕を摑《つか》む。

「不用意に触れては駄目ですよ。ゲルト銀貨壱千万枚はくだらない代物ですよ」

オノグル通貨《ビンズ》の価値が不安定な今、ゲルト換算してもらえるのはありがたい。

「せん……」

あまりの額にローザは暫《しば》し言葉を失い、まじまじと像を見つめ、やがて首を振った。

「ケーガン返上です。芸術は意味不明ですぅ」

その様子を見ていた女王が呟く。

「売る術《すべ》を考えねばなるまい。このガラ……傑作を買い叩かれては敵わん」

「いやこれ絶対、腐った魚より役に立たないですよぅ！」

――今イロナさん、ガラクタって言いかけたよな？

審美眼は部下と一緒のようだ。たぶん興味が無いのだ。かく言うウィルもピンとこない。

「だったら競売が良いんじゃない？」

不特定多数の中には物の価値がわかる人もいる。競《せ》り合えば値段もつり上がるだろう。

「競売か。我が国ではあまり一般的ではないな」

「エースターの王都ではオークションが開かれてるよ。外貨も手に入るし、オノグルより買い手も見つかる。俺、親戚に頼んで紹介状を書いてもらうよ。

で、誰が売りに行く？　誰が出品するかって重要だよ。幾ら競売と言ったところで、こんな彫刻、俺みたいな貧乏学生が出したらただのガラクタだし」

「うむ。他国にも顔が知られている重鎮が売りに行けば商品に信用はあるが、国の威信に関わるな。困窮していると思われ、さらに自国通貨《ビンズ》のレートが下がる可能性がある」

信頼がない人物が持って行ったら偽物だと思われて値切られる。でも、王宮から来たとバレたら自国通貨に影響が出る。売る人物の選定は結構難題である。

「そうだ、ドリナさんに行ってもらえばいいんだ！」

「え？　私ですか?!」

彼女は将軍家の令嬢だし、実家の物を売りに来たとか言えば信用されそうだ。隣国まで名の知れた英雄の家なら、王から賜った宝物を持っていても不思議ではない。

「ドリナさんが持って行けば、偽物も本物に見えるはずだ」

父の死で生活に困窮した悲劇の令嬢。特に男は同情するだろう。ただの靴より父親が息子を思って作った靴という物語があった商品の方が買いたくなる。相手が美人なら尚更《なおさら》。これならさっきのガラクタとやらも、贋作の絵とやらもまとめて売れ、儲《もう》けが出そうだ。

「嘘をつくのはちょっと」

ドリナは罪悪感で胃が痛くなりそうな顔をしている。審美眼もあるので良い案だと思ったが、人を手玉にとれるタイプではない。すると女王は脇にいた侍女に目を留めた。

「ローザ、そなた未亡人になれ」

「あたしぃ、結婚してないんですけどぉ」

「エースターでそう触れ回るだけで良い。そなたは由緒《ゆいしょ》正しい家……トゥーケーシュ侯爵家に嫁いだが夫に先立たれ、隣国へ先祖伝来の宝物を売りに行く、気の毒な未亡人だ」

似合わないにも程がある。だが、ローザならばエースターの紳士諸君を騙《だま》しきることができるだろう。因みにトゥーケーシュ家は実在するらしく、最近になって当主が亡《な》くなったのも事実らしい。嘘の中に真実を混ぜると信憑《しんぴょう》性が増すものだ。

「えー、あたし、か弱い女の子なのに、一人で行くんですかぁ？」

「どこがか弱いって？」

「どこがか弱いのだ？」

「ローザ、泣いちゃうっ」

一斉に突っ込んだら泣き真似《まね》を始めた。しかし誰も慰めない。彼女は腕っぷしの強さはないが強《したた》かだ。この程度の誹謗《ひぼう》、何とも思ってないだろう。

「だが、一人で行かせる気はない。売上金を運ばねばならぬからな」

「お金じゃなくてローザの身の安全を保証してくださぁい」

「そなたなら何ともなるだろうが、他国故何が起こるかわからぬ。腕利きをつけよう」

「それは、用心棒がいるなら心強いですけどぉ」

あれよあれよと言う間に話はまとまった。

勝手に出国を決められ不貞腐《ふてくさ》れていたローザだったが、女王が喪服や真珠の首輪を貸すと申し出ると、興味が湧いたのか試着をしたがった。その後、「喪服まで着こなすなんて、さすがローザだわ」「なんて色気なのかしら」「この国の命運はあなたに託されたの。頼んだわよ」などとドリナに煽《おだ》てられ、最終的に黒いチュールを引っ張り出し、泣き黒子《ぼくろ》を描いてノリノリで未亡人っぽいポーズをとり始めた。

一方のウィルは女王立会いの下、売りに行く備品、残す備品を決めていた。財産の管理は割と家政学の範疇《はんちゅう》だ。ドリナの目利きを元に、自ら算盤《そろばん》を弾く。

「で、合計額はこれくらい」

金貨にして二十五万枚。国民全員を食わせるとして、三か月は持つ。

「これだけあれば一年は戦争を続けられるな」

「戦争資金の調達のためにやってんじゃないから！」

油断も隙も無い、と身震いする。

「だが、何が起こるかわからない。一時的に大金を得たとしても、この状況は長く続く。今回オノグルが貯め込んだ宝物を処分すれば、切り札を失うことになる」

痛いところを突かれた。女王の懸念《けねん》に反論の余地はない。

「他に売れそうなものはないの？」

「あれば王宮の持ち物を処分するなどという非常識な策を許容すると思うか？」

それもそうだ。王宮の宝は王個人の宝であるが、国の宝でもある。何か他にないだろうか。この国は無駄に広いのだから探せば何かありそうだ。

――待て、無駄に広い？

「そうだ、土地を売ればいいんだ！」

思い付きだが良いアイデアだ。オノグルは草原ばかりだが土地は有り余っている。

「それは最終手段だ。例えばエースター人が国境付近の土地を買ってここはエースターの領土だとか主張し出したら国境が変わってしまう。他国でもそうだが、土地を外国人に売るのは法律で禁止している」

言われてみれば納得だが、軍人らしい視点だ。

「……なら、建物だけに限定したら？」

「それも究極の選択肢だな。例えば、外国人が王宮付近の土地を買ったとしよう。中で何が起こっているかわからぬ。改造して武器を隠し持っているかもしれぬし、兵を集めているかもしれぬ。ある日王宮に向かって侵攻しても不思議ではないぞ」

戦闘ばかりの穿《うが》った見方だと思うが、あらゆる可能性を考慮する、これが危機管理というやつなのだろう。ならば、と周囲を見回し、ウィルは作りかけの教会を指さした。

「あれ、売っちゃえば？」


暗褐色のプールポワンを纏《まと》い、白髪交じりの紳士は謁見の前に深く息をついた。名をウレグ、先代より家に仕え、私生児である現国王を周辺国に認めさせた敏腕の外交官である。

そんな、長年外交という戦場で生き抜いてきた彼でも緊張することがある。何しろ交渉相手は悪魔公とあだ名される人物である。公位を争った分家の当主を捕らえ、自身の死刑宣誓文を読ませた上、自身の墓穴を掘ることを強要し、最終的には首を斬った。また、謁見時に帝国の流儀に則《のっと》り帽子を脱がなかった使者を「その流儀を徹底してやろう」と頭に帽子ごと釘を打ち付け本国に送り返した話は、外交官たちを震え上がらせた。

侍従に呼ばれ、ウレグ氏はチェス盤のような白黒の大理石の床を進む。正面の壇には赤い布が敷かれ、一番高い所に公は座していた。騎兵が着る外套《がいとう》、カザックを着用しており、前あきは金糸の刺繍《ししゅう》で飾られていた。色が紅《あか》く血で染まっているようだ、と不吉な比喩が頭をよぎる。公はウレグ氏が仕える王よりかなり年上で、立派な口ひげと長い巻き毛に縁どられた顔は細いが風格があった。彼の弟は眉目秀麗《びもくしゅうれい》と評判の男で、スルタンに気に入られ小姓をしているという話だが、その兄である公も整った顔をしていた。しかしその目だけは油断ならぬ眼光を放っている。

公の背後には緻密な細工がされた木製の天蓋がある。諸外国に比べ鄙《ひな》びてはいるが、一国の王のようだった。実際、オノグルが他国に侵略されたどさくさに紛れて独立し、以後百年独立を保っているのだが。

壇の脇には帯剣を許された子飼いの部下たちが睨《にら》みを利《き》かせていた。かつて、公を守る近衛《このえ》は他の貴族の子息たちで構成されていたらしいが、公の父親らが見殺しにされたこともあり、自らが腕に覚えのある者を選抜し雇っている。公の残虐な命令を躊躇《ためら》いもせず実行する程度には忠誠心も高い。

機嫌を伺う前口上を述べていると、公は手をひらひら振った。

「余の時間は有限だ。用件は何だ？　まさか、属国に金の無心に来たのではあるまい？」

公はくくっと笑った。オノグルの情報が筒抜けなのは、彼が王宮内にスパイを放っているからなのか、財政状況がひっ迫しているのが誰の目にも明らかだからなのか。

「まさか余が仇《かたき》の窮地を救うであろうと、そう申すのか」

彼の兄は、当時オノグルの摂政《せっしょう》を務めていたイロナの祖父が暗殺に関与したと噂《うわさ》されている。さらに公の又従兄弟《またいとこ》、先に述べた敗北者の父を支持し、公位に据えたのもその祖父である。オノグルは彼に恨まれているのだ。

「公にとって我が国は敵国ですかな?」

重圧に耐えきれず茶化したが、公は真顔で答えた。

「状況による」

「ではそんな仮想敵国に貴国の教会を建てる気はありませんか?」

「……ふむ?」

別に破れかぶれで言ったわけではない。教会というのは、単に礼拝や儀礼を行う場所ではない。宗教的意味合いの他に、それを建てた王や教皇、彼らの権力の象徴でもある。それを強大な国、それも仇の孫である王の目と鼻の先に建てる。興味を惹《ひ》かれぬはずがない。

「我が国で教会を建設しているのはご存じのことかと思います。しかし止《や》むに止まれぬ事情で、工事が止まっております。教会は神の教義を説き広めるための神聖な場所。それがいつまでも完成しないのは我が国にとっても悲しいこと。私も大変心を痛めております。そこで公にご助力いただけないかと参った次第です」

公に具体的なイメージを持ってもらうため、恭《うやうや》しく教会の図面の写しを差し出す。

「土台、柱、壁面といった外装はほとんど完成しています。後は内装、具体的にはメインとなる大聖堂の装飾です。この聖堂の一部を自由にできる権利を買いませんか。この国の技術の高さを諸外国へも見せつけることになりましょう」

公は受け取った図面を暫《しば》し眺めていたが。

「貴公はこの後、西へ行かれるつもりかな？」

「は。お買い上げいただけなければ別の買い手を探さねばなりません」

「もし余が買い取っても、行かれるのではないか？」

図星をさされ、ウレグ氏は答えに窮した。正直に答えては公の気分を害する。しかし、ここで口先だけで逃れても後々遺恨になる。脱帽しない外交官を物言わぬ姿で国に返した公が、嘘《うそ》つきの外交官とその後の関係を続けるとは思えなかった。

しかし沈黙したことで、公に答えを与えてしまったようなものだった。

「ふむ」

公が図面を丸める間、ウレグ氏の脳裏には国に残して来た、長年連れ添った妻の姿がちらついていた。

「よし、三千公爵金貨《ドウカード》でどうだ」

言葉を失う。公は気軽に言ったが、公国がかつて帝国に払っていた朝貢、その凡《おおよ》そ半分である。それもオノグルの事情を全て承知した上で、その金額を出そうと言うのである。

「ありがとうございます」

さらに値段を吊《つ》り上げるのが国益に繋《つな》がり、外交官としては相応《ふさわ》しいのかもしれないが、ただ感謝だけを伝え何度も頭を下げる。白髪の外交官を、ヴァラヒアの公主は手で制した。

「善意からではない。帝国に対抗しようとする今、貴国に風邪をひかれると困るのでな」

「そうか、公はそんな高値で買ってくださったか」

ヴァラヒアからの文を受け取った女王は深く安堵《あんど》の息をついた。ウィルも三千公爵金貨《ドゥカード》と言う大金に仰天した。

「悪魔公って、ものすっごい残忍な男なんだろ？　面識あるの？」

ウィルでも知っているくらい有名な人物だ。処刑場で朝食取っているとか、ワイン代わりに生き血を呑《の》んでいるとか、眉唾物の話ばかりだが。

「幼い頃に先祖伝来の城で逗留《とうりゅう》している公を見かけたことがあるくらいだ。その時はまだお若く、尊敬に値する方になるとは思わなかった」

「その人、戦上手だったっけ」

女王が一目置くくらいだから、相当な戦術家なのだろうか？　そういう話は聞いたことがない。何しろ残忍な印象が強すぎる。

「公は合理的な男だ。帝国にだって必要とあらば頭を下げる。帝国軍を少数精鋭で夜襲した渓谷の戦は、地の利を活《い》かし見事だった。それ以外は策とも呼べぬ、敵どころか味方すらドン引きする人でなしの所業だが」

「褒めてるんだよね？」

「戦には士気が大事だ。幾ら頭数を揃《そろ》えてもやる気が無ければすぐに敗走や脱走する。恐怖は士気を挫《くじ》くことに関しては凄《すさ》まじい効果がある。公の残虐な刑罰は恐怖を与えることに優れている。さらに、公は外敵だけでなく反逆者を徹底的に粛清して逆らおうという気概を削《そ》ぐ。有力貴族らを酒宴に招いて皆殺しにしたり、病人を焼き殺したり、貴族も敵兵も犯罪者も片っ端から串刺しにする。とても真似できぬし真似したいとも思わんが」

「念押しするけど、褒めてるんだよね？」

「当然だ。手段はどうあれ帝国の軍事力から独立を保っている、素晴らしい君主だ」

オノグルだって決して豊かな国ではないし、帝国の脅威を感じている。同じような立場に、シンパシーを感じているのかもしれない。

「兎《と》に角《かく》、これで万国で流通する通貨が大量に手に入ったね」

売るのが聖堂、内装だけというのがポイントだ。土地はオノグルのものだし、土台は完成しているので新たな屋敷《やしき》や隠し部屋を作ることもできない。出入りする人日も多い。教会とは名前は立派だが結局のところただの空間だ。例えば火事が起きて教会が焼けてしまえば、土地を持っていれば価値があるが、空間では何の権利も主張することができない。

「加えて、内装を作るために自国から職人を連れてくるだろう。外国に何人も送り込むわけにはいかないから、現地で人足を雇う必要がある。外国の職人の下請けをしながら技術を学ぶことができれば、新たな技術の発展にもなる。しかも材料は運搬に時間がかかるので現地調達することになる。その時、ピンズ銀貨の取引だけに限定すれば、手持ちの外貨を両替する必要がある。これでまた外貨が手に入る」

話をまとめた外交官の大手柄である。

「旦那が帰って来るならゾフィアも喜ぶであろう」

オシドリ夫婦と評判の伯爵夫人の顔を思い浮かべながら女王が呟《つぶや》くと、ウィルは気まずげに「あー」と遮る。

「夫人には申し訳ないけど、ウレグさんにはすぐに教皇の元へ旅立ってもらう」

「何故《なぜ》だ。聖堂は高値で売れたのでは？」

「ヴァラヒアの宗派を知ってる？」

ヴァラヒアもオノグルもエースターも救世主教の国ではあるが宗派が違う。救世主教が生まれてから千五百年くらい経《た》っているが、長い歴史の中で考え方の違いから分裂してしまった。神の御子が重要だと言う宗派もあれば、その弟子が大事、聖母の方が大事だと言う宗派もある。最近は聖書に帰ろうという新たな宗派も出てきた。

「オノグルは教皇派、ヴァラヒアは正十字派だ。さて問題だ。教皇派の国に正十字派の教会ができたら、教皇はどう思う？」

当然、面白くはないはず。

「……まさか」

「教皇は幾ら出すかな」

ウィルは舌なめずりせんばかりだ。教皇は、教皇派の最高権力者である。その教皇を奉じる国の首都に正十字派の教会が建つとなれば、何としても阻止するだろう。どれほど大金を積んでも買おうとするはず。

「あの悪魔公の財布を種火にしたということか？」

隣国の悪魔公の恐ろしさをよく知る女王は目を見開いた。

「公は全てをご存じの上で大金を出してくださったんじゃないかな」

「そんな馬鹿な」

女王に一蹴されたものの、ウィルは自信満々に自説を唱える。

「ヴァラヒア公は帝国の使者をピン留めにして以降、帝国から幾度か進軍を受けているんだろ？　焦土作戦などで自力で退けてはいるが、オノグルの助力も欲しいことだろう」

「父兄の仇とは言え、冷徹な公ならば我が国に恩を売る提案を受けると考えたわけか」

そこまで読んだ上で先に外交官にヴァラヒアへ行かせたのか、とイロナは呆《あき》れた。相手もこちらの思惑を読んだ上で呑んだ。にこにこ笑いながら悪魔公と教皇を手玉にとる青年を眺め、どうやらとんでもない男を味方につけてしまったようだなと思った。

‡　‡　‡

「旦那様、足元にお気を付けください」

小船から降りようとすると、ドリナが手を貸してくれた。たかが川を渡っただけだが、たとえ痩せた板でも、揺れない桟橋の上に足を置けるとほっとする。

視線の先、桟橋の根は平野から伸び、そこには街が広がっている。

ウィルの背後、大河の対岸には小高い丘、そのてっぺんには先ほどまでいた石壁に囲まれた王宮が小さく見える。数百年前、防衛上の理由から城が移動し、政治の中心となっている西岸とは違い、低地の東岸は商人たちが集まり、自由都市となっている。

船着き場が近いせいか、通りには露店が所狭しと並んでいた。棒切れに薄汚い布を垂らして屋根にしただけの粗末な店先に毛皮を吊り下げている店や、荷車のまま蕪《かぶら》やケールを売っている店、脇で石畳に座り込んで鍋を叩《たた》いている修理工までいる。

「そんな気を使ってもらわなくても大丈夫だよ」

ドリナの案内に任せていたが、たまらず声をかけた。気分転換に市場に行きたいと言ったところ、外国に行ったローザに代わり彼女が付き添ってくれたのだが、悪路では手をひいたり、車道側を歩いたり、通行人を警戒したりとこっちが恐縮するほど尊重してくれる。

「ですが……」

「今はお忍びだから」

丁重に扱ってもらって申し訳ないが、どう考えても一介の同僚への態度ではない。周囲が不信感を持ってしまう。彼女にはどうにか納得してもらい、気ままに露店を眺める。

ウィルが事前に集めた小麦と外貨で冬を越す目星はついた。冬を乗り切れば、春になる。雪で閉ざされていた道も行商人の行き来が増え、流通が活発になる。食糧による赤字を抱えていては、幾ら金貨の山を積み上げたところで目減りしていくだけだ。

エースターで冬の間に市民の間で広まった軍靴《ぐんか》はきっと飛ぶように売れるだろう。欲を言えば他にも外貨を得る術《すべ》があると有難《ありがた》い。

何軒か冷やかしたところで、思わず足を止めた。行き交う一人の女性の出《い》で立ちに目を奪われたのだ。身体《からだ》にぴったりとした上着、肩のあたりで膨らんでいる袖、フリルのついたスカート。そのスカートの上には白いエプロンを着用しているのだが、色とりどりの花々がびっしりと刺繍《ししゅう》されている。それにしてもどこかで見たことがある顔だ。ウィルが凝視していたら相手も同じようにこちらを見つめていた。

「誰かと思えば王配殿じゃないか！」

あまりの大音声《だいおんじょう》に通行人が振り返る。慌てて彼女の口を塞ぎ、ドリナが「あらら、何を仰《おっしゃ》ってるのかしら、おほほほ」と猿芝居している間に路地裏に引っ張った。ウィルはようやく思い出した。あのお茶会で蜂を出した、無礼で粗野な領主夫人だ。

「ステイステイ。今、お忍びで出かけているんで静かにしてくれる？」

「ありゃ。そりゃ悪いことしたね。しかし何だってこんなところに」

「引き続き特産品探しだけど。そう言うあなたは？」

「食料の買い出しに来てるのさ。領地ではあまり穀物がとれないからね。都は小麦が安くってありがたいね」

「彼女の夫君の領地は国の北東の方で、オノグルでもとりわけ貧しい地域なんです」

ドリナがそっと耳打ちする。

「それにしては派手な刺繍だね」

女性に対しては不躾《ぶしつけ》だが、しゃがみ込み、エプロンを摑《つか》んでまじまじと眺める。白い生地にはシャクヤクやバラ、カーネーション、チューリップ、スミレなどの図案がびっしりと、赤い糸と青っぽい糸を使って丹念に表現されている。

「腕が良い人が作ったんだね。これ何かな、レース？」

エプロンがカラフルなのは先に述べたとおりだが、スカートの先にも装飾が施されている。模様が浮き上がるようで、糸で編んで作ったものとは違うようだが。

「布を切って作ったんだ。他の村でやってたのを真似《まね》して。そう言ってもらえるんなら、腕を振るった甲斐《かい》があるってもんだよ」

思わず裾から手を離す。

「あなたが縫ったの？」

「そうだよ。刺繍の上手《うま》い女はモテるんだよ。今の旦那もそれで射止めたのさ」

今の旦那とは領主のはずである。

「あたしらはどんなにひもじい思いをしてでも華やかな刺繍をした服を着るんだ」

「そんなことある？」

「彼女たちの村のことを詠《よ》んだこんな詩があります。

Ragyogok mindenkor,（私はいつも、キラキラ輝く）

Koplalok früstükkor,（朝餉《あさげ》はいつも、お腹《なか》ペコペコ）

Ebédkor nem eszek,（お昼ご飯は、食べてない）

Vacsorára lefekszek.（夕食時は、眠ってる）」

「それ、皮肉では？　着飾るばかりでろくに食事もできてないっていう……」

見栄《みえ》っ張りで生活を切り詰めても衣服にお金をかけていると言うことだ。呆れ交じりに指摘すると、夫人はまあね、と肩を竦《すく》める。

「でも単に派手なだけじゃないよ。実は悪魔を除《よ》けるためのまじないでもあるんだ」

「なんでエプロンすることが魔除《まよ》けになんの？」

「実は地元にこんな昔話が伝わっていてね」

彼女の語った話を要約するとこうだ。

昔、村に突如悪魔が現れ、一人の青年をさらっていった。その青年の許嫁《いいなずけ》の女性は、彼を返してくれと泣きながら悪魔に訴えた。すると悪魔は「エプロンいっぱいの花を持ってきたら返してやろう」と言い残し、姿を消してしまった。

季節は冬、しかもオノグルの中でもとりわけ貧しい村に花など一本も咲いていなかった。

しかしこの女性はあきらめなかった。エプロンに花の刺繍を施したのだ。約束の日、美しい刺繍に埋め尽くされたエプロンを見た悪魔は大変驚き、青年を村に帰すしかなかった。

「そういうわけで、うちの村には婚約指輪代わりに男にエプロンを贈る風習があるんだ」

「男にエプロン⁉」

エースターにもスカートの上にエプロンをつける風習がある。勿論《もちろん》、労働者階級がつけるものだからこんなに派手な刺繍はないが。

「そんなに驚くことかね。エプロンっつったって他国みたいに料理の時に着るやつじゃなくて、礼拝の時にスカートの上に重ねるやつのことだよ。うちの村は悪魔を除けるために男も女もエプロンするのさ」

所変われば衣服も変わる。通行人の中にもズボンの上につけている者や、そもそもスカート的なものを穿《は》いている者もいる。そういう民族衣装なのだろう。

「蜂じゃなくて最初からこの刺繍を持ってきてくれれば良かったのに。これならエースターや他の国でも通用するよ」

図案は素朴だけど可愛《かわい》らしい。それに彼女の言葉が正しいなら、村の女性は殆《ほとん》どがこのクオリティの刺繍ができるということだ。

「え？　これを売るだって？　外国に？」

似非《えせ》夫人は明らかに困惑した。

「そんなこと考えたことなかったよ。だってこれは自分や好きな人のためのもんだもの」

‡　‡　‡

この出来栄《できば》えの刺繍を内輪だけで終わらせるなんて勿体《もったい》ない。作っている本人がその価値がわからないなんて。近くにあるものは案外見えないのかもしれない。しかし元は恋人のために祈りを込めて刺繍したもの、それを売り物にしないという考え方も素朴で良い。そこにお金を持ち込んで勘定するということ自体、間違っているのかもしれない。

とは言え、悪いがそんな情緒を感じていられる状況ではない。他国に売れそうなものは片っ端から売るしかない。

夕食の席でウィルは早速、領主夫人から預かったエプロンを女王に披露した。

「どう？　可愛《かわい》くない？」

「はあ」

いつもながら反応が薄い。今日は輪をかけて機嫌が悪い気がするが、めげない。

「この刺繍なら布地は暗い色の方が映えると思うんだよね。服はサイズや流行《はや》りの形もあるから一着作るのは大変だけど、ハンカチや小物とかなら取り入れやすい。それならすぐに作れるし。いずれドレスのデザインにも取り入れたいね。糸は草木染のものではなく、エースターから取り寄せたらどうだろう。俺が使うと言えば外交官も融通してくれるはず。最近はもっと色が長持ちするものもあるし……どうしたのイロナさん？」

女王は苦り切り、唇を歪《ゆが》めた。

「ああ、その外交官なら逃げた」

「逃げた?!」

ウィルは目を白黒させる。いけ好かない外交官だったが、エースターとの唯一の窓口。外国にいるエースター人を守る役目もある。それが、逃亡?

「先日、貴国の真意をお伺いしたいと外交官を呼びつけたのだが」

外貨の取引を停止されたこと、女王は正式に抗議した。しかし外交官はウィルと対談した時と同じような調子で、交渉は決裂した。苛立《いらだ》った女王が「それは我が国との関係を終わらせ、ことを構えるおつもりと言うことだな?」と詰問《きつもん》したら青い顔で退出し、その日のうちに荷物をまとめたらしい。

「エースターはなんて……」

外交官の無断逃亡など、国同士の信頼を裏切るとんでもない行為だ。帰国した外交官が自分を正当化するため母国であらぬことを吹聴《ふいちょう》したら、さらに関係が悪化してしまう。

「現在進行形で喧嘩《けんか》を売っている国と言えど、外交官に何かあっては国際問題になる。経緯を事細かに知らせ、潜伏している外交官の動向を日報でエースターに送りつけている」

女王は大きめに切った肉を噛《か》みちぎった。

それはお気遣いどうも、としか言いようがない。女王は大人の対応をしてくれた。たぶん外交官の首だけ送り届ける選択肢もあったが、ウィルとの約束の手前、戦争にならないように気を使ってくれたのだ。

「全く意味が分からん。我々を挑発すれば戦争になり、外交官である自分の身が危うくなるなどわかりきったことではないか。何故《なぜ》、今更逃げ出すのだ」

オノグルが困窮すれば戦争に向かうことは学生だったウィルでもわかったのだ。母国の外交官は平和ボケしているとしか言いようがない。

「それに、国境付近の警備も平常通りだ。兵糧《ひょうろう》も用意しておらず、警戒すらしていない。理解に苦しむ」

「調べたの？」

侵略しないと約束したのにと恨みがましい視線で抗議するが、女王は悪びれない。

「言っておくが君の条件とやらを呑《の》んで猶予しているだけだ。状況が改善せねばこの国が飢え死ぬ状況は変わっていない。軍を動かす前に偵察するのは当たり前だ。ただ……」

言葉を区切り、刺すような目でエースターの小麦で作ったパンを睨《にら》む。

「一体、エースターは何が目的なのだ。国内がバラバラなのはいつものことだ。軍でもそうだった。有力貴族同士のイザコザ、聖戦だの何だの言って軍を勧誘してくる宗教家との対立、足の引っ張り合い。おかげでこっちは付け入るスキがあるわけだが。我が国と表面上は上手くやっていきたい勢力もあれば、蛮族と蔑み帝国ともども始末したい勢力もあるだろう。が、今回のことは私の理解を超えている。まさか、ただの嫌がらせではあるまい？　我々を経済的に追い詰めれば武力を用いることなど明白ではないか。だと言うのに国境では迎え撃つ準備すらしていない。おかしいだろう？　政策が矛盾している。曲がりなりにも大国を支える重鎮もいるはずだ。それとも、考えなしの馬鹿ばかりなのか？」

言葉は酷《ひど》いが、一人でこの国を背負い、行く末に憂いている王の目から見れば意味不明の決断だろう。

「謝って欲しかったんじゃない？」

「……は？」

「そんな大ごとになるとは思わず、単に嫌がらせのようなつもりだったのかも。実際、兵の一人も動かしてないわけだし。女王が謝罪すれば、案外それで満足したのかも」

ウィルはこの国を脅《おびや》かす論文を書いたが、実際に政策として反映させてやろうと思ったわけではない。父を亡《な》くした悲しみや弱い国に生まれた鬱屈を紙にぶつけた。苦境に陥る国を想像したり、手段を考えるだけでも気が済むものだ。

「国ってのは体面を気にするものだ。エースターは教皇に選ばれた神聖な国としてのプライドもある。また、王の権力は弱く、家柄や面子《めんつ》を重視する有力な大貴族が実権を握っている。そんな奴《やつ》らが正面から蛮族の国家に打ち負かされたら、良い気はしないだろ？」

少なくとも外交官はそう思っていた。

「そんなことのために私の国の民を苦しめたと？　私の頭を下げさせるために？」

猫のような眼がさらに丸くなっている。

「誰もが単純に世の中を見ているわけじゃない。白か黒か、勝つか負けるか、得か損か。例えばイロナさんは食べられるか食べられないかで食事を見ているけど、そうじゃない人もいる。食べ物を切り詰めて着飾る人がいるように」

勿論、女王には余分なことを考え、感じる余裕が無かったのは重々承知しているのだが。

「俄《にわ》かには信じられぬな。しかし君の言い分が真ならば、私が謝罪を入れることも視野に入れよう。戦争よりプライドを捨てる方が犠牲が少ない」

そんなことを簡単に言ってしまえる女王だからこそ、エースターの決断は短絡的で理解できないものだろう。

母国で何が、と不安を感じていると、給仕《きゅうじ》していたレカが「あのう」と切り出した。

「お食事中すみません。しかし、ローザからの手紙が来たようです」

男に媚《こ》びるローザのことは嫌い。だが、職務に従わなければならない。レカは葛藤の中「以前、すぐ知らせるよう仰《おっしゃ》っておいでだったので」と言い訳っぽく付け加えた。

「ああ、ありがとう。早速見せてくれるか？」

間もなく、レカは複雑そうに盆にローザからと思《おぼ》しき手紙を乗せて持ってきた。食事中だが、イロナは受け取ると、早速封を切り、目を通した。

「オークションの合計額だが、金貨にして三十五万枚だそうだ」

「……一体どんな手段を使たんだ」

予想二十五万枚を遥《はる》かに上回っている。エースターの紳士諸君の懐《ふところ》を考えたらちょっと同情してしまうが、オノグルからすれば外貨を得られて万々歳だ。

「で、何か問題があった？　送金が届かなかったとか？」

大金を得たにしては女王は浮かない顔だ。理由を問えば、読み終えた手紙を渡してきた。

ざっと目を通し、手紙を返す。

「ごめん、読めない」

可愛らしい丸文字だが全く読めない。

「む、すまなかった。君はオノグル語を流暢《りゅうちょう》に話すが、読み書きは苦手か？」

「書庫の本は読めたけど。これは何が書いてあるかさっぱりわからない。暗号か何か？」

機密情報は誰かに盗《と》られた時のために暗号化することはままあるが、その類だろうか。

「いや、いたって普通のオノグル語だが。えっと『ローザの成果は既に届いたと思いますけど。存分に崇《あが》め奉《たてまつ》ってくれてもいいですよ』」

イロナはすらすら読み上げた。微妙にローザの口真似《くちまね》までしている。本当に暗号でなく、ただの悪筆のようだ。

『実は気になることがあるですぅ。未亡人のついでに、とあるおじさんのお家《うち》にお邪魔したです。エースターの議会のえらい人らしいんですけど、オノグルとの戦争の時は軍にいたそうで、大敗した責任をとらされたそうです。ローザ、可哀《かわい》そうだから慰めてあげることにしました。あわよくば財布君仲間（二六四号ですぅ）に加えてあげようと思って』

エースターの主戦派にコンタクトを取ろうとしたということか。あと、地味に財布君の号数が増えてるのが怖い。

『ところが、郊外の別荘に下見に訪れた時、懐かしのB君に似た人を見たです』

Bで始まる文字の名前。まさか、女王を暗殺しようとしたベンツェ!?

『噂《うわさ》では、最近食客として雇われた切れ者だそうですぅ。ローザ、びっくりして逃げ出しちゃったので相手は気づいてないと思いますけど。旧交を温めるべきですぅ？』

「危ないから止《や》めといた方がいい。彼がいるとわかっただけでも十分だ」

思わず手紙に突っ込んでしまった。イロナは手紙から目を離す。

「しかし、帝国の工作員がエースターに何の用だ？」

「言うまでもないんじゃない？」

　彼を食客として雇っている人物については、ローザの手紙の内容とエースター貴族の末端であるウィルの知識を組み合わせれば、恐らくあの人物と目星はつく。今回通貨交換を停止したのは、帝国の裏工作かもしれない。さすが帝国、後宮で権力争いしてるだけある。

「因《ちな》みに、オノグルにも対抗する組織はある？」

「目と耳くらいはどの国もあると思うが」

　目とは監察官、耳とは間諜《スパイ》のことである。実際にあってもあると言わないだろうが、イロナは一般論として答えてくれたようだ。

「そう言えばオノグルには死神がいるって聞いたことあるけど、本当にいるの？」

　オノグルは〝死神〟と呼ばれる暗殺部隊を抱えているとされる。クーデターを企てたと思しき軍人が馬車の事故で死んだり、ヴァラヒアの公主が部下の凶刃《きょうじん》に倒れたりと、オノグルに都合の悪い人物が立て続けに不自然に死んだことで噂が流れているのだろう。

「そんな都合の良い存在はない」

「だよね」

　ウィルは胸を撫《な》でおろす。何かの加減で女王と意見がぶつかった際、殺されてはたまらない。人を殺す方法はいっぱいあると言っていたローザが頭に浮かび、嫌な予感がした。なんとなく得体が知れないので、夫婦喧嘩は避けようと心に誓う。

「さて、その話は置いておいて、そろそろ今後の方針決定と行こうか」

食事も一段落し、ウィルは気持ちを切り替える。

「ならまず、現状確認からかな。現状を明文化することで問題点も見えてくる」

「現状か。芳《かんば》しくないな。覚悟していたよりは悪くない。王都周辺、私の息のかかる範囲では公売価格を定め、公共機関で小麦を販売している。辺境にも例年よりやや高い程度の価格で届くだろう。飢える人間は予想よりずっと少ない」

「俺のおかげだね」

得意顔で指摘すると、「そうだな」と素直に頷《うなず》かれてしまい逆に気恥ずかしい。

「君の奇策で小麦は十分確保できている。この冬は凌《しの》げるだろう。だがこの状況が一、二年続くとなると……」

女王はおし黙り、ただ首を振った。

小麦が余ってエースターでは価格が下がっている。物珍しさも手伝い、安い値段で売るよりは、と農家は靴と交換してくれた。ある程度経《た》てば小麦の価格も上がる。靴の在庫も無くなる。農家に靴が十分行き渡れば、交換してくれる人はいなくなってしまう。

「外貨はどうなったんですか？　たくさん集めたんですよね？」

控えているレカが口を挟む。彼女も在庫整理を手伝ったので気になるのだろう。

「ゲルト銀貨との交換が停止され、今まであった二国間の流通が止まった。そこで商人たちにゲルトとピンズの両替を行っているが、蓄えた外貨はみるみる目減りしている。それが、直接商業の活性化には繋《つな》がってはいない」

「何故《なぜ》ですか？　他国の通貨、ゲルトをピンズと交換すれば商人たちがエースターとか他の国の商品を仕入れてくるはずですよね？」

「話は単純だ。通貨を交換する方が儲《もう》かるからだ。しかも労力がかからぬ」

「為替取引だね」

訳知り顔で頷くウィル。置いてきぼりにされふくれっ面《つら》のレカに説明する。

「現在、王宮では一二ゲルトを一六ピンズで両替している。これは以前のレートだね。でも、エースターと接している西部の方では両替が停止されているんだ。そうは言っても全く取引できないのは困るから、裏では商人たちが勝手に交換しているだろう。仮に一二ゲルトを二〇ピンズで交換しているとしよう」

「そんなのおかしいです。王都では一六ピンズで交換してるんだから西部の人も同じように交換して欲しいって思うはずです」

「交換する方もそれはわかってるが、西部では他に交換に応じる人間がおらぬ故、仕方なく呑んでいるのだ」

「例えば一六〇ピンズを王都で一二〇ゲルトに交換するとしたら、それを西部に持って行けば二〇〇ピンズ、四〇ピンズの儲けになるよね。さらにそのピンズを王都に持って行けば、一五〇ゲルトと交換される。それをまた西部に持って行けば二二五ピンズ、六五ピンズの儲けだ。それをさらに……」

「旦那様、ありがとうございます。よくわかりました。要は通貨の交換だけでお金が儲かるわけですね」

数字を並べられ食傷気味のレカが言うように、商売なんて手間がかかるものだ。行商人が盗賊に怯《おび》えながら国境を越える長い旅をし、売れそうなものを物色し、交渉して買い取り、それを帰国した時には加工し、買い手を探す。だが、さっきの方法なら国内で完結しそんな手間もいらない。誰しも楽して儲けられるならそっちの方が良いだろう。

「現状では王宮の蓄えた外貨が流出し、一方的に損をするだけだ。そこで、異国との取り引きがない商人との為替交換は停止している。しかし悪知恵が働く輩《やから》はどこにでもいる。取り引きがあるように書類を偽装するというのは日常茶飯事。しかしあまり審査を厳しくし過ぎ、商品の取引が滞ってしまえば、それはそれで問題なので悩むところではあるな」

いくら戦いの女神と呼ばれる女王と言えど、この難局には手をこまねいているようだ。

「基本に立ち戻ろう。この経済的混乱を収める方法は五つある」

「五つもあるんですか⁈」

「だが君がすぐに進言しなかったということは、どれも簡単にはいかぬのだな？」

ウィルは静かに頷いた。

「まず一つ目は、固定交換レートによるリンクを放棄して交換レートは市場に委ねるやり方。市場で実態のレートが決まったら、追認してお墨付きを与えれば良い」

「それが一番ですね。みんなも幾らにしようかって迷わないですし」

「ただ、市場のレートが定まるまでどれくらいかかるのだ？　それまで我々は耐えきれるのか？　それにそのレートは、国内共通のものになるのか？　現時点でエースターに接している西側と東方の国々に接している東側とでは交換レートに差があるというのに？」

「イロナさんの言う通り、時間があればこれが一番混乱が少ない。ただ、何年かかるかわからない。そこで二つ目、強制的にゲルト銀貨の流通を停止し、ピンズ銀貨のみの流通に切り替える方法」

「国内では可能だろう。しかし問題はエースターとのやり取りだ。エースターからの輸入にはどうしてもピンズが必要だからな」

「なら三つ目、逆にピンズ銀貨を強制的に廃してゲルト銀貨のみの流通に限る方法。これなら経済的な混乱はすぐに収まるだろう。ただ……」

「我々は経済的自立を失うことになる」

急激にトーンが暗くなった二人に、レカが能天気に問う。

「えっと、ケーザイジリス？　それが無いとどうなるんですか？」

「言い換えれば、自分のことを自分で決める力がなくなるってことだ。自分でお金を稼げれば自分の好きなものを買えるよね。親からのお小遣いじゃそうもいかない。国もそうだ。自国の通貨が無ければ自国のことを自国で決められない。他国の都合に振り回される」

「経済の安定には有効ではあるが……最終手段だな。先に残りの二つを聞こう」

「じゃ、四つ目。ピンズ銀貨に強力な裏付けを与えて信用の回復を図る」

「えっと。つまり……どういうことですか？」

「元々、貨幣っていうのは信用によって成り立っているんだ。そこら辺に落ちている石ころでも、みんなが〝価値があるものだ〟って認めれば貨幣になるんだ」

「そんな馬鹿な。石ころなんて価値はないですよ」

「価値がないと思う人が多ければ実際に価値がなくなる。そういったものは貨幣にならない。だいたいなんで貨幣が金や銀でできてると思う？　昔は貝や布、穀物だった時もあったんだよ？　答えは簡単、貴金属はみんなが価値があると信じているからだ。

でも、金や銀の含有量はぱっと見てわからないよね。だから、それを本物だと判別できるよう国が保証する。今のところ、各国の通貨はそうした信用の上で成り立っている。

エースターはピンズ銀貨の取引を停止した。それはつまり、『ピンズ銀貨なんて無価値ですよ』ってエースターという国が宣言したも同じ。だから前よりみんながピンズ銀貨を信用しなくなっている。それでも貴金属でできているから国内で、価値が下がっても辛《かろ》うじて国外で流通している」

「なるほど。信用がなくなるのが大変ってのは納得です。じゃ、強力な裏付けって？」

「例えば、証書為替ってものがある。元は教皇が遠くの領地の税金を取り立てるための制度だ。君はエースターからオノグルのイロナさんに銀貨数万枚を支払いたいとしよう。でも、銀貨を運搬って大変でしょ？　金や銀は重いし嵩張《かさば》るし、盗難される恐れもあるからね。そこで君はエースターの両替商に代金を払い、公正証書を発行してもらう。その証書をイロナさんに送ると、彼女はオノグルの両替商にその証書を持っていく。すると、両替商が代わりにお金を支払ってくれるというわけさ。紙切れが銀貨数万枚の価値を持つんだよ？　面白いよね。つまり、誰かが価値を保証してくれれば紙切れでも良いわけだ」

「じゃあ、こういうのどうです？　ピンズ銀貨を十枚集めれば宝石と交換するって保証すれば、みんながピンズを使ってくれます！」

名案だと顔を輝かせるレカに、つられてウィルも笑ってしまう。

「その景品みたいな考え方は面白いと思うけど。ただ、宝石なんて量を確保できないし、みんなが交換に殺到したら困っちゃうよ。交換できなくなった時点で信用をなくして価値が下がるだろうね」

「皆が欲しがって安定的に供給できるものがあれば良いってことですね。なら、オノグルの名産品はどうですか？　靴とか」

「みんなが欲しがってくれればそれも有りだけど。特にオノグルの人はオノグルのものなんて見飽きてると思うよ？」

「じゃあ、小麦！　みんなパンを食べるし絶対に必要です！」

「穀物は価値が変動するから止《や》めた方が良い。豊作だと安くなるし、不作だと高くなる」

「うーん……難しいです」

レカは考え込んでしまった。

「みんなが欲しがるもので、価値が変わりにくいもの。さらに言えば、持ち運びが簡単だと尚《なお》良いよね」

「そうなるとやっぱり、金ですか？」

通貨の価値を保証する方法だが、実は多くの国は先ほどのレカの案を採用している。エ ースターでは銀貨を十五枚集めればみんなが欲しがるもの、金貨と交換しているのだ。

金貨は希少性が高く、ごく一部の人々の間でしか使用されない。だから、流通している貨幣は主に銀貨だ。

では、金貨は何に使われるのかと言うと、主に外国との貿易で使用されている。だから、金の含有量はどの国でもだいたい一律で、何年経ってもほとんど変化しない。徒《いたずら》に品質を下げては、相手国から信用が得られず、貿易ができなくなってしまう。

「金が手に入れば言うことないんだけどね」

金貨を鋳造できる国は限られている。信頼と歴史がある国。発行しても価値が保証できなければ意味がない。そして、流通できるだけの金を確保できる国。

そうすると、貿易で金を手に入れることができる商業国や、富を産み出し、奪うことのできる大国に限られている。言うまでもなく、オノグルはそうではない。イオドゥールの一商業国が発行する金貨の模造品を製造しているが、流通可能な量は確保できていない。

「とは言え、ピンズ銀貨を使い続ける以上、何らかの形で価値を保証しなければならないだろう。これは保留だな。ラスト、五番目。第三の通貨を流通させて事態の収拾を図る」

「別の種類の通貨を基軸にするということだな？」

「別の種類って？　ヴァラヒア公国の通貨を使うんですか？」

「他国の通貨を持ってきたとしてもさっきの案の二の舞だ。この国で新しい通貨を作る」

「それ、前にお話ししてくれましたよね。新貨幣を作ったら価値が安定せずに大変だったって。貨幣を変えると余計に混乱しないですか？」

レカは以前の講義を覚えていてくれたようだ。教師役として鼻が高い。

「勿論《もちろん》その可能性はある。だが、最早《もはや》一刻の猶予もならぬ状況だ。実は国境付近で最近工場の摘発を行ったのだが、そこではピンズ銀貨を鋳潰《いつぶ》していた」

女王の報告に、訳がわからず首を捻《ひね》る。国が価値を保証する通貨を溶かすなんて意味がない。下手すれば贋金《にせがね》を作ろうとした罪で縛り首だ。ウィルはそうか、と膝を打つ。

「ピンズの価値が下がり過ぎたんだ。貨幣としての価値よりも、銀貨そのものの価値、成分としての価値が上回ったんだ。だから銀貨に含まれている銀を取り出そうとしたんだ」

「そういうことだ。元々、国際的な通貨にしようとピンズの銀の含有量は周辺国に比べて高い。そういう輩が出てきてもおかしくない。このままでは銀は国外に流出し、国が保有する量が減ってしまう。そして我々に、銀を買い戻す術《すべ》はないのだ」

レカは目を回しながら何とか状況を整理しようと試みる。

「えっと、今の銀の量で問題が起きているのはわかりました。だから銀の量が少ない銀貨を作ろうとしている、と。でも待ってください。話戻っちゃいますけど、そんなことしたら物の価値がとんでもなく上がるんですよね？」

「そうそう。今のまま銀貨が鋳潰され、通貨量が少なくなれば物の価値が下がるデノレになる。えっと、デフレと言うのは物の値段が下がること、その逆はインフレと言って物の値段が上がること。デフレよりも過剰なインフレの方がマシなんだ」

人は元来怠けものだ。これから安くなるとわかっているものはわざわざ作りたいと思わない。デフレは経済が停滞する。逆にインフレ、値段が上がるとわかっていれば、物をどんどん作って経済は活発になるだろう。

「エースターが取引を停止している通貨はピンズだ。ならそれ以外の通貨を作ればいい」

ウィルは懐《ふところ》から羊皮紙を取り出す。そこには二つの円が描かれ、右の円には女王の横顔、左の円にはこの国では重要な意味を持つ聖なる王冠が描かれている。

「新通貨、バルタ」

「作ったんですか?!」

「計画を前倒ししただけだよ。元から新硬貨を発行する予定はあったんでしょ？　偽造防止のため何年かごとに更新する必要があるわけだし」

レカが「へ～」と新しい通貨の図案を眺める傍《そば》で、イロナは額を押さえた。

「どこから情報を得たのか気になるが。準備ができてるなら後は流通するかどうかだな」

国家財政の資料に挟まっていたのだが、機密情報だったようだ。女王は目を瞑《つぶ》ってくれるようで何よりだ。

「急に見慣れぬ硬貨になり、銀の含有量も少なくなる。皆が使ってくれるかが問題だ」

せっかく新しい通貨を発行しても、国民が信用して使わなければ意味が無い。

「なら、先ほどの四つ目の提案との合わせ技で行く」

「理屈としてはそうだが。具体的にどうやって？」

「金は泥の中でも金だ。金で価値が裏付けされるなら、新通貨は信用される。オノグルの鉱山で金が見つかったことにする」

レカはぽかんと口を開けている。女王は軍略家らしく冷静に策を吟味する。

「偽りの情報を流すということだな。まるで情報戦だな」

「人聞きの悪いことを言わないでよ。山師が黄鉄鉱《ぐしゃのおうごん》あたりと見間違えたかもしれないじゃないか。悪い噂《うわさ》は羽が生えたように進み、良い噂は進まず止まるものだからね。景気なんて空気みたいなもの。皆がこれから良くなっていくと〝期待〟すれば、購買意欲が高まる。物が売れれば、多く生産しようとする。そうして物を作って得た金でまた物を買う。すると、経済が回っていく。誰もが〝期待〟さえすれば、実際に景気が良くなるんだ」

ただ、一つ肝に銘じておくことがある。商売の上でも詐欺は一時的には利益になるかもしれないが、長期的な取り引きには向かない。今は銀の含有率と小麦との交換で辛うじて価値を保っている通貨が、一歩間違えればその価値を下げ続けるハイパーインフレーションだ。しかし、手段が残されてないのは確かだ。

「我々は刃《やいば》の切っ先だろうと踊らねばならぬ」

国家元首が決意を滲《にじ》ませて呟《つぶや》く。嘘《うそ》はいけないことだ。嘘をつくような人間は信用されなくなる。だが、嘘でしか救えない場合もある。

「なに、エースターが交換停止を撤回し、レートが安定するまでの間だけで良い。確か今回家探しした時に、古い金の装飾品があったな。あれを鋳潰して金塊にし、外交官らに見せびらかそう。さすれば少しは信用されよう」

無理やり作った笑みはやけくそだ。彼女だって嘘の危険性は知っている。それでも一緒に共犯者になる決意をしてくれたのが、ただただありがたい。

「それじゃ、国内の銅鉱石のサンプルを集めてくれる？」

ウィルの依頼に目を二、三度瞬《しばたた》かせる。

「銅鉱石を？　何故《なぜ》だ？」

新通貨を作るのには材料が要る。その内、最も重要なのはもちろん銀だ。オノグルでは銀は採れないので、今まである銀貨を再利用するか外国から輸入するしかない。それは選択の余地が無いのだが、問題は混ぜ物の方だ。

「銀貨に安価過ぎる鉱物や下手な混ぜ物をして、銀の輝きが鈍ったりしたら、必要以上に価値が下がっちゃう。折角自国《オングル》で銅が産出されるんだから使わない手はないよ」

「言わんとすることはわかるが、各地のサンプルを集めるのとは何の繋《つな》がりが？」

「今まで細々と輸出していた以上に銅の需要が増えるってことは、新たな銅脈を開拓しないといけないでしょ。銅の品質を調べておいて損はないと思うけど」

「それはそうだが」

「後はまあ、ちょっと思うところがあって」

こちらは可能性の薄い話なので、言葉を濁しウィルの胸に秘めておくことにする。

レカが不安そうにエプロンの端を握っている。

ふと、エプロンいっぱいにされた花の刺繍《ししゅう》を思い出した。婚約者を攫《さら》われた女性は悪魔を騙《だま》し、恋人を取り戻せた。

果たして自分たちは皆を騙しきることができるだろうか。

——ここからが正念場だ。

ウィルは一人拳を握った。

第六章　嘘が誠

「順調そうで何よりだ」

　女王の言葉通り、何もかもが順調だった。

　一週間もしないうちに型が鋳造され、新しい銀貨が次々と作られた。ウィルも流通前の見本を見せてもらったが、表面の輝きは変わらないようだった。かなり銀が少なくなっているらしいのだが、傍目《はため》に違いはわからない。銀の含有量を少なくしたことで、差額がかなり利益になった。金貨換算十万枚程度だろうか。

　聖堂は教皇に高値で売られた。しかし教会の全ての内装を教皇に一任したわけではなく、悪魔公の心意気を無下にしたくなかったイロナと、より外貨を得たいウィルの意見が一致し、ヴァラヒアも窓の一部を自由にできる権利を得た。さらには教会の聖堂を幾つかに区分けして他の国へも売りつけることになった。先の三千も合わせて、金貨にして二万の利益だ。ヴァラヒアの使者が絵画のようなステンドグラスのデザイン画を持って来たかと思うと、教皇国より派遣された職人が宮殿と見まごうような見事な装飾を施す。区画を買った国々は威信をかけ、最高の職人を派遣し、技術の粋を見せつける。さながら万国の博覧会の様相を呈してきた。

　他国の職人たちが互いに刺激し合い、より良い作品を作ろうとする。雇われたオノグルの職人たちが少しでも技を盗もうと目を光らせる。城の前の教会建設は資金調達が困難となり、人足たちは休みをとり、川から石材も運ばれ一時は火が消えたようになっていたが、今は次から次へと荷車が運び込まれ熱気に満ち満ちている。

「お疲れ様。お腹《なか》すいたのでは？　食事にしない？」

　ウィルが大鍋を持って現れると、職人たちが一斉に顔を引きつらせた。

　差し入れを始めた頃は「未来の王配殿手ずから！」と感涙せんばかりだったが、あまりの不味《まず》さに有難味《ありがたみ》が薄れたらしい。最近はゲテモノを食わせようとする人という認識で落ち着いている。

「俺やだよ、またあの血染めのスープ食うの」

「ああ、あの、不気味な上に酸《す》っぱいやつか」

　ひそひそ声が聞こえる。確かに以前配膳したスープは赤だが、血ではなく果実の色だ。

　産業は多いに越したことはない。美味《おい》しい料理ができれば、それ目当てに来る観光客も増えるはず。そう考えたウィルはオノグルに根付いた香辛料を元に試行錯誤しているのだが、今のところ、評判は見ての通りだ。

「俺、宿で食事が出るのでこれで」

逃げようとしている職人の襟首を摑《つか》む。

「まあまあ。スープを食べてからにしない？」

器を押し付けると、職人は渋々受け取った。見張っていると、眼力に負けたのか恐る恐るスプーンを口に運ぶ。そして「うわ！」と歓声を上げた。

「不味くない！」

「ほんとだ、不味くない！」

男たちは口々に言いながら腹にかっ込んでいる。これは喜ぶべきか悲しむべきか。判断に迷いながら、ウィルはお玉でスープをよそい続けた。

「前回の反省点も踏まえて塩を控えめに、料理長と交代交代で一時間以上コトコト、鍋を焦がさないように弱火で煮かけて作ったってのに」

食事の席だというのに気が収まらなかったウィルは、正面の女王に不満をぶつけていた。正面の女王は相槌《あいづち》もおざなりに、問題のスープをスプーンですくっている。

「で、味はどう？」

「食えなくはない」

「そればっかり！」

新妻のように一生懸命作りましたアピールしていたが、婚約者殿の返答はすげない。嘘でも「美味しい」くらい言うものではないだろうか。そこで明け透けに言ってしまうのがイロナさんらしい、と思うウィルも悪い意味で飼い馴《な》らされてるのかもしれない。

しかし、と指を突き立てて決意を表明する。

「いつかそんな君にも美味いって言わせてみせるから」

「む。このワイン、美味いな」

ウィルが泣きたくなったのは言うまでもない。

「そう言えば報告書が届いたのだが」

食後にお茶を飲んでいると、どうやら文官たちがまとめたらしい経過報告を手渡された。交換を終えた銀貨は全体の予想流通量の二％。流通し始めて一週間でこの率は驚異的だ。

「順調だね。そう言えば、門の前に物凄《ものすご》い行列を作ってたよね」

仕事の合間に宮殿から窓を覗《のぞ》けば、重そうな木箱を馬に牽《ひ》かせたり抱えた人たちが門に列を作っていた。身なり的に商人やその人足だろう。気になって朝、昼、夕の三回確認したがその列が途切れることはなかった。

「もしかして古い銀貨の交換に来た人？」

「うむ。予想より交換を希望する量が多くて鋳造が追いつかないくらいだ。明日から人数制限をしなければならなくなった」

誰も銀貨を交換したがらないかもと懸念《けねん》してたが、蓋を開ければ新通貨は大人気だ。

「諸外国の反応はどう？」

「ヴァラヒアを中心に新通貨の為替交換がはじまっている。前のピンズよりやや低いレートだ。エースターは様子見してる」

「まあ、そうだろうな。交換停止を明言してないだけマシか」

「今のところ、エースターを除く諸外国が交換。金脈発見の噂が大きかったのであろう」

「でも、いずれ金が無いってバレるからなぁ。いつまで嘘をつく？　明らかになるタイミングによってはレートがかなり下がるし」

「欲を言えばレートが安定した段階だな。いきなり真実を明らかにするのではなく、徐々に情報を開示していくのが理想だ」

「徐々にってどういうこと？　例えば、『金脈があるらしい』『でも噂だけかも』『もしかして見つからないんじゃ』『やっぱ無かった』なんて感じを目指すってこと？」

「うむ。そのようになれば理想的だ。余程上手《うま》く情報戦をやらねばならぬが」

偽《にせ》の情報も国の為《ため》に必要な武器の一つと割り切るさまは、さすが軍人だ。

「しかし皆、何故替えに来るのだ？　銀の含有量が減っていることは明白だろうに」

新しい銀貨の重さを量ったり溶かしたりして調べれば一目瞭然。そうでなくとも、今の状況で銀の含有率の高い銀貨を作るはずがないと、利益に敏《さと》い商人ならわかるだろう。

「それはね、女王陛下の顔が彫られているからだよ」

ウィルは堪《こら》えきれず笑みを浮かべる。言われた本人は心底不思議そうな顔をしている。

「それがどうしたと言うのだ？　表面に何が彫られているかなど関係ないはずだ」

「あのね、イロナさん。人は時に単純な価値だけで判断しないことがあるんだ。みんな女王陛下の顔が彫られた銀貨を早く手元に置きたいんだよ。

だってあなたはみんなに好かれてるのだから」

オノグルでは思いがけぬ幸運に遭遇した人を、星が降って来るのを見たように、と表現することがある。女王の表情はそれを想起させた。彼女はいつもこの国の、顔も見たこともない人々が飢えないか気を配り、行動指針の第一にしている。戦争に強い王は英雄視されるが、女王はそれに留《とど》まらず、犠牲となった人々をいつまでも心に留め、遺族を気にかけている。この国は女王の代になってから豊かになったと言われている。彼女が自分のことなんか後回しにして国のことばかり考えているからだ。

王の中には自分を称《たた》える歌劇や彫像、自分を飾る勲章を作る人だっている。これだけ国のために尽くしているのならそれくらいの見返りを求めて当然だ。けれど、彼女はそんなことを思いもしないのだ。

そんな彼女の優しさは、ちゃんと国民にも届いている。ウィルはたまらなくなって女王の肩を抱いた。

良かったね、おめでとう、とでも言えば良いのか。でも、口にしてしまえばどれも陳腐に聞こえる気がして黙っていた。

ただ、祝福してあげたかった。喜びを分かちあいたかった。

‡　‡　‡

調べものをしていた図書室から出たら、想定以上に寒くて毛皮のコートに首を埋める。暦の上では冬の終わりだが、影になっている所には数日前に積もった雪が残っていた。

途中、衛兵の前を通ったが、使用人だと思われたのか会釈《えしゃく》すらされなかった。粗末な外套《がいとう》を羽織り、供も連れずに庭を歩き回る男を、誰も未来の王配だと思わないだろう。

日のあたるところには緑の芽も生え始めているな、とよそ見をしていたら聞き覚えのある声がした。

「婚約者殿、探したよ！」

前方の廊下の向こうからずかずかやって来たのは、以前街で出くわした領主夫人だ。今日は宮廷にいるせいか民族衣装ではなく、貴族らしい格好をしている。

「デザイン画ができたから見てもらおうと思ってね」

この国は救世主教のエースター同様、春の始まりに謝肉祭が行われる。オノグルの規模がどんなものかは知らないが、母国では道化・滑稽などが許されて仮装行列や山車《だし》が盛大にくり出される。民衆の前に立つ機会もあるし、諸外国の使節団も来る。その時に着るドレスを夫人にお願いしたのだ。女王が広告塔になり、国内外に素晴らしい刺繍《ししゅう》をアピールするのだ。彼女が広げた絵には隙間がないほどカラフルな花が描かれている。

「うーん。品がないな」

小さな女の子が着る分には良いのだが、女王が着るには、ごてごてした印象だ。

「あんた口が悪いね。人が一生懸命作ったのに、そんなこと言う？」

はっきり言い過ぎて、夫人をむっとさせてしまった。

「じゃ、どうすれば良いのさ。エースターのドレスを真似《まね》れば良いのかい？」

「それじゃあなたの刺繍の良さがなくなってしまうじゃないか」

「褒めるか貶《けな》すかどっちかにしておくれよ。あたいはどうしたらいいのかわからないよ」

「今までに無いものを作るんだからそう簡単にはいかないって」

ウィルは男なのでドレスの良し悪《あ》しはわからない。衣装係のローザが懐《なつ》かしくなった。あんな問題だらけの侍女が恋しくなるとは思わなかったが、切実に意見を聞きたい。

実は一緒に行った護衛や外貨は戻って来たというのに一向に帰って来る気配がない。もしかして、エースターで新しい財布候補でも物色しているのだろうか。母国の男たちが毒《どく》牙《が》にかからないことを祈りつつ、誰にも頼れないので、改めてデザイン画を睨《にら》む。

「そうだな……全体に刺繍すると時間かかるし大変だろ？　袖やスカートの裾に絞ったらどうかな」

宥《なだ》めるように言うと、夫人は些《いささ》かやる気を取り戻したようだ。

「それならまあ。あんたにカラフルな絹の糸ももらえたことだし頑張るよ。糸の束を見せたら村の女たちに嫉妬されちまった。あんなに羨ましがられたのは旦那を射止めて以来さ」

「あげたんじゃないから。ドレスの材料をわたしただけだから」

「わかってるよ」

釘《くぎ》は刺しておいたが、完成後に余った材料を使うくらいは目くじら立てたりはしない。

「今回のドレスの評判が良ければ、いずれあなたの村でも絹の糸を扱うようになる。羨ましいなんて誰も言わなくなるかもね」

ドレスや小物の注文が舞い込んでひっきりなしに刺繍をするようになれば、もう絹糸なんて見たくもないと言い出すかもしれない。

「なんてこった。責任重大じゃないか」

彼女の故郷に新たな産業が興《おこ》るかどうかは、彼女の腕にかかっている。今頃になってようやくプレッシャーを自覚したらしい。

「ところで、ドレスを着る女王陛下の相手役は何をしているんだい？　そんな格好をしてるから誰かわからなかったよ」

「造幣局に呼ばれたんだ」

「造幣局？」

「お金を作るところだよ」

「だからって普通、家来つれていかないかい？　あんたって偉い人なんだろ？」

「今ちょっと人が少なくて」

経費の中で一番割合が高いのは人件費だ。経済的に余裕のある人には休みをとってもらい、ギリギリで回している。それでなくてもウィルについていた使用人は大量解雇しているので、自分でできることは基本的に自分でやるようにしている。

「ああ、そう言えばなんだか前に来た時よりすっきりしてたね。部屋も地味だし」

要らないものを売却したせいで宮殿内は些か殺風景になっている。

「思ったことをそのまま口にしなくても」

「あんたに言われたくないんだけど」

以前の蜂の件といい、まっすぐに悪意をぶつけてくるので、ウィルはこの夫人を嫌いになれない。一聞すると褒めているようで後からよくよく考えると悪口を言っている陰湿な貴族連中より数倍マシだ。

「あ」

ウィルは庭園の一部に目を留めた。花が全くないと思っていたが、カレンジュラやスノードロップ、ビオラといった背の低い花が咲いていた。地にへばりついて身を切るような空気から逃げているようだ。

「ちょっとすみません」

ポケットを探ると丁度レターオープナーがあった。手はかじかむし、小さな刃では太い茎は切りにくいが、何とか切り終えた。

「これからイロナさんに会うんだ」

何本かの花をハンカチに包んで紐《ひも》で縛れば、花束のように見えなくもない。上手くできたと満足していると、領主夫人はなんとも言えない生ぬるい微笑《ほほえ》みを浮かべていた。

「なんだ、ちゃんと好きなんじゃないか」

「は⁈」

「あたい、あんたのこと勘違いしてたよ。使用人を解雇したとか、陛下の食事に毒をいれてるとか、金儲《かねもう》けをたくらんでるとか、そんな噂《うわさ》ばかりで嫌な男だと思ってた」

そんな噂が流れていたなんてちっとも知らなかった。全くの事実無根ではないので否定し辛《づら》いところだが、地方にいる彼女に歪曲《わいきょく》された事実が伝わっていても不思議はない。

「でも、ドレスを作ってあげて、花を摘んであげるなんて、いじらしいじゃないか。夫にも見習って欲しいね」

「ちょっと待って、そんなこと……」

「好きじゃないのかい？」

直球で問われ、ウィルは耳まで真っ赤になった。

好きか嫌いかで言われたら好きだ。

容姿のことは言うまでもなく、いつも自分の他愛ない話を笑顔で聞いてくれる。たまに嫉妬してみせ、からかうくせに用が無い限り近づいて来ない。つれないかと思うと、突然距離を詰めてくる。本当に猫みたいな女、典型的な小悪魔だ。自分のことすら勘定に入れず、国の為ならウィルのことなんか簡単に切り捨てるだろう。それをわかってるのに、この人のために何かしてあげたいなんて願ってしまうのだから始末に負えない。

「……あんな可愛《かわい》い人が傍《そば》にいて、惚《ほ》れないとかあり得る？」

居直り気味に言い放つウィルを、夫人は微笑まし気に見つめていた。

「嫌がらせして悪かったね。お詫《わ》びにとびっきりのドレスを作るよ」

丸めた羊皮紙を大切に抱え、領主夫人は手を振り去って行った。

貨幣鋳造所は王城の外れにある。昔は幾つかの業者があったのだが、それぞれを別の場所でやるのは効率が悪いこと、銀の含有量を誤魔化したり贋金《にせがね》業者との癒着があったりと信用に問題があることから、王の目の届く範囲に一つの施設として集約された。

執務していたイロナとは貨幣鋳造所で待ち合わせていたのだが、彼女は門の前にいた。

「ごめん、待たせた？」

「いや、今来たところだが……どうした？」

さっきの領主夫人との会話を思い出し、まともに女王が見られない。

「これ」

目を見ずに先ほど作った花束を差し出す。

「庭に咲いていたから」

受け渡しがぶっきらぼうになった。

「ありが……む？」

受け取る際、感謝の言葉が途切れた。何かあったのか、と目を上げかけると突然手を包まれた。

「冷たいぞ」

外で花を摘んで、その花束をずっと持っていたので冷えるのは当然だ。赤くなった指先が、白い指と絡《から》まる。

「別に、大丈夫だからっ」

声が上ずる。鼓動まで跳ねている。

「そうか。だが、私の指が冷たいのだ。しばらくこうして温めてくれるか？」

そんなのは嘘《うそ》だ。彼女の手は、指先の感覚がなくなった自分の手でもわかる程より熱い。

イロナはウィルの手を自分の手ごとポケットに突っ込むと、もう片方で花束を握り歩き出す。目が合うとにっと白い歯を見せた。

ウィルはまた目をそらしながら、感謝の言葉を口にしようか迷う。

目的の建物へはすぐについた。部屋と呼ぶにはお粗末で、地面はむき出しになって砂が敷かれている。屋根は遥《はる》か上にあり、壁は石を積み上げられてできており、薄暗い室内は冬なのに真夏のように暑く、その場にいるだけですぐに汗が噴き出てくる。その中を男たちが鞴《ふいご》を踏んだり、金属をハンマーで叩《たた》いたりしている。そして何より目に付くのは、木炭がくべられた大きな炉の上で、溶かした金属が太陽のような光を放っていた。

「御足労いただき、ありがとうございます。陛下までお越しいただけるとは」

出迎えたのはこの場の責任者。貨幣の鋳造を任せられるだけある、厳格そうな初老の男だった。

「別に構わぬ。昨夜ウィルから聞いて、興味が湧いたのでな」

「各地から集めた銅鉱石の中に気になるものがあると言っていたな」

ウィルは責任者に負けず威厳たっぷりに言う。女王のポケットに手を突っ込んでいては、威厳も糞《くそ》もないが。

「シュルツ殿に鉱物の知識があると伺っております。是非ご意見をお聞かせいただきたいのです」

領地によっては鉱山経営を行わなくてはいけないので、鉱物もまた家政学の範疇《はんちゅう》だ。一通りの知識がある自負はある。

案内されたのは隣の区画だった。倉庫のような室内には石や金属が積まれている。銀貨を鋳造する際、ウィルの指示で集められた各地で採れる銅のサンプルだった。

「見ていただきたいのはこちらのサンプルです」

銅は多くの地域で産出され、純粋な銅の塊として見つかることもあるが、大部分は他の元素と化合物をつくり、銅鉱石として採掘される。

責任者が示したのもそうした不純物が含まれているのだろうと判断された銅鉱石だったが、詳しく調べる間もなく、新通貨の鋳造所に運ばれた。

「黄銅鉱？　熱せば分離するはずだけど」

色は真鍮《しんちゅう》のような光沢がある。

勿体《もったい》ないがようやくイロナと手を離したウィルは、ポケットから虫眼鏡を取り出した。外見は黄鉄鉱と似ているが、黄色味が強い。銅であることは間違いなさそうだ。黄銅鉱は硫黄と銅が結合した鉱石なので、普通に燃やせば黒い酸化銅になり、銅が取り出せる。

「そのはずなのですが、金属が融解するくらい熱しても色が変わらないのです」

責任者は試しにやってみたという塊を取り出した。黒い酸化銅のつぶ状になったそれの一部は、黄色味が強く、輝いている。

ウィルはその欠片《かけら》をタイルに擦り付け、条痕の色を観察していたが、突然顔を上げた。

「確かめたいことがある」

ウィルは鍍金《めっき》を行う区画に着くとイロナにハンカチを貸し、自身は申し訳程度に袖で口元を覆う。熱気もあるが、鍍金に使われる水銀は人体に有害で、古代帝国も東方を統一した最初の皇帝もこの水銀で滅んだと言われている。

そこでは、水銀を使って表面に銀を集める作業をしていた。新通貨はかなり銀の含有率が下がってしまったのでそれを誤魔化すためのもので、元は贋金作りで培《つちか》われていた技術だそうだ。職人たちの中には脚に鎖をつけた男たちもいる。贋金づくりで捕まった罪人だろう。罪人には技術も経験もある。活用しなければ勿体ない。

イロナが興味深げに見る中、ウィルは注意しながら有毒な水銀の中に先ほどの銅らしき鉱石を入れる。暫《しばら》くすると、含まれていた成分は液体に溶け出し、酸化銅だけが残った。

「分離できましたな」

銅が無事取り出せたと、見守っていた責任者が肩を撫《な》でおろす。

「問題はここからだ」

ウィルはその液体を金属の皿に入れ、トングで掴《つか》みながら火にあぶった。

やがて水銀が熱され、気化する。金属の皿の中に成分の一部が残った。

「イロナさん！　大変だ！」

金属の皿を凝視したまま騒ぐウィルに、イロナも含め、皆がぽかんとしている。

「何だ？」

ウィルはもどかし気に振り返る。

「金だよ！」

イロナは吹き出しそうになるのを堪《こら》えた、何とも言えない表情をした。

「それは通貨の信用を得るための方便のことか？」

「違う！」

ウィルは濡《ぬ》れ雑巾に、熱された金属の中身を空け出した。粗熱をとり、女王の前でそっと開く。中には黄金色の輝きがあった。

砂粒のようなその塊を自身の目と指で確認し、彼女の顔色が俄《にわ》かに変わる。

「どういうことだ？」

「鉱石に含まれる金や銀などの金属は、水銀にいれると鉱石から溶け出す性質を持っている。その水銀を強く熱することで水銀が蒸発して溶けた金属だけが残る」

発見された銅鉱石を溶かした水銀を蒸発させ、取り出されたのはこの通り。つまり、新たに採掘された鉱石には金が含まれていたと言うことだ。

ようやく事実に認識が追いついた女王は、ぽつりと呟《つぶや》いた。

「嘘が誠になったな」

そこで、ウィルを見つめる。

「金が発見されたという情報を流させたのも君だったな。もしかして、こうなることを予想していたのか？」

「銅、亜鉛、鉛などの鉱石と一緒に発見されるのや、混ざった状態で産出されるのはよくあることなんだ。元々〝森の向こうの地〟には金脈があったらしいし、可能性はあった」

金は重い物質だ。その大半が地中深くにあると言われている。皆が目にする金は、何かの加減で地表に出てきた僅かな量だ。火山の噴火などによって地中からたまたま、他の物質とドロドロに混ざった状態で出てくることがある。

「計算通りだったと？」

尚《なお》も追及するイロナに首を振ってみせる。

「発見されるかもしれないと思った。だから銅鉱石のサンプルを集めてもらった。でも、計算に含めるには確率が低すぎる。運が良かったとしか言い様がない」

ウィルは、凛々《りり》しい女王をその視界に収め、茶目っ気たっぷりに片目を瞑《つぶ》った。

「きっとこの国には幸運の女神様がいるんだね」

終章　大鳥のような男

それからは天地がひっくり返ったようだった。何しろ大陸の金は掘り尽くされてしまったというのが定説。その大陸唯一の金の産出国になったのだ。

他の大陸では金が採れるが、船で運んでくるため途中で沈没することも、ねこばばされることもある。地続きで採れるなら安定した供給が可能になる。

金が含まれた銅鉱石の存在が明らかになり、半信半疑だった諸国も先を争うようにオノグルとの通貨交換を求めてきた。国家元首が新たに鋳造する金貨と新通貨を交換すると言うので国際的な信用を得て、レートも安定した。オノグルは戦争しか能がない極貧国から一気に富裕国の仲間入りをしつつある。金貨を百万枚獲得する必要は最早《もはや》ない。その金貨を国内で鋳造すれば良いのだ。金は今や、オノグルで最も人気の輸出品だ。

通貨の交換を再開してやろうと言い出したエースターを「いきなり交換を停止してくるような国は信用できない」と女王は一蹴した。オノグルはエースターとのレートを勘案しなくて良いほど経済的に自立した国になったのだ。

国際的な信用とレートが下がった母国は、今まで存在を無視していたウィルにまで泣きついてきた。なんと、エースターの国王直々の書状が届いたのだ。しかし届けに来た外交官に良い印象を持っていなかったウィルは、常駐する外交官をオノグルの利益を優先してくれる人物と交代すること、革製品の関税を撤廃することを条件にすれば話をつけると言って外交官を帰した。もうすぐ前任となる外交官は泣きそうだったが、自業自得《じごうじとく》。ちょっといい気味だった。

‡　‡　‡

エースターの国境近く、街道沿いの人の往来も多いこの街に、三階建ての宿屋がある。その一室で、たどり着いたばかりの旅人がようやく一息つく。清潔な寝台の上に外套《がいとう》を投げる。金を積んだだけあって手入れの行き届いた一人部屋だった。追っ手からも客の情報を守ってくれるはずだ。帝国育ちの彼にとって外の寒さは辛《つら》いが、室内は暑いくらいだった。しかしこんなに暖かいのに暖炉の火が弱いのが不思議だ。恐らく長い時間焚《た》いていからだろうが、自分の命運を表しているようで不安になる。

風邪でもひいたのか、頭がやけに重い。ずっしりした痛みもある。

上手くいくはずだった。

珈琲《コーヒー》を飲んだように苦みがこみ上げる。救世主教の国より攫《さら》われた女の腹より生まれた男は、一見すると帝国の人間には見えない。そうして産み出され訓練された工作員は、男の他にも多くいる。

帝国が一番困るのは、豊富な食糧を持つエースターと強力な軍を持つオノグルが手を結ぶこと。戦争直後は互いに嫌悪《けんお》を抱いていたのでその心配は無かった。しかしこともあろうに、オノグルの女王はエースター人を配偶者に選んだ。婚姻による同盟は古くから取られてきた手段。この婚姻は何としても潰さねばならなかった。首尾よく王宮内に潜入していた男は、エースターの青年の排斥に動いた。しかし失敗し、せっかく敵国で築いた地位を解雇されてしまう。そこで毒を盛るという直接的な手段に出たが、それも阻《はば》まれる。

そこで男は次の策、オノグルを経済的に困窮させる策をとった。男はエースターに潜り込み、次第に宮中でも信頼を得て、首尾よく侯爵の食客として雇われた。議席を持ち、軍人であった侯爵は十年前にオノグルに煮え湯を飲まされていた。そんな侯爵の耳に、武力を使わずに復讐《ふくしゅう》する方法を吹き込んだ。逆上したオノグルに仕返しされるのではないかと不安の声を上げる有力者たちには、言葉を尽くした。安心させるのは簡単だった。人は火事や事故といった自分にとっての都合の悪い情報は無視したり、「自分はきっと大丈夫」と思い込んでしまうものだ。そして、オノグルの民を飢え死にさせる議案は成立した。

実際は蛮族の国を経済的に追い詰めれば、戦争になることは火をみるより明らか。そうでなくても、現オノグル国王は戦争に勝利することで成功した王だ。成功体験に囚《とら》われるというのもまた、人の性《さが》。帝国の脅威となり得る軍事力を持ち、戦の女神と持ち上げられている女ならば必ず武力を用いるだろう。

帝国では悟られぬように慎重に準備もしていた。オノグルがエースターと戦争を始めれば、手薄になった国境へ侵略する手はずになっていた。ところが女王は戦争をせず、経済対策を行った。

男の策自体は悪くなかった。これは元々、王配候補の青年が考案したものだったので、実行すればオノグル内で彼の立場がなくなるだろうという思惑もあった。実際、途中までは上手くいっていた。しかし、誰が国内で金が見つかると予想するだろうか。

当初の計画は崩れ、軍事的に脅威だったオノグルが経済面でも力をつけてしまう皮肉な結果となった。このまま国へ帰れば皇帝の怒りを買うだろう。だがエースターが経済的に打撃を受け、責任を被《かぶ》せようと元雇い主である侯爵が血眼《ちまなこ》になって探している。男には最早祖国しか行き場がない。

小さな窓に影が差す。顔を上げると、女が窓越しに覗《のぞ》いていた。屋上からの命綱を腰に巻き、簡単なでっぱりを足場にしただけの不安定な姿勢だ。窓の修理をしていたのか、漆《しっ》喰《くい》を入れたバケツを所持し、手には鏝《こて》を持っている。

「お久しぶりですぅ、ベンツェ君。または侯爵の食客様。それとも帝国の工作員、とお呼びしましょうか」

見覚えのある女は、その襤褸《ぼろ》を着た掃除婦に不釣合いな訛《なま》りのない流暢《りゅうちょう》な帝国語を操っている。

「何者だ」

相手は丸腰の、しかも女だと言うのに背筋を薄ら寒さが這《は》いずる。無意識に懐《ふところ》にある得物を探っていた。

「聞かれて素直に名乗る愚図はいないと思いますけどぉ。仮にもスパイの真似事《まねごと》してたんだからわかりませぇん？」

「オノグルの死神」

口をついたのは、半ば伝説的な存在のはずだ。だと言うのに女は笑みを深める。

オノグル国王が抱えるとされる暗殺部隊。曰《いわ》く、反抗的な貴族が火事に巻き込まれて死んだ。曰く、クーデターを企てた軍人が馬車の事故で死んだ。曰く隣国の公主が部下の凶刃《きょうじん》に倒れた。オノグル国王に敵対する人物が立て続けに不自然な死を遂げたので流れた噂《うわさ》。それがまさか本物で、しかも女だったとは。

「普段は姿を知られる前にさくっとやるんですけど、今回は同僚だった誼《よしみ》で特別ですぅ。

理由もわからずに死ぬのは可哀想《かわいそう》かな、と思って」

姿を見せたということは、少なくとも今のところ、命を奪うつもりはないらしい。

暗殺は油断しているところを襲うのであって、相手にわざわざ警告してはその成功率も落ちる。余程始末する自信があるのか、自意識過剰なただの馬鹿なのか、いまいち判断がつかない。馬鹿っぽいしゃべり方も、その迷いに拍車をかける。

細い命綱をつけているだけの女を観察する。華奢《きゃしゃ》な腕からして、飛び道具を得意とするようだ。接近戦、力業に持ち込めば十分勝機はある。いっそこの場で始末した方が……。

「あ、忠告しておきますけど、窓には近づかないでくださいね。あなたにお相手いただくことになってしまいますぅ」

しかし相手は、あの油断も隙も無いオノグルの女王が寄越した暗殺者。僅かな殺気も逃さないらしい。恐らく、見た目に反して相当な手練《てだ》れだろう。

声を上げ、誰かを呼ぶか。この一見、無害な女を相手に？　真実を述べたところで失笑されるのが目に見えている。それに下手に騒ぎ立てて、国境付近のこの街で自分が帝国の工作員だとばれるのはまずい。なんとかこの場をやり過ごし、この女から引き出した情報を土産に持ち帰り、身柄を近くの支部に保護してもらおう。

窓には鍵がかかっており、防寒のためかご丁寧に目地まで埋めてある。格子《こうし》模様の枠に嵌《は》めたガラスは小さく、人はもちろん腕も通らないだろう。この窓がある限り、無闇に命を奪われることはない。

「女王陛下は滅多にあたしたちに指令を出さないんですよ。思い通りにことを進めるのに、邪魔な人間を消すのは手間が少ないが、後々禍根を残す。異なった意見があるなら、正面から叩《たた》き潰す」

独り言のように呟《つぶや》き、女は唇の端を曲げる。

格好つけちゃって、本当は自分のために誰かが手を汚すのが嫌なのだ。だから暗殺者としてあらゆる術《すべ》を叩きこまれた自分を、王宮の侍女なんて仕事に就けた。人殺し以外の道を見つけて欲しいと言う女王の優しさは有難迷惑《ありがためいわく》だ。侍女業にやる気が出ないのも当然である。

「でもそんな陛下が信条を曲げてまで、あたしに始末を命じられるほど、今回の件はご立腹です。あたしもぷんぷんしてますぅ」

だって、せっかく旦那様の頑張りが軌道に乗りかけてきたところだったのに。

言いかけた理由を口の中で転がし、ローザと呼ばれる女は苦笑いした。感情を必要とせず、ただ命じられたとおりに動くだけでいいはずなのに、気づかないうちに大事なものが随分増えていたらしい。

「あなたは悲しませてはならない人を悲しませ、怒らせてはならない人を怒らせました。従って死んでもらいます」

女の手には銃も剣も無い。せいぜい武器になりそうなのは手にした鉄製の鍋くらいだ。それでどうやって人を殺すのだ。

男が笑い飛ばそうとしたところ、眩暈《めまい》がしてその場に膝をついた。

何故《なぜ》だ。まだ宿についたばかりで毒どころか飲食の類は口にしていないはず。だというのに身体《からだ》が思うように動かない。霞《かす》む目のみ動かすと、まだ薪がくべられているというのに暖炉の火が消えているのに気づいた。

吐き気が酷《ひど》く、痛む頭で思い出す。そう言えば、地下室や、閉め切った部屋で調理や暖をとろうと火を燃やすと、人が吸うための空気が無くなるとか、有毒なガスが出るとか聞いたことがある。異常に暖かい部屋。バケツの漆喰。密閉された窓。消えた暖炉の火。一見無駄なお喋《しゃべ》りで気を逸《そ》らし続け、自分をこの部屋に縫い留めたのは、まさか……。

「自前の武器でしか殺せない暗殺者って、ダサいと思いません？」

女は漆喰を片手にロープを伝って屋上へと去る。

部屋には、死んだ男だけが残されている。

‡　‡　‡

「イロナさん、一緒に会場まで行こう！」

侍女たちから女王の支度はほぼ終わったとの情報を得てウィルは衣装室を襲撃した。

エースターが通貨の交換を停止したことで、両国の対外感情は悪化した。特に理不尽に通知され、あわや飢え死ぬところだったオノグル側ではさぞや腹を立てただろう。仲睦《むつ》まじい様子をアピールして悪い噂を払拭《ふっしょく》せねば、両国の関係に亀裂が入ってしまう。

「あれ？　手紙？　誰から？」

室内でイロナは伝書鳩《でんしょばと》からの便りに目を通していた。

「ローザからだ」

「そっか。元気にしてるって？」

「ああ。首尾よくいったらしい」

敵を始末できたというのに大した感慨も無い。元より心配はしていない。帝国の工作員は不幸な事故死と判断されるだろう。幼少の頃から様々な暗殺術を身につけている女だ。たとえ長く使われずとも錆《さ》びつくことは無い。その程度には信用している。

それにしても、帝国は本国のみならず、隣国の深くまで入り込んでいた。改めて油断の

ならぬ国と認識する。現時点で恐らく最強の陸軍と海軍を持ち、商業の中心でもある。前回のエースターとの戦争時は国内のごたごたで手を出して来なかった。と言うのも、幾人もいる皇子が後継者争いをしていたのだ。今の皇帝はその骨肉の争いを制した男だ。策謀の手段は星の数ほどあるだろう。

帝国はオノグルとエースターを争わせる心積もりだったのだろう。イロナが司令官ならば、その間にヴァラヒアかオノグルに侵攻する。オノグル軍は強いがさすがに二国、しかも帝国は片手間では相手にできない。

物憂《ものう》げに黙っている女王に、事情を知らないウィルは「ふうん？」と両眉を上げる。

「できたー！」

ずっと無言でドレスの裾を刺繍《ししゅう》していた領主夫人が糸を歯で切り、そのまま絨毯《じゅうたん》に沈んだ。目の下に隈《くま》を作り、まだ針を持ったまま精も魂も使い果たして寝転んでいる。

ウィルは「ありがとうございました」と頭を下げた。ワンポイントに絞ったが半端《はんぱ》ない刺繍の量を、さすがの腕で仕上げていた。ただ、何回かデザイン画を突き返したせいで直前まで刺繍する羽目になったのだった。

「イロナさん」

少し離れた所には親方が作ったハイヒールがあった。ウィルは女王に声をかけると、使用人のように跪《ひざまず》き、絹のストッキングを穿《は》いた形の良い足に靴を履かせる。靴はシンプルな形だがパステルカラーで染められ可愛《かわい》らしい。衣服、靴、宝石、下着に至るまで全部国内で用意できる限り最高のものを揃《そろ》えた。

今日は、女王に広告塔となり、初めて国民たちにオノグル産のファッションを披露する日。蛮族の国と言われ続けたオノグルの晴れ舞台だ。

「えっと……似合ってるよ」

ウィルは照れたまま顔を上げられない。

「そうか？　ちと派手ではないか？」

イロナはカラフルな花々が刺繍された裾に目を落とす。

「そんなことない。とっても素敵だよ」

婚約者の力強い声に勇気をもらったのか、その場でくるりと一回転してみせる。イロナも女だ。普段は軍服を着ているが、素敵なドレスを着ると気分まで上がる。

「我が国は貧しいと思っていたが、こんな刺繍をする村があるのだな。それに、ヴァルガ工房が女物の靴も作れるとは知らなかった」

「新しい産業になるかもしれないね」

ウィルは産業開発の流れを止める気は無い。イロナも金で儲《もう》けている現状に甘んじる気はないようだ。金は臨時収入、いずれ掘り尽くされるものと覚悟し、得た富を元手に灌漑《かんがい》工事を進めている。乾燥した気候のため雨量が少なく、今までは耕作に向かなかった。しかし大河から水を引くことができれば、自国で小麦を生産できるようになるかもしれない。

「君も似合っている、と言いたいが違和感があるな」

「実は着方がわからなかったんだよね」

ウィルはスールと呼ばれるオノグルの民族衣装を着ている。一見すると直線的な裾の長いマントに似たジャケットだが、身体のラインが見えないほど膨らんでおり、襟の折り返しや裾に草花で染めた羊毛糸で華やかな刺繍がされている。

さきほど袖に見える部分に通そうと奮闘したが、布が詰められており諦めた。

「そうやって前から手を出すのであってるぞ。基本的に羽織るだけだ」

スールは保温性にも優れ、太陽の熱や雨や風からも守る羊飼いにとって不可欠な防寒着だが、農民を中心に庶民にも広まっているらしい。また、騎手にとっては鞍《くら》代わりになり、戦場で降りたり停《と》まったりした場合は馬を覆い、戦う時は打撃を軽減する。馬とわが身を守る防護服でもある。旅をする時は枕にも、椅子にも、毛布にもなる。大変便利な、放牧で草原を駆けまわるこの国の風土から生まれた衣服である。

どことなく不格好なのを見かね、イロナは絹の手袋で襟を正し、留め金を留める。なんだか夫婦みたいだ、と気恥ずかしさと気まずさからもごもごとお礼を言って目線を下げると、間近に迫った端整な顔立ちと、いつもより襟ぐりが深い服を着ているせいでその下にある柔らかそうなふたつの膨らみが作る谷間が見えてしまう。慌てて目を逸らしたウィルは、ふと、自分が着ている服の裾に目を留めた。

「そう言えば、この鳥何？」

この国の伝統的衣装を着たいと言ったウィルに、イロナが用意したのがこのスールである。青い生地に描かれているのは猛禽類《もうきん》のようにごつい体格の大きな鳥、嘴《くちばし》には指輪を咥《くわ》えている。見覚えがあるな、と視線を巡らすと、城内に吊り下げられた旗、王家の家紋《シンボル》なのだろうが、その右下にもこの鳥が描かれている。

「前々から不思議だったけど。もしかして、太陽神の使い大烏《コルヴィン》？」

「他国の人間にはそのように説明している。我々はトゥルルと呼んでいる」

「とろろ？」

「我々の伝説に登場する鳥だ。かつて東よりそれぞれの部族を率いていた七人の首長は、新天地を求め大地を彷徨《さまよ》っていた。すると、どこからかこの鳥が現れ、この地へと導いたとされている」

シトリンの瞳が窓へと視線を移す。

「オノグルを永住の地と定めた我らの祖は、この地をどう思っただろう。草原がどこまでも続き、家畜の生育に適している。彼らの目にはさぞや素晴らしい土地に映ったことだろう」

その向こうはこの国の大地がどこまでも続いている。

「だと言うのに私は、この国は武力しか取柄がないと思い込んでいた。いつの間にか、借りものの物差しで測っていたのだな」

女王の横顔からは何の表情も読み取れない。しかし、口惜《くちお》しさと言うより大切なものを噛《か》みしめている、そんな気がした。

「戦時に仮に金脈が見つかったとして、他国と商売することは困難だっただろう。私は戦うしか道がないと思ったが、結果的に戦争をしない方が利になった。ありがとう」

直球の感謝の言葉に、ウィルは首を振った。

「近すぎるとかえって見えないものだよ。その点は他国から来た俺の方がよく見えたんだね。わからなくなったらいつでも教えてあげるよ。この国は宝の山だ。金脈のことを言ってるんじゃない。息子の為《ため》に大量の靴を作る職人がいて、恋人を取り戻すために見事な刺繍をする娘がいる。そんな民のことをいつも見守っている君主がいて、そんな君主を慕っている民がいる」

この国はそうやって誰かが誰かを思いやってできた、あたたかい何かで溢《あふ》れている。

「探せばまだまだ宝物がたくさんあるはず。俺はこれからも発掘しまくるつもりだから」

そうすれば、この国を蛮族の国だなんて言う人は誰もいなくなるだろう。

ウィルが笑顔で見上げれば、女王もじっとこちらを見つめていた。

「君は我が国を導くトゥルルなのかもしれんな」

自分が大烏《トゥルル》？　確かに毛色は黒いが。

思いがけない言葉に、どぎまぎしてしまう。それでも。彼女が自分のことをそう信じてくれるなら、女王のための大烏《トゥルル》でいたいと思う。

「そろそろ時間だから行かないと」

気恥ずかしさを誤魔化すように立ち上がる。すると女王がウィルの手を握った。

「行くのであろう？　どうして突っ立っている？」

「え、ま、行くけど、なんで、手」

「同じ方向に行くなら効率的ではないか」

いや、そうなんだけど、と思考が上滑りして考えがまとまらない。

「エースター人である君と友好的な様子を見せることができれば、母国の国益、君の利にも適《かな》うのでは？」

「それもそうだね」

納得して頷《うなず》くと、女王は顔を背けた。覗《のぞ》き込むと震えてる。笑いを堪えているらしい。

「何？」

「いや、訝《いぶか》し気だった割にはあっさり納得したな、と思ってな」

またからかわれた、と拗《す》ねるウィルの手を、女王は絹の手袋越しに握る。

「手を繋《つな》ぎたくなった、ではダメか」

手の中の温《ぬく》もりに、ウィルは未知の生物と遭遇した子猫のように固まってしまった。

悪戯《いたずら》が成功したとでも言うように、女王はそんなパートナーを見て吹き出した。

‡　‡　‡

謝肉祭《ファルシャング》当日。宗教上の理由で肉を断つ期間を前に開かれる、盛大な無礼講である。街は咲き始めたばかりの花に彩《いろど》られ、派手な身なりの行列が通行人に菓子を投げている。通りの端では頭に鈴をつけた一昔前の流行の衣服の男が大道芸を披露している。いつもよりにぎわいを増した雑踏に、どこからともなく陽気な曲が聞こえてくる。

新しい通貨でやりとりをしていた路上の露店では、中年の店主が銀貨を翳《かざ》し、「やっぱり美人だなぁ」と呟《つぶや》く。

見比べる視線の先、王城のバルコニーでは女王とその婚約者が並んでいた。

敬愛する陛下と、他国から来た王配を一目見ようと、宮殿が見える通りは例年より多くの人で埋め尽くされている。

初めて公の場に現れたエースター人は、この国の衣装に身を包んでいた。

オノグル人の誰もが、公の場では野蛮な国と言われぬよう西側の国を真似《まね》た格好をする。

しかし今日は国民の前で春を寿《ことほ》ぐ日、民たちが羽目を外して仮装などをする日でもある。

だからこそこの日に、オノグルの先祖伝来の装束を選んだ。粗野だと卑下することはなく、この国が生み出したものは素晴らしいのだと胸を張れるように。

それはエースターの人間である青年がこの国に生きていくという覚悟の表れでもあった。

彼らはそんな男に、何より、仲睦《むつ》まじげな婚約者たちの様子に胸を撫《な》でおろす。寒い冬の間に彼らの暮らしにも色々な変化があった。食糧費が値上がりし、輸入品が減り、唐突に通貨が切り替わった。彼らの中でも敏《さと》い者は、この国に何かが起きているとうっすら感じ取っていた。彼らの女王が何とかしてくれるという信頼はあったものの、その女王は敵国の男を連れて来た。冬の間に耳に届いた悪評に、本当は少し不安だったのだ。

ああ、でも、幸せそうだ。

トゥルルの描かれたスール姿の黒髪の青年に、民衆たちから笑みが零《こぼ》れる。

この防寒着は、殊に若者にとって必要不可欠なアイテムだ。なぜなら、スールを手に入れるまで結婚することができないからだ。

求婚者たちは、結婚したい女性の家の門の前にこのジャケットを置き、その家を数周回る。すると、通常家長や女性の父親がその上着を家の中に入れる。男が門に戻るまでに上着が残されているかどうかで、この婚姻が拒否されたか歓迎されたかを示す。

今や天涯孤独の女王には、上着を家に入れてくれる身内はいない。

だが、この城という彼女の家の中で、男がこの服を着ている。これは婚約に対する女王の前向きなサインであると彼らは受け取った。

「なんかみんな、俺の服に注目してない？」

ドレスを着た女王への、あんな衣装を着てみたいという羨望《せんぼう》とは明らかに異なる好奇の眼差《まなざ》し。さては着方が悪いのか、でもさっき直してもらったし、などと当の本人であるはずのエースターの青年だけは首を捻《ひね》っている。

「そうか？」

イロナは惚《とぼ》けた。伝統の衣装と言うだけならスバやグバと呼ばれる外套《がいとう》もあるのに、わざわざスールを選んだ本心を告げるつもりがない。気恥ずかしいからだ。

剣を握っていた手は今、慣れない絹を被《かぶ》せられ、男の手を握っている。筋張ったその手

は指先が長く、楽器は弾けるだろうが剣など凡《おおよ》そ握ったことはないだろう。しかし短い人生で多くペンを握っていたためか、中指の側面が硬くなっている。その努力の感触を指先でそっと愉《たの》しむ。悪戯な手の動きに、男は丸くした目をちらりと寄越す。

にっこり笑いかけると、眩《まぶ》しいものを見るように今度は目を細めた。

オノグルは問題を抱えている。食糧は自国で生産できず、富は外へ出ていく。外では過去の侵略で周辺国の恨みを買い、国境の向こうでは帝国が虎視眈々《こしたんたん》と狙っている。

でも、この手の中の温かさがあれば何も怖くない気がした。

民衆へ笑顔で手を振る二人の、もう片方は固く繋がれている。

長い冬は開けた。半年あった婚約公示期間は終わりに近づいている。

間もなく春がやって来る。誰もがその期待に胸を躍らせている。

あとがき

「受賞するとは思いませんでした」とか言う人は、「宝くじなんて当たるわけがない！」と言いながら宝くじを買う人並みに信用できないと思います。そうじゃなきゃ、誰が睡眠《すいみん》時間を削ってまで十数万字も書くでしょうか。かく言う作者もその一人。

しかも応募時に円安など、こんなこと起こったらヤダな、と思っていたことが次々現実になり、不謹慎《ふきんしん》ですが「これは入賞したな」と思いました。煽《おだ》てられれば木に登るタイプの豚、調子に乗る作者はアニメ化した時の為《ため》にOP曲の作詞まではじめました。

そしてついに発表の日。一次すら通過しない、箸にも棒にも掛からぬ結果となりました。

——何が悪かったんだ？

絶望の中、作者は思い出しました。以前応募した際、「サブヒロインの方が魅力的ですね」と優しい（？）評価《おこと》シート《ば》をくださったファンタジア文庫さんの存在を！

主人公は読者層、今時ライトノベルを読んでくれる系男子に変更しました。直前まで改稿し、ようやく送信！（どれだけ慌ててたかって言うと、筆名《ペンネーム》間違えてたって言う）

そうして無事、一次選考突破。これで評価シートがもらえるよ！　やったね！

二次選考突破。まあ、そういうこともあるよね。超ラッキー☆

三次選考突破。…………………………あるぇ？

銀賞のお知らせをいただいた時はマジで、「受賞するとは思いませんでした」。

選考に携わってくださった皆様、審査員の偉大なる作家の先生方、こうして掬《すく》い上げてくださり、なんと感謝申し上げて良いかわかりません。ご尊顔《そんがん》に泥を塗らぬよう励みます。

担当編集者様、物知らずな作者に、温かいダメ出しをありがとう。家族以外の人と自作のことを一年以上も話し合っているなんて、得難《えがた》いことだと思います。

絵師のいちかわはる様。素敵なイラストをありがとう。妹に「こんな上手《うま》い人に描いてもらえるなんて、一生分の運を使い果たしたね」と言われました。同感です。

何度も読んでくれた家族へは言うに及びませんが。十数年ぶりの連絡にも拘《かかわ》らず、相談にのってくれた某T氏。校正を手伝ってくださった皆様、それから……どうやら、たくさんの人に御礼参《ありがとう》りをする必要がありそうなので、あとは直接言うことにします。

最後に、本作を手にとってくださった皆様。作者の頭の中にだけあった物語が、こうして形になり、あなたのお手元に届くなんて夢のようです。最後までお付き合いいただき、ありがとう。また、お会いできることを祈って。

逆巻《さかまき》　蝸牛《かぎゅう》　拜《はい》

富士見ファンタジア文庫

女王陛下《じょおうへいか》に婿入《むこい》りしたカラス

令和6年9月20日　初版発行

著者――逆巻蝸牛《さかまきかぎゅう》

発行者――山下直久

発　行――株式会社KADOKAWA
〒102-8177
東京都千代田区富士見2-13-3
0570-002-301（ナビダイヤル）

印刷所――株式会社暁印刷

製本所――本間製本株式会社

ISBN978-4-04-075416-1 C0193

切り拓け！キミだけの王道
ファンタジア大賞
原稿募集中！
賞金
《大賞》300万円
《金賞》50万円
《銀賞》30万円
選考委員
細音啓「キミと僕の最後の戦場、あるいは世界が始まる聖戦」
橘公司「デート・ア・ライブ」
羊太郎「ロクでなし魔術講師と禁忌教典《アカシックレコード》」
ファンタジア文庫編集長
前期締切 8月末日
後期締切 2月末日
公式サイトはこちら！ https://www.fantasiataisho.com/
イラスト／つなこ、猫鍋蒼、三嶋くろね